UNLOVED CLARA

Gregory Maguire

UNLOVED CLARA

Roman

Traduit de l'anglais (États-Unis)
par Marianne Véron et
révisé par Virginie Bégaudeau

Éditions Jeanne & Juliette

Du même auteur
(en langue française uniquement)

Wicked : La Véritable Histoire de la méchante sorcière de l'Ouest, Bragelonne, 2011

Titre original : *Confession of an Ugly Stepsister*
Première édition : ReganBooks, HarperCollins Publishers, 1999.

ISBN : 978-2-4944-7366-9
Les Éditions Jeanne & Juliette bénéficient pour la diffusion
et la commercialisation d'un partenariat
avec les Éditions La Martinière.

www.editionsjeanneetjuliette.com

Pour Andy Newman,

Prologue

DES HISTOIRES PEINTES SUR LA PORCELAINE

Comme je rentrais chez moi en boitant légèrement sous un ciel pommelé, je croisai une bande d'enfants. Ils lançaient leurs jouets en l'air et, tour à tour, inventaient une histoire qu'ils mimaient. C'était l'histoire d'une ravissante jeune fille, maltraitée par ses deux demi-sœurs. Dans sa détresse, elle se costumait pour aller à un bal. Là, grand bouleversement : elle rencontrait un prince qui s'éprenait d'elle et la demandait en mariage. Son bonheur éclipsait la triste condition de ses demi-sœurs, dont on se moquait volontiers.

J'écoutais sans être remarquée – la vieillesse est souvent invisible aux yeux de la jeunesse.

Je songeais : comme tout cela ressemble à une vieille histoire. Ces enfants auraient-ils entendu leurs grands-parents colporter quelques ragots poussiéreux sur moi et ma famille, qu'ils auraient transformé en conte magique ? Avec ses pantoufles de verre, sa marraine fée... Ou bien se souviennent-ils d'un vieux récit auquel ma saga familiale ne ressemble que par hasard ?

Dans l'univers des enfants, les citrouilles se changent en carrosses, les souris et les rats en humains. En grandissant, nous découvrons qu'il est bien plus fréquent de voir des humains se changer en rats.

Rien dans mon enfance n'était enchanteur. Le sort qui nous était réservé reposait sur la jalousie, la cupidité et le meurtre. Et rien dans mon enfance n'était enchanté. Ou rien que je puisse voir à l'époque. Si magie il y avait, elle battait sous la peau du monde, trop subtile pour l'œil humain. D'ailleurs, quelle sorte de magie est-ce là, si l'on ne peut pas la voir ?

Peut-être les vieux se reconnaissent-ils tous dans les enfants qui jouent. Mais tout de même, en notre temps, nous autres filles ne courions pas les rues ! Nous n'étions pas des « garçons manqués », mais plutôt de graves novices dans un couvent. J'en ai la preuve. Je peux l'examiner comme on observe un tableau, grâce à la mécanique grinçante de ma mémoire...

... Dans une pièce, trois fillettes, plus ou moins sœurs, penchées au-dessus d'une caisse ouverte. Le dessus est jonché de branches de pin. Malgré leur long voyage, les aiguilles gardent le parfum épicé de Chine, d'où provient l'envoi. Nous reculons avec des grimaces – beurk ! Des insectes couleur de terre, venus de quelque part sur la Route de la Soie, se sont logés là et multipliés durant la lente traversée maritime.

Mais nous ne nous laissons pas arrêter. Nous espérons y trouver des bulbes à planter, car même nous, les filles, étions gagnées par cette fièvre. Nous attendons avec impatience ces cœurs en forme d'oignon qui promettent des tulipes. Serait-ce la mauvaise caisse ? Sous les aiguilles, seulement une pile de lourdes assiettes en porcelaine. Chacune est enveloppée d'un chiffon grossier, avec d'autres branches intercalées. L'assiette du dessus n'a pas survécu au voyage : cassée en trois morceaux.

Nous en prenons chacune un. Les enfants adorent les choses cassées ! Et quel casse-tête de remettre les morceaux ensemble, surtout quand on croit encore que c'est possible. Des mains d'adultes se mettent à dégager le reste de la précieuse porcelaine Ming, comme si, dans notre impatience à trouver les bulbes, nous avions nous-mêmes brisé l'assiette. Nous nous éloignons vers la lumière du jour – donnez-lui la blondeur moelleuse de l'enfance –, trois fillettes à une fenêtre. Les bords cassés crissent comme de la craie tandis que nous les assemblons. Il nous semble que l'image peinte raconte une histoire, mais les contours restent flous. Ici le trait bleu se brouille, là il est net comme un poil de pinceau. S'agit-il de deux personnages, ou trois, ou quatre ? Nous contemplons l'ensemble.

Si j'étais peintre, capable de figer un seul jour de ma vie dans la lumière et l'huile, voici l'image que je garderais : trois fillettes rêveuses autour d'une assiette brisée, chaque fragment portant une part d'histoire. En vérité, nous étions des enfants ordinaires, pas plus calmes que les autres. Un instant plus tard, nous devions nous chamailler à propos des bulbes manquants, aussi bruyamment que les enfants que j'observais aujourd'hui. Mais laissez-moi me souvenir à ma façon. Mettons deux filles dans l'ombre, qui est leur juste place, et la lumière sur la troisième. Notre tulipe, Clara.

Clara était la plus jolie enfant... mais sa vie fut-elle le plus beau des contes ?

Caspar écoute mon récit. Ma voix tremblante n'a appris à parler avec courage que trop tard pour changer l'histoire. Qu'il en fasse ce qu'il veut. Caspar sait extraire l'alphabet d'une plume gorgée d'encre. Il pourra confier mon histoire au papier, s'il le souhaite. Les mots n'ont jamais été mon fort. Qu'ai-je vu d'autre dans ma vie, sinon des images ? – et qui a jamais appris l'écriture à celles de mon espèce ? En ces temps rétrécis d'aujourd'hui, où la lumière a perdu de son éclat, le luxe de la porcelaine importée a depuis longtemps disparu. On boit dans des bols de faïence, et, quand ils se cassent, on les jette sur le tas d'ordures, pour que les feuilles mortes les recouvrent. Tout ce qui verdit finit par brunir. J'entends l'histoire de jeunesse de notre famille jouée par des enfants dans la rue, et je rentre chez moi en grommelant. Caspar me rappelle que Clara, notre Clara, notre Cendrillon, est morte.

Il me le dit doucement, obligeant ma vieille tête à revenir au présent. Mais les vieilles têtes savent mieux se tourner vers le passé. Il y a une ou deux fenêtres qui donnent sur ces temps anciens. Vous les connaissez – ces fenêtres de toile que les peintres tendent pour qu'on puisse y regarder. Je ne peux pas les peindre, mais je les vois dans mon cœur : un carré de toile qui rappelle une après-midi de bonheur relatif. Une lumière douce et dorée, le bleu et l'ivoire de la porcelaine. Des fillettes qui croient aux promesses des arbres en fleurs. Ce n'est pas grand-chose, mais cela me coupe encore le souffle.

Bénis soient les artistes qui ont su préserver ces instants. Ne condamnez pas leur mémoire ni le choix de leur sujet. L'immortalité est capricieuse ; elle ne peut être promise ni gagnée. Peut-être ne peut-elle même pas être reconnue pour ce qu'elle est. Si Cendrillon revenait d'entre les morts, se reconnaîtrait-elle dans un portrait accroché au mur, dans un motif peint sur une assiette, dans un jeu d'enfant ou dans une histoire au coin du feu ?

I

L'enfant inconnue

Place du marché

Sous la violence du vent et l'hostilité des flots, le bateau venant de Harwich progresse lentement. La mâture grince, les gréements claquent, tandis que le navire tangue en remontant le fleuve brun jusqu'au quai. Il arrive plus tard que prévu, allègre terminaison d'une après-midi nuageuse. Les voyageurs quittent hâtivement le bord, pressés de trouver de l'eau pour se rafraîchir. Parmi eux, une femme au maintien raide, accompagnée de ses deux filles. Elle est de mauvaise humeur, parce qu'elle a peur. Sa dernière pièce a disparu dans le prix du voyage. Depuis deux jours, seule la pitié des autres voyageurs les a préservées, elle et ses filles, de la faim. Si l'on peut parler de pitié : un quignon de pain dur, une croûte de fromage rance. Et tout se régurgitait, à cause du mal de mer. La mère avait dû détourner les yeux. La honte a une odeur tenace. Mère et filles chancellent donc sur le quai, cherchant un instant à retrouver leur équilibre. Le soleil bascule vers l'ouest, la lumière s'allonge, les étrangers marchent dans leurs ombres. La rue est encore semée de flaques d'averse. La cadette guide l'aînée. Elles sont pleines de timidité et d'attente. Entrent-elles dans un pays de légende ? se demande la plus petite. Ce nouveau pays est-il de ceux où la magie existe à la lumière du jour, et non dans les recoins sombres comme en Angleterre ? Comment est-il fait ?

— Ne rêve pas, Iris. Ne t'égare pas dans tes pensées. Et avance, dit la mère. Il ne faut pas arriver chez Grand-Père à la nuit tombée. Il se barricade peut-être contre les voleurs et ne rouvre qu'au matin. Ruth, secoue un peu tes jambes paresseuses, pour une fois. La maison de Grand-Père est juste après la place du marché, je me souviens l'avoir entendu dire. En approchant, je demanderai.

— Maman, Ruth est fatiguée, dit la cadette. Elle n'a presque rien mangé et a mal dormi. Nous marchons aussi vite que nous le pouvons.

— Cesse tes plaintes, tu t'épuises pour rien. Contente-toi de marcher et de te taire, dit la mère. Crois-tu que je n'aie pas assez de soucis ?

— Si, bien sûr, répond l'enfant. C'est seulement que Ruth...

— Toujours à ronger le même os. Laisse Ruth parler si elle veut se plaindre.

Mais Ruth ne dit rien. Elles avancent dans la rue en légère pente, entre les maisons de brique aux pignons en gradins. Les petites fenêtres, encore ouvertes, reflètent le soleil de fin d'après-midi. Les perrons sont briqués, les rues débarrassées de toute saleté. Des odeurs de cuisson de l'après-midi viennent des arrière-cours, éveillant à la fois la faim et l'espoir.

— Les gâteaux poussent sur les toits dans cette ville, dit la mère. Sûrement un bon signe pour notre arrivée chez Grand-Père. Voyons, le marché est-il par ici... ou par là ?

— Ah, le marché, dit une vieille femme à la voix cassée, à demi cachée dans l'ombre d'une porte. Tout ce qu'on peut y acheter, tout ce qu'on peut y vendre !

La cadette se retourne : serait-ce la voix d'une vieille fée bienveillante ?

— Indiquez-moi le chemin, dit la mère.

— Trouvez-le vous-même, répond la vieille avant de disparaître. Il ne reste que l'ombre de sa voix.

— Avare de conseils ? Avare de charité aussi ? dit la mère en se redressant. Voici le clocher d'une église. Le marché ne doit pas être loin. Venez.

Au bout d'une ruelle, la place du marché s'ouvre devant elles. Les étals bordent une large esplanade, dominée par l'église à une extrémité et l'hôtel de ville à l'autre. Des maisons cossues serrées les unes contre les autres. Des façades bien droites – rien à voir avec la chaumière avachie à l'ossature de bois, là-bas en Angleterre...

... chaumière désormais abandonnée dans une tempête de coups frappés aux volets, de cris : « Le couteau sur la gorge ! Ouvrez ! »... Abandonnée tandis que la mère et les filles escaladaient une fenêtre à l'arrière, au moment où la porte cédait...

Screeeee – alerte du ciel. Des mouettes tracent des arabesques devant la façade de l'église, écartées des étals de poisson par deux ou trois chiens maigres mais zélés. La brise marine rafraîchit l'air, mais le soleil dore la brique et la pierre. Ici, pense la petite, tout peut arriver. Peut-être même quelque chose de bon.

Le marché : presque fini pour aujourd'hui. Des odeurs de légumes flétris, de poisson fort, de braises fumantes, de panais et de choux encore terreux. La faim est difficile à contenir. Les fillettes sont fascinées.

Poissons alignés comme des tuiles, brillants d'huile. Courges, calebasses. Pommes rouges, vertes, dorées. Amoncellements de raisins, certains déjà figés dans leurs peaux éclatées. Fromages sous cire dure comme l'os, ou retenus par des filets, coulant d'un jus blanchâtre – des chats se vautrent dessous, gueules ouvertes.

— Oh ! dit la cadette, alors que l'aînée s'arrête devant cette profusion. Maman, un petit quelque chose pour nous ! Il doit bien en rester...

Le visage de la mère se ferme davantage.

— Je ne veux pas qu'on nous voie mendier le jour même de notre arrivée, dit-elle sèchement. Iris, ne laisse pas paraître ta faim.

— Nous n'avons pas mangé depuis l'Angleterre, Maman ! Quand allons-nous manger ? Jamais ?

— Peu de charité là-bas, et je n'en demanderai pas ici. Nous avons quitté l'Angleterre au péril de nos vies. Tu as faim ? Bois la lumière, mange l'air. La nourriture viendra. Tiens-toi droite et garde ta fierté.

Mais la faim d'Iris – nouvelle pour elle – la pousse à regarder les choses autant pour leur apparence que pour leur goût. Elle repense à leur fuite brutale...

... courant dans l'obscurité, haletantes, pour se jeter dans un bateau en pleine nuit – avec la peur au dos, comme poursuivies par des créatures prêtes à leur mordre les chevilles et à boire leur sang... Et si l'une d'elles avait suivi le bateau depuis Harwich, tapie, pour recommencer à les tourmenter ici ?

Pour dompter sa peur, Iris se dit : Regarde, nous sommes ailleurs. En sécurité.

Ruth s'arrête. Plus âgée et massive qu'Iris, elle dépasse déjà la taille adulte, mais son esprit est simple. Un fil de bave pend au coin de ses lèvres. Iris essuie doucement. Ruth a des épaules qui ne démériteraient guère d'un bœuf, mais elle n'en a pas la patience. Ses yeux bruns clignent. Elle se précipite vers un étal de poires.

— Non, Ruth, dit la mère en la tirant en arrière.

Iris imagine ce qu'elles doivent représenter : famille anglaise mal à l'aise, la mère raide tirant sa grande fille, Ruth, haletante, prête à se plaindre, et elle-même, maigre et gauche, essayant de disparaître.

Les hommes baissent la tête pour éviter leur détresse ; les femmes les regardent en face, impassibles. Personne n'offre même une pomme tachetée. Les mains se serrent sur les quelques pièces. Ici, pas de charité pour les étrangères.

Ruth, moins docile que d'ordinaire, tente de se libérer. Margarethe gronde :

— Ruth ! Pourquoi suis-je harnachée à une bête pareille ! Obéis ou je te battrai chez Grand-Père, là où personne ne pourra te consoler !

Mais la faim gouverne Ruth. Elle frappe la table branlante, les poires roulent. La marchande jure. Des rires nerveux fusent.

— Surveillez votre vache ! crie la marchande.

Margarethe tente de gifler Ruth, qui recule et cogne la façade. Une fenêtre s'ouvre brusquement. Une voix d'enfant. Les regards se tournent. Iris voit une fillette à demi cachée par un rideau, éclairée par la lumière dorée. Cheveux clairs comme le blé d'hiver, yeux bleu lapis ou émail ancien. Elle serre un jouet contre elle. Son regard est attentif, mais sans chaleur.

— Êtes-vous perdue ? demande-t-elle. Est-ce un changeling ? Dans ce cas, lâchez-la et voyons si elle s'envole comme un corbeau !

Margarethe réplique sèchement en hollandais. La fillette recule mais reste intriguée. Ruth attrape son jouet, un petit moulin, et le porte à sa bouche. Un rire parcourt la foule.

— Chose étrange, dit la fillette, va-t'en.

Sa mère l'appelle : *« Clara ! »* et la tire à l'intérieur. La fenêtre claque. Iris se détourne. Toute la place les observe. Margarethe reprend sa marche.

Dans une rue plus sombre, Iris sort les poires ramassées à terre. Elles sont dures et sèches. Elles les mangent jusqu'aux pépins, qu'elles avalent aussi. Elles trouvent enfin la maison de Grand-Père... pour apprendre qu'il est mort depuis des années et que les occupants n'ont aucune obligation envers elles.

Histoires racontées par des fenêtres

Une nuit passée recroquevillées dans la puanteur pisseuse d'une ruelle de taverne. Des chiens les en chassent à l'aube. La mère et les filles brossent la boue et la paille de leurs uniques jupes et reprennent le chemin de la place du marché pour y chercher du travail.

La voix de la mère est calculatrice: tour à tour bigote ou effrontée, selon ce qui marche.

— Je suis Margarethe, Margarethe de la famille ten Broek. Mon grand-père était Pieter ten Broek, qui vivait dans l'ombre du Zijlpoort. Une bonne famille ! Je suis revenue dans l'espoir de vivre avec eux. Mais j'apprends que lui et sa femme, ainsi que mes oncles, ont succombé à des maladies et à d'autres volontés de Dieu. Vous ne connaissez pas mon visage, mais celui de mon grand-père ; il tenait le haut du pavé dans cette ville. Pour honorer son nom, je vous demande de me soutenir, car il ne reste personne vers qui me tourner.

D'abord, Margarethe lance ses sollicitations aux demi-portes des halles marchandes. Elle ferait des travaux d'aiguille en échange de quelques couvertures dans un appentis ou une étable. Elle travaillerait à l'étable, pourvu qu'on lui donne de quoi nourrir ses malheureuses filles. Elle s'occuperait d'enfants difficiles, et, si besoin, tirerait le lait de ses seins pour des nourrissons maladifs (sa poitrine ne paraît guère à la hauteur de la tâche).

Les commerçants lui lancent des salades fanées. Margarethe se tourne alors vers les rues résidentielles. Des maisons sourdes, avec des volets comme des tampons de bois sur leurs fenêtres-oreilles. Elle s'attarde jusqu'à ce que les servantes ouvrent les maisons de leurs maîtres. Elle adresse un bavardage bravement familier aux filles qui sortent lessiver les perrons.

— Ah, vous ne voulez pas savoir quelles misères nous avons laissées derrière nous, dans la fange et l'abandon d'un village perdu en Angleterre. On n'oublie pas l'odeur des tourbières, je peux vous le dire ! Mais j'étais d'ici, l'une des vôtres : mon père est parti quand j'étais encore au berceau, à Ely, à March, pour enseigner à ces sots d'Anglais comment drainer leurs marais comme nous, Hollandais, savons le faire. Il a appris le métier à mon mari, Jack Fisher, qui le faisait assez bien... jusqu'aux grandes marées de cet automne. Puis les remblais ont cédé, les marais ont été inondés, et les champs et récoltes dévastés sans retour. Les villageois de March et des marais, avec leurs pieds palmés, ont vite vu comment serait l'hiver. Ils auraient préféré tuer un Hollandais ! Mais mon père était mort de la fièvre intermittente, et il n'y avait pas d'autre Hollandais à attraper ; alors ils ont pris ce qu'ils ont trouvé de mieux : un des leurs, qui avait épousé une Hollandaise. Mon propre mari, Jack.

Une servante jette un seau d'eau sale ; Margarethe recule d'un bond pour éviter la giclée. Une matrone à une fenêtre, examinant une tache sur un col de dentelle.

— Ils se sont emparés de mon mari, reprend Margarethe, de mon pauvre Jack Fisher, dans un taillis hanté, un soir de la semaine dernière ! Ils l'ont frappé à la tête avec un harpon à anguilles. Mes filles et moi avons fui le soir même, craignant pour notre vie. Les paysans anglais sont vindicatifs, et nous étions considérées comme des étrangères, même si mes filles sont nées là-bas.

... Les bruits de la ruelle, l'ivresse et la rage chauffées par la bière, les filles tirées de leur sommeil en sursaut, les yeux mi-clos de Margarethe qui scrutent ; sa voix affolée :

— Il faut fuir ! Debout, grandes sottes, debout ! Ou ce sera votre dernier sommeil !

La matrone détourne les yeux, comme si Margarethe n'était qu'une corneille jacassant sur l'appui. La fenêtre se referme doucement. Margarethe avance vers celle d'une voisine, sans perdre l'élan de son récit.

— Les Anglais ont une peur morbide de l'étranger ! Vous le savez ! Et même si les filles ont un père anglais, je leur ai appris la langue de mon grand-père, Pieter ten Broek, qui a si bien servi cette ville, m'a-t-on dit. Je pensais qu'il valait mieux regagner notre terre natale. Nous ne sommes pas des Bohémiennes. Nous sommes des vôtres. Faites-nous bon accueil.

Iris voit que sa mère n'excelle pas à susciter la compassion : quelque chose dans la dureté de sa mâchoire, le pincement de ses narines...

— Regardez mes filles, dit Margarethe. Si cela ne vous fend pas le cœur... N'ai-je pas assez souffert ? Avec celle-ci qui babille et chancelle comme un fermier ivre un jour de marché – elle désigne Ruth – et l'autre – elle pousse Iris – plate comme une planche, une offense à l'œil ? Pourquoi Dieu m'a-t-il refusé des fils ? S'ils meurent dans les rues par votre froideur, la main de Dieu abattra la peste sur vous ! Bonne journée. Chiennerie ! Iris, surveille ta sœur !

Une main tremblante ferme la fenêtre, murmurant une prière contre la malédiction.

— Laissez-moi vous dire ce que je sais de la faim et de la peste, dit Margarethe à un bourgeois qui tente de l'esquiver. On promet aux nécessiteux qu'ils s'engraisseront de beurre et de viande dans les asiles. Mais j'ai vu des pauvres se battre autour d'un chien malade, pour le tuer, le rôtir, et le vomir une heure plus tard. J'ai vu la faim tourner le père contre le fils, et le mari contre la femme !

— Maman, les choses que tu dis ! s'exclame Iris.

— Tu crois que j'invente ? La faim est réelle, dit Margarethe. N'ai-je pas vu des enfants mordre des rats ?

Elle adoucit sa voix, tente une autre approche :

— Je sais faire des choses, vieille mère ; je connais les herbes et les tisanes pour les articulations douloureuses. Je sais quoi cueillir, comment sécher, ce qu'il faut donner ou éviter. Je connais les plantes, les racines. Je connais... – elle s'interrompt, jaugeant la femme au menton fuyant – les paroles sacrées, et, quand elles échouent, les profanes. Les charmes secrets. Les consolations invisibles...

La vieille referme sa persienne si violemment que son poignet malade y est presque pris.

— Ce qu'il nous faut, dit Iris, c'est une table toujours pleine, qui apparaisse par magie chaque jour...

— Les rêves ne nourrissent pas, grommelle Margarethe. Au nom du Dieu vrai, n'y a-t-il donc aucune compassion dans cette ville humide ? Le mauvais sort qui nous a chassées d'Angleterre nous rattrapera-t-il ici, quand nous n'avons plus la force de fuir ?

Midi. Le soleil traîne ses jupes d'or dans les rues grises. Dans une ruelle, où stagnent les odeurs de fermentation, une fenêtre reste ouverte. Margarethe est là, une main sur ses côtes, haletante, retenant des larmes de rage. À court d'idées, elle invente une nouvelle histoire. Ruth joue avec le jouet que la fillette Clara lui a laissé. Iris regarde à l'intérieur.

Une salle haute, plus écurie que salon, peut-être une ancienne salle d'armes. Désordre : pots, mortiers, pilons ; une bouilloire d'huile frissonnant sur un feu bas ; pinceaux hirsutes dans des pots d'argile, mêlés à des fougères d'automne. Contre le mur, des panneaux de bois comme des portes, et d'autres sur des chevalets. Les surfaces couvertes de couleur : brumes entaillées de teintes vives. Toutes les couleurs qu'Iris ait vues, du bleu nuit au citron le plus acide.

Un homme se retourne, n'entendant que lentement les paroles de Margarethe. Il semble irrité de se voir interpeller par sa propre fenêtre, ouverte pour l'air et la lumière, non pour les regards ou les mendiants. Iris se penche davantage : le gris, le vert, la surprise du rose, la rédemption d'un blanc nuageux sur quatre panneaux encore vierges.

— Iris, ne sois pas effrontée avec le gentilhomme, murmure Margarethe, peaufinant sa nouvelle version du malheur. Iris ignore sa mère.

— Que faites-vous ? demande-t-elle par la fenêtre.

En regardant

Le peintre dépose un bâtonnet de craie rouge et souffle légèrement sur ses doigts. Les plis de ses vêtements semblent poudrés de brique. Il s'approche de la fenêtre et grommelle :

— Qu'est-ce que c'est que cette intrusion ?

— Pas une intrusion, messire ! s'écrie Margarethe, maintenant qu'elle en a attrapé un, cherchant à l'amadouer. Juste une mère avec ses filles, affamées ! Que souhaite messire ? On peut tout demander à une femme : je puis aider dans tous les travaux de la maison. Balayer, récurer, aérer un matelas, aller chercher de l'eau au puits : je le ferai. Tuer un poulet – je le plumerai, le cuirai, bourrerai un sac de ses plumes pour les oreillers, jetterai les abats à la poêle avec des oignons, et les os sur la terre pour y lire la bonne aventure.

— Il n'y a pas d'épouse ici, sinon pourquoi vivrais-je dans la crasse ? Mais taisez-vous, le temps que j'y réfléchisse, dit-il, se retournant vers Ruth et Iris.

Ruth baisse les yeux, mais Iris le fixe sans ciller. Elle ne cherche pas son père – il est mort depuis sept jours.

Une voix s'élève derrière la porte, qui grince :

« Et maintenant que le mari est assommé, gisant dans son marais, attrapons sa femme et ses filles ! »

... Reste dans le moment présent. Regarde le moment présent. Devant elle, un homme à peu près de l'âge qu'aurait son père. C'est tout.

Un homme d'âge mûr, avec une lumière dans les yeux que rien ne voile. Iris n'a jamais vu cela. Il lisse ses moustaches rousses et passe les doigts dans une barbe en broussaille, qui aurait besoin d'eau chaude et de soins. Ses doigts sont tachés de rouge. Son crâne chauve brille, hâlé et violacé par le soleil. Barberousse a des compas, des mesures et des outils plein les yeux : il fixe Iris. Un regard dépouillé de toute émotion humaine – pour l'instant. Un jugement silencieux. Iris finit par baisser les yeux, vaincue par cette attention.

— Elle sera bonne à marier d'ici un mois... commence Margarethe. Iris grimace.

— Silence, dit l'homme en agitant un doigt vers elle.

Enfin, il tranche :

— Il y a un appentis derrière où vous pourrez dormir une semaine ou deux, en attendant que mon apprenti revienne. Ensuite nous verrons. Vous, la mère, tiendrez le logis. Je ne détaillerai pas les tâches, mais je veux manger, dormir et travailler sans être dérangé quand l'envie me prend. L'aînée peut-elle vaquer seule ? Il y a une prairie non loin du pont, juste après *l'Amsterdamse Poort,* où commence le canal vers Amsterdam. Les fleurs de fin d'été y abondent. Elle pourra en cueillir chaque jour pour mon atelier : elles fanent vite et j'ai besoin de les voir fraîches. En est-elle capable ? Bon. Quant à vous... votre nom, simplement.

— Margarethe, dit-elle en redressant la tête. Margarethe Fisher, de la famille ten Broek de Haarlem.

— Margarethe, si vous êtes appliquée, je pourrai vous apprendre à broyer les minéraux, à les mélanger avec l'huile pour faire mes couleurs.

— Je connais les herbes, les racines, les grains. Les poudres et les minéraux me sont familiers.

— Bien. Et les filles ?

— L'aînée, Ruth, et la plus vive d'esprit, Iris.

— Ce ne sont pas des noms hollandais courants, dit-il, amusé.

— Elles sont nées dans les marais du Cambridgeshire. Leur père, anglais, n'aimait guère les noms de saints. Quand nous avons vu que notre première-née était fragile, nous l'avons appelée Ruth – paraît-il, cela signifie repentance. Puis nous avons nommé la seconde Iris, espérant qu'elle grandirait belle comme une fleur. Elle jette un regard à Iris, ses lèvres tressaillant.

— Comme vous voyez, nos espoirs ont été déçus.

— Iris est la plus vive, dit-il.

— Suffisamment pour ce qu'il nous faut, j'imagine.

— Pour Iris, une tâche difficile, dit Barberousse. Elle devra rester assise à la lumière du nord, des heures durant, sans parler, sans bouger, pour que je l'observe. Je la dessinerai à la craie rouge, peut-être la peindrai-je si mes croquis me plaisent.

— Et pourquoi donc ? demande Margarethe, posant les mains sur les épaules d'Iris, geste à la fois tendre et calculé.

— Mes raisons m'appartiennent. Dites oui ou non, je n'ai guère de temps.

— Votre nom, avant que nous franchissions votre porte et acceptions votre offre généreuse.

Il rit.

— Mon nom ne réglera rien, il n'augmente pas la valeur de mes toiles. Il n'a pas de place dans un monde où Lucas Cranach, Memling et les Florentins exposent. Même à mon époque je suis anonyme, à peine connu comme le Maître du Retable de Dordrecht. Ce travail est admiré, mais on ne retient pas mon nom. Appelez-moi simplement Maître, et ma vanité en sera satisfaite.

Elles entrent. Les portes de l'atelier grincent. Iris perçoit l'âcreté du bois fraîchement taillé, la résine qui parfume l'huile, une odeur de soufre rappelant l'œuf, et des relents de sueur masculine. Elle cesse d'entendre le bavardage de sa mère et le pas lourd de sa sœur : ses yeux s'habituent à la lumière, et elle observe.

Les panneaux sont bordés de rouge ou de noir. Certains sont couverts d'un badigeon blanc ou sépia. Sur d'autres, des formes humaines émergent de fonds sombres. Des papiers griffonnés d'encre brillante sont épinglés aux bords – des esquisses, comprend-elle, de ce que l'œuvre achevée pourrait contenir. Ce sont souvent des dessins de corps nus, hommes et femmes. Iris saisit la main de sa mère pour les lui montrer.

Margarethe crispe la mâchoire, puis, d'une voix mielleuse :

— Maître, ma fille va-t-elle poser nue ?

— Je suis peintre, pas monstre.

Huit ou neuf œuvres en cours, commencées puis abandonnées. Les nus deviennent vêtus sur les toiles achevées. Iris fixe sa mère, inquiète. Derrière le dos du Maître, Margarethe lui fait signe : d'abord manger, refuser après. Attention, ma fille.

— Nous sommes dans une chapelle romaine, pleine d'idoles, dit Margarethe. En Angleterre, on n'accepterait plus de tels blasphèmes. À quoi sert donc toute cette beauté ?

— Qui saurait le dire ? Mais au moins les catholiques payaient bien les œuvres qui inspiraient leur dévotion, répond le Maître en cherchant un pinceau. À l'époque où ils étaient mieux qu'à peine tolérés ici.

— Je vois la Vierge vêtue de bleu et d'écarlate, le Christ comme un gros bébé hollandais repu de fromage, et des anges partout, reprend Margarethe, catégorique.

— Je peins mes diables, mes nains et mes dépravés dans une pièce à part, dit le Maître en agitant la main. Et je garde la porte fermée. Non que je sois superstitieux, mais je n'appelle pas non plus les foudres de Dieu plus qu'il n'est nécessaire.

Iris voudrait demander : peignez-vous des gobelins, des farfadets, des démons muets qui harcèlent la foule ? Mais sa bouche refuse de collaborer avec son esprit. Margarethe range déjà les pots par ordre de taille.

— Allez vaquer dans la maison, ne touchez pas à mes affaires, dit le Maître. Pâtissez, balayez, faites bouillir l'eau ! Allez au marché me trouver un poisson frais pour mon dîner !

— Avec quel argent ?

— Avec mon nom.

— Le Maître de la Dette ?

— Schoonmaker, dit-il. Mais Maître suffira.

Margarethe se redresse.

— Iris, surveille Ruth. C'est toi la plus vive. Tiens-la bien.

— Oui, dit Iris.

— Brave petite, dit Margarethe. Ce soir nous mangerons.

Iris garde la main sur l'épaule de Ruth jusqu'à ce que leur mère disparaisse. Puis elle reprend son inspection. Comme elle ne parle pas, le Maître ne semble pas gêné de sa présence. En frottant une tache de vert pour y mettre un éclat de jaune, il marmonne, pour lui ou pour elle. Elle l'écoute.

Il a une voix rauque et vibrante.

— Ta mère, comme beaucoup de petites gens, désapprouve le sacré... Je devrais faire mes malles et partir dans les Pays-Bas espagnols, où la foi catholique réclame encore des images religieuses. Mais non. Ici, même si les calvinistes tolèrent la présence papiste et ferment les yeux sur les chapelles secrètes, le marché de l'art sacré a disparu.

— Mais il y a soixante-dix ans ? Cent ans ? Imagine... Chaque hameau, avec sa petite église, possédait un tableau de la Sainte Famille. Jésus, Marie, Joseph. Les Évangiles peuplés d'images créées pour vous. Nous faisions notre travail, et Dieu recevait un supplément de prières. Voilà la vraie conséquence de la beauté – dis-le à ta mère ! – la dévotion.

Iris ne comprend pas vraiment, mais il semble heureux de parler. Elle voit des Joseph, des Marie, des Jésus de tous âges et humeurs, abandonnés et recommencés, jugés imparfaits.

Le Maître reprend, ponctuant ses phrases de caresses à son pinceau :

— Peindre le sacré a toujours fait vivre les peintres. Même si nous avons toujours craint l'enfer pour avoir glissé dans une scène sainte un bébé vu dans la rue, une femme aimée, un homme admiré. (Son ton devient plus sombre.) Et puis il y a l'autre face du monde... Avec une précision impitoyable, je catalogue la corruption et les difformités. La Fille-Garçon de Rotterdam ? Je l'ai peinte l'année avant qu'elle ne soit lapidée par les dévots. J'ai peint les Sept Degrés de la Peste, y compris le visage gris-vert du cadavre avant l'inhumation. Les bossus, les crânes fendus. Dame Handelaers avec sa mâchoire d'âne. Tout est là, derrière cette porte, si tu veux voir. Les preuves de notre besoin de Dieu.

Il désigne la porte de son pinceau, haussant les sourcils.

Iris n'ose même pas la regarder, encore moins demander à l'ouvrir. Elle croise ses bras maigres sur sa poitrine. Où ont-elles donc mis les pieds ?

Le Maître retourne à sa toile.

— Et je peindrai aussi cette enfant-fée, dit-il, sombre. La beauté cachée de Haarlem. D'autres témoignages de l'étrangeté du monde.

Iris se souvient de la fille à la fenêtre, celle qui avait donné un jouet à Ruth. Elle avait demandé si Ruth était une enfant perdue, échangée par les fées. Haarlem, refuge pour les êtres étranges ? On raconte que parfois un bébé est remplacé dans son berceau par une créature mauvaise qui lui ressemble, mais à qui manque toujours quelque chose – la mémoire, les sens, la compassion. Iris voudrait demander au Maître comment reconnaître ces changelings, mais il interrompt le fil de ses pensées :

— Et bien que je montre la misère humaine et son salut par la sainteté, que nous demande-t-on, en cet an de grâce ? Des fleurs. Des fleurs pour le commerce, de la beauté à vendre comme une marchandise. Pourquoi ces calvinistes sans rêve ne vont-ils pas à Constantinople ? Pourquoi ne rejoignent-ils pas les mahométans qui refusent de représenter la divinité autrement qu'en mosaïques d'or et de bleu ? Ou pourquoi ne partirais-je pas, moi, dans les Pays-Bas espagnols, peindre ce que je veux et manger à ma faim ?

— Pourquoi ne le faites-vous pas ? demande Iris, piquée par ses grognements.

— Parce que j'aime être chez moi, rugit-il. Tu ne comprends donc pas ça ?

Iris ne répond pas. Chez elle, c'est déjà flou, remplacé par ce cauchemar : torches, accusations, fuite en barque sur des champs inondés, la lune pleine comme l'œil vengeur d'un juge. Sa famille partie si vite... Jack Fisher a-t-il seulement eu un enterrement chrétien, ou flotte-t-il encore, corps gonflé, dans les eaux qui ont ruiné les récoltes ?

— Quoi ? Qu'y a-t-il ? demande le Maître en s'approchant. Mais elle sursaute, recule.

... un démon mineur, reniflant l'air de minuit, en chasse...

— Non, dit-elle, refusant de laisser remonter les images. Non.

— Alors dehors ! Assez écouté les divagations d'un homme tourmenté. Va chercher des fleurs. Avec ta grande sœur. Rapportez-moi une brassée de plantes sauvages, que je perde mon temps à les contempler.

Il regarde Iris, puis ses pinceaux, étalant les poils d'un sous le pouce propre.

— Apporte-moi des fleurs, enfant, dit-il plus doucement. File dehors. Tu as l'air vieille avant l'âge.

Le pré

Schoonmaker – le Maître – donne à Iris un couteau court. Il lui explique comment trouver le pré. Iris aide Ruth à remettre ses sabots, puis chausse les siens. Les deux sœurs se prennent par la main et courent dehors.

Elles passent devant la brasserie aux effluves riches et vifs, empruntent une ruelle et franchissent une porte de la ville. Hors les murs, elles traversent un canal malodorant, longent une rive, franchissent un fouillis de haies, et puis : le pré. Quelques vaches meuglent, paisibles. Ruth en a peur ; Iris les chasse en agitant les bras comme des ailes de moulin, et les vaches s'éloignent sans se fâcher. Pour la première fois depuis qu'elles ont quitté l'Angleterre, les deux sœurs sont seules. Elles ne sont plus vraiment anglaises, malgré tout le soin que Margarethe a mis à enseigner à Iris les rudiments de néerlandais, mais elles ne sont pas hollandaises non plus, maintenant que leur maison leur a été prise. Pour l'heure, elles sont simplement seules, mais ensemble, aussi proches qu'elles peuvent l'être.

Avant la mort de Jack Fisher, elles ne s'étaient guère éloignées de March, hormis une fois, pour la foire du village voisin. Une catastrophe : la bière avait coulé à flot, et la charité chrétienne de façade avait vite cédé. Des hommes avaient posé leurs pintes pour importuner Ruth avec un bâton, plaisantant sur « le prix du cochon » comme s'ils avaient faim de jambon. Iris leur avait arraché le bâton et frappé, faisant couler le sang, mais même le nez en sang et les lèvres fendues, les hommes riaient encore, se bousculant :

« Le cochon et le chien de chasse ! Le chien et le cochon ! »

Les petites Fisher ne sont jamais retournées à la foire. Iris n'a pas raconté à ses parents ce qui s'était réellement passé : à quoi bon ? Cela n'aurait mené qu'à enfermer Ruth près de l'âtre, ce qu'Iris a toujours trouvé injuste. Ruth a ses lenteurs, mais elle n'est pas un animal de foire.

Quand ces souvenirs menacent de revenir, Iris les repousse. Elle a laissé l'Angleterre derrière elle – et tout ce qu'elle représentait. Tous les gobelins sont restés là-bas, c'est certain. Mais sont-elles vraiment arrivées en Hollande ? Ou bien le bateau s'est-il abîmé dans la tempête, les menant dans un pays d'ensorcellement qui ne fait que ressembler à la Hollande ? Cela expliquerait que le grand-père censé les accueillir ne soit pas chez lui.

« N'invente pas d'histoires », souffle la voix de Margarethe dans sa tête. Mais Iris ne peut s'en empêcher. Les mystères de cet endroit ! Qui était cette Fille-Garçon de Rotterdam ? Ou Dame Mâchoire-d'Âne ? Et ce changeling ? Si ce n'est plus l'Angleterre, peut-être n'est-ce pas non plus la Hollande. Un pays de conte qui commence ici, dans ce pré couvert de fleurs de fin d'été, éclatant avant que les tempêtes de l'Atlantique n'apportent la pluie et l'hiver sur eux tous.

Iris se sermonne : un peu de bon sens. Sois raisonnable. Mérite le repas de ce soir.

— Tant de variétés... Quelles sortes veut-il, à ton avis ?

Ruth cueille une marguerite et la brandit.

— En voilà une, et une belle, dit Iris. Il en veut beaucoup. Tiens, Ruth, peux-tu te servir de ce couteau sans te couper ? Si tu arraches les tiges, les feuilles se froissent. Coupe à ras, plie les genoux, c'est mieux. Oui, parfait. Pas besoin que j'approuve chaque fleur : elles sont toutes bonnes. Oui, celle-ci aussi est jolie.

Iris s'éloigne, s'assurant que Ruth n'a pas peur, puis encore un peu plus. Elle aperçoit un vieux pommier en lisière du pré. Tordu par l'âge, mais offrant des branches comme échelle, il permettrait d'atteindre un autre arbre, plus haut mais malingre, à côté. Elle retrousse sa jupe sombre dans les cordons de son tablier, dépose ses sabots contre le tronc, et commence à grimper.

Depuis le départ de Harwich, Iris n'a pas vu grand-chose du monde. La peur, la faim et le mal de mer l'avaient clouée au plancher grinçant du bateau. Elle se dit : je n'ai pas pu me poster à la proue pour suivre notre voyage vers cet endroit étrange. Mais ici, en marge, un vieil arbre devient un marchepied vers un autre, plus haut, et de là...

D'un côté, au-delà de trois ou quatre prés, s'étend l'océan gris, strié de crêtes blanches qui se brisent en grondant sur les dunes. De là-haut, la mer semble moins monstrueuse que sur le quai de Harwich. Ce jour-là, la lumière était basse et les vagues proches levaient des masses d'eau sombre et huileuse. Aujourd'hui, le ciel est semé de nuages qui filent comme des navires plats et tournoyants, et l'eau paraît lisse, transformée.

De l'autre côté, elle distingue, au-delà de la haie épaisse, l'embouchure brun-bleu de la Spaarne, et suit des yeux son cours jusqu'aux murs de la ville. Elle reconnaît Haarlem : les cheminées fines, les façades à pignons en escalier, l'hôtel de ville au toit vert comme une colline, la cathédrale Saint-Bavo avec son clocher couleur de pain grillé et ses reflets rosés dans cette lumière. Un petit dôme côtelé, ouvert aux vents, se dresse au sommet comme un oignon d'air.

Des canaux encerclent la ville, reliant la Spaarne au nord et au sud. Haarlem, ou un autre monde, ressemble à un jardin clos de pierres, de verre et de tuiles rouges. Plus à l'est, une vieille église par-ci par-là – comme le Maître le lui a dit – signale un groupe de fermes, un carrefour, un gué. Iris scrute l'horizon, espérant voir quelque géant ou dragon occupé à pondre des œufs. Une fumée... Ce pourrait être un dragon. Ou autre chose.

— Je crois que c'est un dragon ! crie-t-elle.

En bas, Ruth a déjà oublié sa tâche et s'est assise, mordillant les tiges.

Jusqu'à présent, Iris s'est peu intéressée aux fleurs. C'était l'affaire de leur mère : racines et herbes pour les feuilles, fleurs pour les graines, les multiples fragments de sauge, de céleri, de rue. Iris les avait négligées. Mais maintenant, elle remarque une grande variété de fleurs sauvages, dont elle ignore les noms, en anglais comme en néerlandais.

Après quelques instants passés dans l'atelier du Maître, elle ne voit plus que des taches d'or, des tiges rouges ou brunes, de petites étoiles bleues, des éclats blancs, le tout parsemé sur un fond éclatant de jaune et de vert. Elle se dit : j'amènerai Margarethe ici pour qu'elle m'apprenne ce qu'on peut tirer de chaque graine, tige ou feuille. Margarethe connaît les simples, et sait soigner presque tout avec une infusion ou un cataplasme.

Et voilà Margarethe, qui revient déjà du marché, un gros poisson brillant sous le bras. De là-haut, Iris trouve sa mère ridicule, avec ses jambes qui cisaillent l'air et ses épaules voûtées. Elle paraît soulagée.

— Je vois une méchante sorcière... et une vache qui donne du lait d'or ! crie Iris.

Elle décide qu'elle aura le courage de regarder les tableaux de démons et de créatures surnaturelles du Maître. Tous les secrets du monde doivent être découverts et reproduits.

Un vol de moineaux passe vers le sud.

— Est-ce un vol de sorcières ? appelle-t-elle, pour maintenir Ruth éveillée. Ou un enfant de fée que j'aperçois ?

En bas, Ruth sourit, indifférente, simple parmi les simples.

SÉANCE DE POSE

Elles apprennent à connaître leur protecteur et ses humeurs. Schoonmaker s'éveille, et, au prix d'un effort maussade, redevient le Maître. Les matins commencent dans un mélange de jurons marmonnés et de bénédictions avalées. Avec un enthousiasme brusque, il se lave, sans la moindre attention pour la pudeur des jeunes filles ou des veuves. Les Fisher doivent se réfugier dans la cour de la cuisine jusqu'à ce qu'il crie qu'on vienne enlever l'eau de sa toilette. Puis, après avoir enfin passé une chemise de batiste, il réprimande Margarethe pour tout ce qui le contrarie : bouillie trop liquide, fromage trop dur, pain trop gris, harengs trop petits.

Ruth joue avec son moulin, petit jouet pris à la belle enfant de la maison sur la place du marché, jusqu'à ce que le Maître réclame des fleurs en maugréant. Ce n'est pas tous les jours – toutes les fleurs des champs ne meurent pas aussitôt, quoi qu'il en dise – mais cela arrive assez souvent. Après quelques expéditions, Iris n'a plus besoin d'escorter Ruth jusqu'au pré, même si celle-ci revient parfois les mains vides, effrayée par les vaches. Iris constate que souvent, le Maître ne regarde même pas les fleurs rapportées : il les jette dans un seau et continue à peindre celles qu'il a déjà, tout en citant des versets des Écritures, comme pour se punir en se rappelant la passion sacrée dont il se croit privé à cause de « l'absurdité » des fleurs.

Iris traîne dans l'atelier, cherchant le courage de demander à voir les tableaux rangés sous clé dans la chambre des laissés-pour-compte. Elle se demande s'il y peint des créatures fantastiques. Ici, le Maître ne peint que des fleurs.

— Qu'est-ce que tu veux ? grommelle-t-il sans vraiment lever les yeux.

— Avez-vous déjà vu un dragon ou un démon ?

— Le client qui ne paie pas est un démon, répond-il sèchement.

Réponse de vieux grognon venant de celui qui prétend aimer peindre monstres et infortunés. Elle se promet de lui demander la clé le lendemain. Elle a toujours cru aux farfadets et voudrait en voir – pas en vrai (Dieu l'en garde), mais en peinture. Ce serait sans danger... et magnifique.

Mais le lendemain, alors qu'elle s'apprête à demander, on frappe à la porte.

— Caspar ? dit le Maître. Entre !

Personne n'entre.

— Iris, ouvre la porte. Caspar doit avoir les bras chargés de présents pour moi, lance-t-il avec emphase.

Iris ouvre timidement la moitié haute de la porte. Rien. Mais on frappe sur la partie basse.

— Sois généreuse. Ouvre toute la porte, ordonne-t-il.

Elle obéit... et se trouve face à une étrange créature : petite, à grosse barbe, à hauteur de son tablier. Chien qui parle ? Ours miniature ? La chose grogne :

— Écarte-toi, qu'est-ce que tu fixes, petite ?

Un nain. Un vrai. Iris se félicite que Ruth soit au pré.

— Où est ce vieux paon hirsute ? grommelle-t-il en entrant.

Le Maître, impassible :

— Qui t'envoie ?

— Pour la moitié d'une miche, je vous montrerai comment le barbier a chatouillé mes jambes gangrenées avec ses couteaux, répond le nain, qui n'est petit que parce qu'il n'a plus de jambes.

Il bascule en avant, se propulsant sur ses bras, et se redresse sur deux moignons gainés de cuir, fixés par des lanières qui lui passent sur les épaules.

— Tu es en présence d'une jeune fille, prévient le Maître.

— Oh, une fille ? Quel joli minois... Je croyais que c'était un petit animal malade. Vous êtes Schoonmaker, n'est-ce pas ? Peignez-vous encore des gens comme moi ?

— Tu veux que je te paie d'une moitié de miche ? Le pain est cher, et j'ai déjà vu tes semblables.

— J'ai une belle collection de nœuds et de morceaux qui traînent par terre, dit le nain en jetant un œil vers son entrejambe.

— Dehors, dit le Maître. Je m'intéresse aux variétés de déchus, il est vrai, mais pour l'instant je peins des fleurs. Et je n'aime guère ta grossièreté en présence d'une jeune fille.

Le nain examine l'étude de fleurs des champs.

— Vous êtes passé du catalogue des estropiés à des portraits... de nourriture pour vaches ? Fichtre, votre réputation était plus relevée que ça.

— Margarethe, apportez votre balai, appelle calmement le Maître. Une touffe de poils parlante a pénétré dans la maison. Qu'on l'en chasse.

Iris voit son courage l'abandonner pour visiter la galerie des monstres. Au retour de Ruth, elle lui parle du nain tandis que Ruth trie les fleurs par taille et les aligne pour l'inspection du Maître.

— Magnifique, dit-il. Parfaitement disposées !

Il ne les déplace pas. Elles se dessèchent et s'envolent le lendemain.

— Je vais faire ton portrait avant qu'un autre fou ne vienne m'interrompre, dit enfin le Maître.

Iris n'est pas certaine de vouloir poser, mais un marché est un marché. Lorsque le soleil est bien placé, il l'installe sur une chaise, les mains sur les genoux, et lui enlève son bonnet. Iris a les larmes aux yeux : elle redoute qu'il ne la déshabille entièrement. Elle n'est pas faite pour cela.

Il se méprend sur son inquiétude.

— Le bonnet : crasseux. Et de toute façon, ce n'est pas toi que je regarde, c'est la forme de ta tête.

Il retourne à son feuillet pour juger de la direction de son regard. Pendant une heure, il fait des marques sur le mur. Elle est censée se concentrer sur ces marques, l'une après l'autre. Mais quand il est enfin prêt, la lumière a changé. Il la maudit pour son « entêtement », lui lance des fleurs à la tête, et elle s'enfuit à la cuisine en se cachant les yeux.

— Pleure un peu si tu veux, dit Margarethe, brandissant une cuillère comme un gourdin. Ça soulage. Mais ensuite, tu y retourneras.

— Il veut dessiner une statue de marbre, pas une personne ! sanglote Iris.

— Alors sois de marbre, petite sotte. Sois de bronze s'il le veut, sois de verre, sois de chêne. Sois ce qu'il souhaite. Ou nous connaîtrons encore la faim.

— Il veut la beauté, dit Iris en se frottant le nez. Il a un chien de chasse et veut la beauté.

— Alors sois la beauté. Feins-la.

Iris pousse un cri d'exaspération. Si elle avait quelque chose à lancer sur sa mère, elle le ferait.

— Il n'a rien demandé, murmure Margarethe en traçant des courbes dans l'air avec la main.

Iris secoue la tête. Curieusement, elle est irritée. Visiblement, elle n'est pas assez intéressante pour être insultée.

— J'ai fini de dessiner pour aujourd'hui, pour la saison, pour toujours ! crie le Maître de l'autre pièce. J'essaie de décider comment mettre fin à mes jours, et vous deux qui vous chamaillez, ça m'empêche de me concentrer !

— Je vous demande pardon, rétorque Margarethe d'une voix faussement douce. Je ne voudrais pas interrompre une pensée aussi importante.

Il rit, on l'entend déchirer un papier.

— Nous commencerons demain plus tôt, Iris. Tu ne m'échapperas pas, malgré toutes tes pudeurs. Je fixerai ton visage sur la planche. Mon pain quotidien en dépend... et le tien aussi. Sèche tes yeux, cesse de pleurnicher, ou je vais devoir te battre.

Margarethe hausse les sourcils vers Iris. Elles savent toutes deux que le Maître n'est pas homme à battre les enfants.

Le lendemain matin, il se remet à l'œuvre. Iris pose. Il dessine son visage, ses mains, ses épaules.

— Penche un peu la tête, avance le menton.

— J'ai mal au cou si je ne le tiens pas droit.

— Fais ce que je dis.

Elle s'assoit comme un voyageur devant un feu, imaginant derrière elle quelque chose qu'il aurait fallu laisser en Angleterre... ou bien quelque monstre nouveau, comme l'horrible nain, la Femme-Âne... plus sombre, plus proche.

— Quelle défiance dans tes yeux ! dit-il.

Plus tard :

— Maintenant, sans un mot, sans bouger les yeux ni les mains, avance un peu la lèvre inférieure. Encore... voilà.

S'il me saisit, va-t-il saisir aussi ce qui est derrière moi ? Cette chose qui me fait sursauter dans mon sommeil ?

— Y a-t-il vraiment un changeling à Haarlem ? demande-t-elle.

— Je dessine ta bouche. Ferme-la.

C'est la pire torture pour elle : rester immobile. Mais jour après jour, elle pose respectablement, vêtue, et finit par en être presque contente.

— Laissez-moi voir, dit-elle après la cinquième séance.

— Inutile. Je ne t'ai pas saisie. Je t'utilise juste pour suggérer une forme. Sur le papier, il n'y a pas Iris Fisher, mais une fille sans nom, sans esprit. Alors que toi, tu es une jeune Anglo-Hollandaise pleine d'esprit.

— Je veux voir.

— Va chercher ta sœur au pré.

Elle insiste. Il se fâche. Elle sort dignement, renversant au passage un pot de poudre. Il la maudit, elle ne répond pas.

Elle boude encore en arrivant dans le pré. Le Maître est un homme bon par certains côtés, mais il la fâche. Il l'encadre sur sa table à dessin, mais aussi dans la pièce, l'enfermant dans une boîte. Elle n'est peut-être pas belle, mais il la force à rester petite.

Margarethe ne peut guère l'aider: pour le Maître, elle n'est guère plus qu'une contrariété. Même Iris, qui l'aime, le voit. Non, c'est à elle d'être patiente et de bien se tenir, ou la famille se retrouvera encore à la rue. Et maintenant qu'Iris a vu le nain sans jambes, et entendu parler de la Fille-Garçon de Rotterdam, qui sait quels êtres étranges rôdent plus avant dans les terres? Ce pourrait être des farfadets et des démons, d'énormes bourdons aux serres aiguës... ou même un dieu farouche déguisé en taureau, prêt à enlever les pauvres filles.

— Nous allons lui en donner, de sa monstruosité, dit Iris soudain.

Ruth lève les yeux de ses pâquerettes tardives.

— Il veut cataloguer toutes les bizarreries du monde? Ruth, nous allons lui faire une cour des miracles!

Ruth apprécie ce ton de bravoure, qu'elle n'avait plus guère entendu depuis l'Angleterre. Iris tourne dans la prairie en riant. Elle attrape une branche morte sous le vieux pommier, casse les rameaux.

— Des bois, pour la Fille-Cerf de la Prairie!

Elles se prennent par la main et rentrent en courant. Margarethe est dehors. Le Maître est dans son second atelier – la galerie des erreurs de Dieu – ce qui permet à Iris de prélever un peu de peinture sombre sur la palette. Dans l'appentis, elle en barbouille le visage de Ruth.

— Tu es une très belle Fille-Cerf, chantonne-t-elle. Sais-tu faire un bruit de bête ?

Ruth meugle avec passion. Iris lui fixe les bois avec une corde, drape une toile à sac marron sur ses épaules. Puis elle s'agenouille derrière elle, nouant la toile à leur taille pour qu'elles ne fassent qu'une seule créature à deux têtes.

— Allons dans l'atelier et faisons notre portrait. Il rira et me pardonnera.

Elles avancent lourdement dans la cour. Ruth meugle pour annoncer leur arrivée. Silence dans l'atelier. Le Maître est revenu, assis, bouche bée. Il n'est pas seul.

Le visiteur est un jeune homme, barbe naissante, sans l'embonpoint des peintres célèbres. Perché sur un tabouret, il trempe un quignon de pain dans un brouet.

— Oh, un animal domestique ! s'exclame-t-il, bondissant, renversant tout.

— J'attendais les brillantes filles de ma gouvernante, dit le Maître. Voici à la place une bête des bois.

Ruth meugle, ravie. Iris, mortifiée, joue le jeu

— Nous sommes la Fille-Cerf de la Prairie. Sommes-nous assez laides pour vous plaire ?

— Le déguisement est parfait, dit sèchement le Maître. Je ne t'aurais pas reconnue sans ta voix.

Il rit malgré lui.

— Mais vous êtes en retard, jeunes demoiselles. Vous avez inquiété votre mère et moi. Voici Caspar, revenu de La Haye. Stupide Caspar, incapable d'obtenir une commande malgré des lettres de recommandation.

— Je les ai écrites moi-même, dit Caspar fièrement. Laquelle est Iris et laquelle est Ruth ?

— Voici Ruth, l'aînée, dit Iris en défaisant la toile. Et je suis Iris.

Ruth s'éclipse aussitôt, bois branlants.

— Ruth est timide, comme moi, dit Caspar. Mais toi, Iris, tu es un phénomène. As-tu inventé ce costume ? C'est agréable d'avoir de la compagnie.

— Je ne tiens pas un salon pour bavarder, réplique le Maître. Caspar est ici pour apprendre, mais il est désespérant. Sans vrai talent, sinon Hals ou Bollongier l'auraient pris. Caspar est presque aussi inutile que vous, fillettes.

Iris l'observe. Caspar sourit, ne s'offusque pas. Elle a soudain envie de toucher sa moustache naissante, comme on caresse un chat.

— Parle, dit Caspar en lui tendant la main.

— Silence, dit le Maître.

— La bouillie ! annonce Margarethe depuis la cuisine.

Le Maître ne les chasse pas. Il s'est habitué à elles. Tant mieux.

Iris se détourne. Caspar est-il venu longtemps ? Elle croit que oui... mais n'en est pas sûre.

— La Fille-Cerf de la Prairie, dit Caspar alors qu'elle passe. Et quelle partie fais-tu ? La fille ou le cerf ?

De lui, ce n'est pas une insulte. Iris glousse et ne répond rien.

La fille aux fleurs des champs

Avec l'arrivée de l'apprenti de Schoonmaker, Iris devient, sinon plus heureuse, du moins, moins gauche : Caspar ne semble pas remarquer sa laideur. Certes, elle sait qu'elle n'est pas la caricature de « l'insulte à la nature humaine » que peut sembler l'énorme Ruth, avec ses bras rabougris et sa salive toujours aux lèvres ; mais Iris sait aussi qu'elle n'incarne pas exactement la preuve d'une présence divine dans un monde corrompu. Le mieux qu'elle ait pu souhaiter, presque toute sa vie, c'est de passer inaperçue.

Chaque matin, le Maître dessine Iris, puis commence à la peindre, en de brèves études qu'il ne lui permet pas de voir. Il y incorpore toutes les fleurs des prés que rapporte Ruth.

— Qu'importe la forme ou la couleur, marmonne-t-il, quand seule compte la fraîcheur ?

Il passe ensuite à de plus grandes toiles. Lorsqu'il tient une forme qu'il admire, il travaille plus lentement, délayant ses couleurs à l'huile pour les garder humides et malléables plusieurs jours. Chaque après-midi, lorsque la lumière change – ce qu'il ressent immédiatement, par quelque mystère qu'Iris ne peut même imaginer – il lâche ses pinceaux et renvoie Iris.

Parfois, Caspar s'attarde dans l'ombre de l'atelier. C'est de lui qu'Iris prend l'habitude d'observer le Maître à l'œuvre, caressant la surface avec le pinceau le plus doux.

— Juste une touche pour souligner le reflet, murmure Caspar.

Iris ne voit rien – elle n'est pas autorisée à regarder – mais Caspar retient son souffle.

— Ce trait jaune, violent et déchiqueté... une inexactitude flagrante, mais si révélatrice !

Le Maître grimace, mais Iris voit bien qu'il est satisfait.

Bien qu'Iris rougisse d'y penser, il arrive que Caspar, dans un coin, s'efforce aussi de la dessiner. Il cache son travail à Iris et au Maître. Un matin, ce dernier s'irrite de cette timidité :

— Comment t'enseigner si je ne peux pas voir tes erreurs ?

— Vous m'enseignez déjà par les vôtres.

— Et quelles erreurs pourrais-je commettre ?

Le ton est si sec qu'Iris interrompt la pose pour observer la colère du Maître.

— Dans cet atelier, vous peignez Dieu et ses saints, dit Caspar. Et dans l'autre, les êtres difformes. Vos deux obsessions. Alors, que cherchez-vous à accomplir avec cette œuvre entre les deux ?

Il désigne Iris et la toile qu'elle n'a pas le droit de voir.

— J'admire votre abnégation, votre renoncement à vos projets grandioses pour les choses de ce monde...

Il pique le Maître, qu'Iris ne comprend pas assez pour suivre.

— Dieu m'en préserve ! fulmine celui-ci. Les insultes que je dois subir, de ceux qui mangent à ma table et se chauffent à mon feu !

Il saisit une grande houppelande suspendue, se plaint du vacarme, et quitte la maison pour la première fois depuis l'arrivée des Fisher. Margarethe, depuis la cuisine, voit son pas vif dans la ruelle. Les chiens s'écartent, les enfants s'immobilisent, les femmes le saluent d'un signe de tête muet, marquant leur réprobation.

— Caspar, dit Margarethe, nous allons finir à la rue. Et après ?

— Sornettes, répond Caspar. Il ne marche pas assez, devient morose. Cela fait partie de mon travail : l'ennuyer assez pour le garder en contact avec le monde. Sinon, il fermerait les volets et se réfugierait à jamais dans ses tableaux.

— Et qui t'a chargé de ça ?

— La tendresse, dit Caspar, surpris. Vous êtes mère, vous savez ce qu'exige la tendresse pour le bien de votre famille.

— Obéissance et silence, réplique Margarethe.

— De la compassion... et parfois un coup de trique entre les épaules.

Le Maître absent, Margarethe s'assoit au soleil avec Iris, qui épluche des pois. Ruth arrive avec son moulin et s'accroupit, jambes pliées comme pour jouer ou se soulager dans un fossé.

— Il ne reviendra pas avant des heures, dit Caspar à Iris.

— Je crois qu'il n'a pas d'autres amis que nous.

— Il pourrait en avoir s'il leur prêtait autant d'attention qu'à ses tableaux. Il aime exposer ses opinions. Schoonmaker est estimé des meilleurs artistes, mais il reste à l'écart, honteux de voir son œuvre moins bien considérée que la leur.

Iris trouve le courage de demander :

— Y a-t-il vraiment un changeling à Haarlem ?

— On dit qu'il y en a un : Clara, la fille de l'homme qui a commandé l'œuvre en cours.

Iris sursaute. Clara est l'enfant qui a donné le moulin à Ruth.

— Ce n'est pas une enfant changée par les fées !

— Ne me demande pas la vérité. C'est une enfant cachée aux regards. Les rumeurs aiment y croire... et le Maître le jurerait au tribunal si cela lui valait une commande.

Margarethe, raide :

— Tu parles trop librement des affaires de ton Maître.

— Dans cette maison, tu es serviteur comme nous, qu'est-ce qui t'autorise à juger ?

— La jeunesse, dit Caspar en souriant.

— La jeunesse est un état dont il faut sortir vite.

Caspar se lève d'un bond, prend Iris par la main :

— Veux-tu voir le portrait qu'il a fait de toi ?

— Je l'interdis ! lance Margarethe.

— Où est le mal ?

Iris, troublée par ce contact, se lève malgré elle, tend sa jatte à Ruth et suit Caspar dans l'atelier. Il fait pivoter les panneaux, trouve celui qu'il cherche, le tire vers la lumière.

— Une étude de...

Iris porte les mains à sa bouche. Margarethe les a suivis. – C'est une bonne ressemblance, dit-elle. – C'est sévère, concède Caspar.

— Sévère mais exact. Iris est quelconque. Inutile d'enjoliver ses traits, ce n'est bon pour personne.

Sur la toile : un fond noir éclairé de topaze, une figure humaine et un amas de fleurs des champs, baignant dans une lumière éclatante. La fille est une étude de banalité : yeux ternes, lèvres boudeuses, sourcils froncés, menton faible, nez épais. C'est l'Iris qu'elle voit parfois dans une vitre ou une flaque... pas celle qui tremble sous la main de Caspar ou veille sur Ruth. Une autre Iris, plus petite, figée dans l'ivoire et l'ombre.

— Vois-tu ce qu'il fait ? dit Caspar.

— Essuie tes yeux, tu t'enlaidirais encore, coupe Margarethe.

— Il a terni tout ce qu'il y a de séduisant en toi. Comme un mensonge assez proche de la vérité pour convaincre. Il a utilisé la grammaire de tes traits pour composer une phrase.

Iris reste muette.

— Après tout ce que nous avons subi, dit Margarethe, nous avons de la chance de manger chaque jour et de dormir sous un toit. Voilà ce que ça veut dire.

— Non, cela ne dit rien de la chance, ni d'Iris, ni des filles en général. Ces fleurs sont splendides, non ?

— Tais-toi, tu aggraves les choses, coupe Margarethe.

Caspar insiste :

— Elle aime regarder. Vous ne le savez donc pas ?

— Elle peut à peine voir, ses yeux sont pleins de larmes.

Margarethe ne la prend pas dans ses bras – ce n'est pas son genre – mais sa voix glaciale est une défense, et c'est déjà une chaleur.

— Cesse ces bêtises, dit Caspar. Tu es apprentie autant que moi, Iris. Ce n'est pas toi qu'il faut voir, mais la peinture. Peu importe ses commandes princières : c'est un génie. Tu fais partie d'un petit chef-d'œuvre. Tu vivras à jamais...

— Vivre à jamais sous les traits d'un brochet aux joues plates !

Iris s'enfuit, le souffle coupé. Margarethe ne la suit pas.

— Tu as brisé une loi du Maître, dit-elle à Caspar. Tu devrais quitter son service. Tu as nui à ses intentions, et à l'âme de ma fille.

— Taisez-vous. Vous n'avez pas le pouvoir de me chasser, et elle me remerciera un jour : le regard doit être éduqué, et elle l'a. Vous êtes sotte de ne pas le voir.

— Et ce « regard » lui trouvera un mari ? L'aidera à être heureuse dans ses tâches au foyer, au jardin, au puits, au lit, ou sur les tombes de ses enfants ? Tu es assez jeune pour être complètement sot.

— Ce regard l'aidera à mieux aimer le monde. Et n'est-ce pas là l'essentiel ?

— Et qui l'aimera ? Ce ne sera pas toi, Caspar.

Il reste sans voix. Margarethe marmonne sur le portrait :

— Pure cruauté, mais pure honnêteté.

Ruth sort, suivant les sanglots de sa sœur, et lui apporte le moulin. Iris n'en est pas consolée, mais elle fait tourner les ailes pour faire plaisir à cette pauvre Ruth.

UNE DEMI-PORTE

La stratégie de Caspar pour remonter le moral du Maître marche. Le lendemain matin, Schoonmaker est de bonne humeur. Il réveille les filles et Margarethe avec une chanson drôle, et Caspar déboule du lit, l'œil trouble et le cheveu hirsute, pâteux et reconnaissant tout à la fois.

— De l'hilarité à cette heure ? Ce n'est guère hollandais, Caspar. Ce ne peut pas être la Hollande. Où sommes-nous, à Padoue, à Rome, à Marseille ?

Iris se frotte les yeux et songe à nouveau : Oui, où sommes-nous ? En quel lieu du monde, ou hors du monde ?

— Enfilez des vêtements, lavez-vous le visage, vous autres, dit le Maître. Iris, pas de pose aujourd'hui. Emmène ta sœur dans le pré, là, maintenant.

— Elles n'ont rien mangé, proteste Margarethe. Il fait froid dans le pré à cette heure. Il a gelé dans la ruelle, et même les colombes sous le toit ont la gorge glacée.

— Qu'elles emportent du pain, et qu'elles y restent jusqu'à ce qu'on les rappelle. Elles pourront courir pour se réchauffer. J'attends de la visite importante ce matin. Pas de pose aujourd'hui.

— Je ne poserai plus pour vous, dit Iris d'une petite voix.

— Demain suffira, dit le Maître.

— Plus jamais, dit Iris, plus fort.

Caspar rougit et plonge la tête dans une chemise propre, et il y reste, telle une tortue rétractée dans sa carapace.

— Quelle révolution est-ce là ? dit le Maître, écoutant à peine. Margarethe, j'aurai besoin de vous pour mes ablutions. Savez-vous tailler une barbe ?

— Donnez-moi le couteau et tendez votre gorge, et nous verrons bien.

— Quelle gaieté de toutes parts, ce matin, dit le Maître vivement. Bah, peu importe. Je m'arrangerai de ma pauvre allure défraîchie. Voyons, que racontes-tu, Iris ?

— J'ai vu comment vous peignez mon visage, dit Iris. (Elle a préparé ses paroles, et lutte pour les dire d'une voix égale.) Vous me voyez avec malveillance et mépris. Vous m'avez fait paraître niaise. Je parais déjà niaise à mes propres yeux. Je ne veux pas être mise en avant pour paraître niaise aux yeux du monde.

— Alors tu as enfreint mes ordres et regardé les tableaux dès que j'ai eu le dos tourné ? – la voix du Maître a une douceur d'orage encore éloigné.

— C'était l'idée de Caspar, dit Margarethe en lançant un regard au jeune homme.

Il se tortille comiquement sous sa chemise.

— Ah, dit le Maître, avec un dédain mêlé de lassitude. Caspar. De lui on n'attend rien de mieux. Caspar, sors de cette chemise, pauvre âne. J'aurai ta tête sur un plateau d'ici à midi si tu ne cesses pas ces tours pendables. Iris, j'ai autre chose à faire aujourd'hui que sécher par des baisers tes larmes de chagrin. Dehors, fillettes, dehors, vite ! Un client va venir, et il faut balayer par terre, Margarethe, et disposer les tableaux de manière à bien les exposer au jour.

Iris est écartée, ses braves pensées exprimées mais non point écoutées. Le Maître a d'autres choses en tête.

— Nous devrions nous sauver, déclare farouchement Iris à Ruth.

Elles se tiennent par la main et laissent derrière elles le bruit du grand ménage. Dans la ruelle, une vieille estropiée approche à tâtons, s'aidant de deux bâtons. Elle a le dos presque plié en deux, et ses mains calleuses sont attachées à ses bâtons pour ne point les laisser tomber.

— Je cherche le peintre, crie-t-elle à Iris d'une voix cassée. Celui qui aime les vieux arbres tordus comme moi. Je suis la Reine des Bohémiennes au Menton Poilu, et je peux souffler des ronds de fumée par mon derrière. Où est-il ? Dis-le-moi ou mes malédictions t'enverront au fond d'un puits, où il n'y aura personne que les grenouilles pour écouter ta confession.

Ruth, que la plupart des gens intimident, reste derrière Iris, sans doute effrayée par le menton en miche de pain de la vieille, avec des poils blancs raides comme des soies de porc. Mais Iris n'a pas peur ; elle songe à la femme dissimulée dans l'ombre près du quai, le premier jour, celle qui avait dit à Margarethe : « Trouvez votre chemin vous-même. »

— Je vous dirai où vit le Maître, répond Iris, si vous...

— Je le changerai en limace et l'écraserai avec mon soulier, dit la vieille plaisamment. Quand il m'aura d'abord peinte et payée. L'immortalité m'appelle, alors qui suis-je pour me garder à moi seule ? Dis-moi où je le trouverai.

— Si vous promettez...

La vieille ricane.

— Bah, tant pis, alors.

— La maison juste là, avec la grande fenêtre et la demi-porte.

— Reine des Bohémiennes, Poule des Poussins Trahis, Dame des Damnés, Truie des Porcelets Endoloris, Accoucheuse des Changelings, Mère Abbesse des Putains, dont tu ne seras jamais, vilaine comme tu es. Tu ferais mieux de te retirer déjà dans un couvent, pour t'épargner la peine. Sois bénie, enfant, et écarte-toi. Je m'élance et ne puis m'arrêter.

La vieille se remet en marche, davantage comme un insecte patinant à la surface d'une mare, pattes écartées, que comme une Reine. « Accoucheuse des Changelings », songe Iris. Pouvez-vous nous parler du changeling de Haarlem, alors ?

Iris a envie de la suivre. Elle aimerait tant voir une malédiction accabler le Maître. Le voir réduit à l'état de limace ! Elle n'ose pas. Au lieu de cela, elle prend la main de Ruth et l'entraîne vite.

— Nous devrions retourner au quai pour chercher le bateau qui nous a amenées et retourner en Angleterre, murmure Iris. Nous ne sommes pas chez nous, ici, parmi les peintres délirants. Je déteste cette maison de fous. Je le déteste. Qui voudrait voir pareil tableau ? Penses-tu que le client vienne pour voir ce tableau-là ? Sors tes doigts de ta bouche, tu es affreuse à voir.

Le pré est encore plein de ces mêmes fleurs tardives, mais elles commencent à brunir, rongées par les insectes, prêtes à éparpiller leurs graines. Iris peut à grand-peine se résoudre à s'asseoir là, parce qu'il lui semble imiter le tableau : jeune fille défavorisée se détachant sur les herbes les plus communes.

Une fois Ruth installée, heureuse, avec du pain à ronger, Iris escalade les branches du pommier comme elle l'a déjà fait, et grimpe dans le deuxième arbre, qui lui permet de voir par-dessus les murs de la ville. Elle observe la maison du Maître, pour voir quel genre d'invité pourrait se mettre en tête d'y aller en visite. Aucun signe de la Reine des Bohémiennes au Menton Poilu. Sans doute chassée avec un sabot planté dans son derrière fumant. Le Maître n'est point en humeur de distractions aujourd'hui.

Iris n'a pas longtemps à attendre. Avant même que le reste de Haarlem soit éveillé et vaque à ses affaires, un gentilhomme approche à grands pas, venant d'un beau quartier, dans la rue qui mène à la maison du Maître. Il porte un chapeau haut avec une boucle si bien astiquée qu'elle étincelle même de loin, et il arbore une cape d'une coupe fort généreuse. Un col de dentelle s'étale sur ses épaules tels les pétales d'une rose, d'où émerge une face colorée. C'est un visage intelligent, affiné par une barbiche bien taillée et une moustache altière. Auprès de lui, songe Iris avec plaisir, le Maître a l'air d'un fichu mangeur de pommes de terre.

Le gentilhomme s'arrête un moment devant la porte de la maison du Maître, pour contempler la situation. Peut-être frappe-t-il. La porte s'ouvre en grand, et voilà Caspar, plus convenablement vêtu qu'Iris ne l'a jamais vu. Depuis hier, Iris ne s'est pas encore attardée sur ses sentiments à l'égard de Caspar. Elle préférerait ne pas le mépriser, mais il semble être en collusion avec le Maître à ses dépens. Comme elle compte peu dans cette maison, Caspar fait entrer le visiteur, et le bas de la porte se referme, pour tenir au-dehors les chats, cochons et méchants nains errants.

— Pourquoi faut-il qu'on nous envoie paître comme deux chèvres indociles ? dit Iris à Ruth.

Ruth se contente de mastiquer son pain.

— J'ai donné ce que j'avais à donner, que je le veuille ou non ; pourquoi ne devrais-je pas savoir ce qu'on a fait de moi ? Qui est-il, pour nous envoyer paître ?

Ruth retombe sur l'herbe, se régalant du soleil sur son visage.

— Ne mange pas couchée, voyons, tu étouffes, tu le sais bien. Ruth, assieds-toi.

Ruth s'assoit en grimaçant.

— Je reviendrai te chercher. Si les vaches viennent, tu n'auras qu'à leur crier après. Tu peux crier quand tu veux. Tout ira bien ?

Ruth hausse les épaules.

Iris s'en va. En quelques instants, maintenant que les lieux lui sont familiers, elle ralentit sur la pointe des pieds en approchant de la maison, courbée en deux pour ne pas se faire voir. Elle va jusqu'à la porte. C'est une chaude journée pour le milieu de l'automne, ou bien peut-être le Maître veut-il autant de lumière ambiante qu'il peut en avoir : le haut de la porte est encore ouvert. Iris se tapit contre la partie basse, les genoux serrés entre ses bras, l'oreille à l'affût. L'atelier principal est juste là, et le Maître exprime ses pensées d'une voix d'orateur. Gloriole, songe Iris, mais cela ne déguise pas vraiment sa peur. Elle est ravie de sa déconfiture. Mais elle préférerait tout de même le voir transformé en limace morte par terre.

Elle écoute et s'efforce de comprendre les circonstances. Apparemment, le visiteur regarde des tableaux ; le Maître et Caspar disposent les toiles sous le meilleur jour, l'une après l'autre. Il y a des Annonciations, des Lamentations, des Nativités ; il y a des Saint Basile, des Saint Nicolas, et des Saint Jean le Baptiste.

— Et des clients, sous leur aspect le plus sanctifié, dit le Maître. Je puis faire des femmes avec des voiles, je fais des dentelles comme dans le portrait de Catherine de Clèves, et des perles du plus beau lustre. Voyez les tons de chair, cerise sur un fond bleu olive, une réussite dans le mélange comme dans l'application qui n'est pas communément connue de mes pairs...

— Le jeune van Rijn d'Amsterdam a des tons de chair bien supérieurs, murmure le visiteur. Et son traitement de la lumière, même pour un jeune, est remarquable. Il peint l'éclat de la sainteté elle-même. On ne peut imaginer comment c'est fait. La grâce de Dieu, sans doute.

— Dieu travaille les pigments et les vernis tout comme nous, dit le Maître avec le soupir le plus généreux qu'il puisse produire. Puissions-nous tous aspirer aux exploits que Rembrandt van Rijn accomplira. En attendant, tenons-nous-en à ce qui nous occupe. Voyons, Caspar, montre à Heer van den Meer les études de fleurs qu'il avait demandées. Laissez ma bonne prendre ce flacon pour vous – Margarethe ! Je vous en prie – et là... êtes-vous à votre aise ? Prenez le banc, là... Caspar, un peu par ici... voilà.

— Miséricorde, dit Heer van den Meer d'une voix neutre.

— Exactement, dit le Maître, bravement.

— On ne remarque guère les fleurs. Qui est la malheureuse enfant ? Est-ce une création de votre méchante imagination ?

— Elle est aussi vive qu'elle est vilaine, dit le Maître. Qui peut savoir comment Dieu choisit de faire Son œuvre en ce monde ?

— Je ne pense pas qu'il y ait jamais eu de fille hollandaise aussi ingrate.

— Elle est surtout d'Angleterre. Elles sont vilaines, là-bas.

— L'Angleterre, dites-vous ? Comment se trouve-t-elle chez vous à poser ?

— Mon cœur éclate de charité pour les malheureux, soupire le Maître. Un si grand cœur. C'est ma malédiction. Une commande de vous m'aiderait à continuer de la nourrir.

— Tenez-la hors de la rue, vous nous rendrez service, murmure Heer van den Meer.

Il y a un petit rire vide, et Iris entend sa mère demander calmement :

— Sera-ce tout, messieurs ?

Silence.

— Bien sûr, je m'intéresse aussi aux fleurs de Hans Bollongier, dit le visiteur. C'est son œuvre qui m'a donné l'idée.

— Voyons, mon bon seigneur, se hâte de dire le Maître, ne vous laissez pas distraire par la nouveauté de la fille. C'est la peinture de la flore que vous vouliez voir. J'ai placé les fleurs les plus communes avec le plus commun des visages, pour que vous puissiez juger de ma touche, de ma palette, de ma composition. La beauté resplendit jusque dans les matériaux les plus grossiers s'ils sont bien disposés. Sans vouloir vous influencer, bien sûr.

— Bien entendu.

Nouveau silence. Iris brûle de jeter un coup d'œil par-dessus le panneau de la porte, mais elle n'ose pas. Pourquoi le Maître ne montre-t-il pas au client sa galerie secrète de malformés, de nains, et d'autres personnages magiques ?

— L'enfant connaît-elle le hollandais en sus de l'anglais ? dit van den Meer.

— Vous êtes ici pour regarder des tableaux ! dit le Maître.

— Je suis sa mère.

— Elle le connaît, monseigneur, oh oui, interrompt Margarethe.

— Et moi, je suis ici pour regarder des tableaux. Très bien. Celui-ci est-il assez sec pour être mis sur une charrette ? C'est une belle peinture, vous savez, c'est très bon. J'aime ce que je vois. Il ne faut point combattre autant le changement : la vie n'a pas besoin d'être aussi dure. Il y a des marées de fortunes, il y a le lent rétablissement des interminables guerres avec l'Espagne à accomplir, il y a place pour nous tous dans la prospérité à venir, mais il ne faut point vous accrocher aux choses du passé avec si peu de dignité. Oui, amenez ce tableau chez moi, demain si le temps s'y prête. Oui, amenez le tableau, et amenez l'enfant aussi.

Silence.

— Pourquoi l'enfant ? dit le Maître. C'est une chose renfrognée. Comptez-vous évaluer mes compétences en plaçant le sujet et le portrait côte à côte sur une estrade ? Elle ne s'y prêtera point.

— Elle fera ce qu'on lui dira... commence Margarethe.

— Elle ne le fera pas parce que je lui dirai de ne pas le faire, dit fermement le Maître.

Mais van den Meer se contente de rire.

— Je n'attends rien de l'aspect de l'enfant, que pourrait-on attendre ? Mais si elle est vive et qu'elle entend le hollandais en sus de l'anglais, elle pourrait être utile dans mon ménage. Ne vous inquiétez point. Ceux qui tiennent les cordons de la bourse regarderont votre peinture et ne prêteront guère attention au modèle. Mais puisque vous venez, amenez la fille chez moi, bien propre et polie, et nous verrons ce qui se passera. Cela pourrait résoudre un problème domestique et faire plaisir à ma bonne épouse. En attendant, je n'ai rien à ajouter. Vous avez bien fait ce qui vous était demandé, et j'espère que vous serez engagé dans l'étape suivante de notre entreprise. Voici la somme qui était convenue. Tournez à présent cette toile vers le mur : nul ne devrait avoir à regarder cela plus longtemps que nécessaire.

Il rit, mais personne ne rit avec lui. Iris entend qu'on retourne le tableau.

— Et vous, mon garçon, reprend van den Meer, prêt à s'en aller, comment vous plaisez-vous ici, dans le voisinage d'un talent si brillant ?

— Je suis aveuglé, monseigneur. Un changement de temps à autre me ferait du bien. S'il y a des petits travaux à faire chez vous...

— Je n'ai pas besoin de garçon. Vous ne conviendriez point. À demain, donc.

Iris court rechercher Ruth, et ses sabots résonnent sur les pierres comme une sorte d'avertissement. Si fade et embrumée qu'ait été son enfance, si fâchée qu'elle soit contre le Maître, quelle que soit son incertitude quant aux sentiments que lui inspire Caspar, l'idée de résoudre les problèmes domestiques de quelqu'un d'autre lui apparaît soudain comme une perspective beaucoup plus sinistre. Où est la Reine des Bohémiennes au Menton Poilu quand on a besoin d'elle ? Transformez-moi en carrelet, en moineau ou en loir. Mieux encore, transformez-moi en chaise insensible à la paille crevée, en clou au sabot d'un cheval ! Transformez-moi en pauvre sotte de Ruth ! N'importe qui ou quoi trop épais pour songer à soi-même. C'est l'interminable songerie sur soi-même qui cause tant d'humiliation.

La maison de van den Meer

— Je ne vois pas pourquoi je dois y aller. Je ne veux pas qu'on m'exhibe comme une curiosité.

— Il y a toutes les raisons pour que tu y ailles.

— Pourquoi ?

— Je n'ai aucune raison de te le dire. Ne sois pas insolente.

Iris a les cheveux brossés, son tablier proprement noué, les mains examinées de près. Elle se tortille autant qu'elle l'ose, et Margarethe la gifle lorsque c'en est assez. Iris a les joues qui brûlent, mais elle ne crie pas. Margarethe, comme si elle éprouvait soudain de la honte, se détourne vers la table à ouvrage, près de la fenêtre de la cuisine.

— Et maintenant, enveloppe ce gâteau dans un torchon et offre-le à ceux qui t'accueilleront. Remercie-les bien, en anglais et en hollandais, pour leurs bontés.

— Je ne vois pas de quelles bontés tu parles.

Iris ne tourne pas la tête, mais fixe sa mère de biais, comme un oiseau.

— Qu'est-ce qui te fait croire que je reconnaîtrais une bonté si j'en voyais une ?

— Enfant ingrate ! s'écrie Margarethe, s'approchant de sa fille d'un air incrédule. Sais-tu ce que cela signifie de nourrir une famille, et de surcroît sans mari, ni père, ni frère ? Sais-tu ce que c'est que d'aller frapper de porte en porte pour trouver du travail ? D'avoir à nous en remettre à la charité de l'Église ou de bienfaiteurs ? Te rends-tu compte combien il ne nous reste qu'un souffle avant de manquer de tout ?

Avoir dû mendier du travail de porte en porte, voilà ce qui est horrible. Dieu met les mères à l'épreuve, depuis la Vierge Marie jusqu'à la dernière poissonnière du port. Et toi, petite écervelée, tu crois que c'est un jeu.

— Je n'en ai cure, réplique Iris.

Margarethe prend une longue inspiration et plisse les yeux.

— Tu es trop jeune pour savoir que, pour survivre, il faut parfois plier. Pourquoi te protéger de cette réalité ? Quel bien cela nous ferait-il, à toi ou à moi ? Si tu refuses de te tenir droite et de gagner quelque argent quand tu le peux, quelles que soient les exigences de ce van den Meer, je ne peux garantir qu'il y aura toujours de quoi remplir l'écuelle de Ruth.

Iris se mord la lèvre inférieure et presse ses petites mains l'une contre l'autre.

— Va, et sois vive, car c'est ainsi que tu es faite. Aide ta mère et ta sœur, et garde pour toi tes idées irréfléchies. Il n'y a pas de temps pour cela. M'entends-tu ?

— Mes oreilles t'entendent, dit Iris.

— Alors en route, et fais ce que tu dois faire.

Iris attend sur les marches. Ruth rampe jusqu'à elle et appuie sa tête contre ses genoux. Iris lui caresse les cheveux, qui auraient bien besoin d'être brossés. Par habitude, elle lui cherche des poux et songe, un instant, à la gifler pour sa lenteur d'esprit et son inutilité.

Bien qu'elle ressente de l'animosité envers Ruth – elle la hait –, Iris ne veut pas que sa petite sœur souffre de la faim. Quant à sa mère... c'est une autre histoire. Elle aimerait voir Margarethe au pilori, fouettée par de vertueux citoyens, et serait la première à se porter volontaire.

Voici que passent à l'angle de la maison Caspar et le Maître, portant à eux deux le tableau compromettant. Ils ont loué une charrette à un voisin et s'y prennent maladroitement, se trompant sur la hauteur de la marche et la profondeur de la caisse. Iris imagine courir chercher un couteau dans la cuisine pour lacérer la toile et la réduire en rubans. Mais elle ne touche pas à l'œuvre du Maître : l'enjeu est trop grand, et la menace de Margarethe n'est pas vaine. Enfin, alors que l'âne brait d'impatience, la charge est soigneusement recouverte d'une toile. Le Maître, Caspar et Iris font signe d'au revoir à Ruth, qui se cure le nez.

Pendant tout le trajet dans les rues de la ville, Iris reste près de Caspar. Elle lui a pardonné son rôle de tentateur – comment pourrait-elle lui reprocher sa propre laideur ? Et, avec tant de choses à redouter, elle ne peut se priver de sa bonne humeur. Voyez comme le tableau se pavane : tête haute, cheveux agités par la brise comme une crinière, œil curieux qui se pose sur Iris pour s'assurer qu'elle suit, puis se détourne vers une girouette, une cheminée blanchie à la chaux, un garçon qui sourit à une fenêtre.

Le Maître garde la tête baissée et le col relevé. Iris soupçonne que ce n'est pas tant pour se protéger du vent – il ne fait pas encore froid – que pour se soustraire aux regards des voisins. Ou peut-être parce qu'il y a peu de regards tournés vers lui, peu qui se soucient de ses allées et venues.

Et voici le marché. Quel ordre, dans ce monde réglé comme une horloge, que même les filles jugées disgracieuses peuvent traverser de leur pas pesant ! Iris entend un son régulier, presque musical, comme le tintement d'une horloge : un homme, assis sur les pavés, jambes écartées, frappe la pierre avec un marteau. Ce n'est pas un écho : un autre homme, de l'autre côté de la place, fait la même chose.

Chaque petit élément de ce monde doit être martelé à sa place. Le monde entier est une énorme horloge dont le tintement raconte l'histoire divine des enchantements et des châtiments.

Ils parviennent à leur destination. C'est une maison donnant sur le marché – celle même contre laquelle Ruth s'était adossée le premier jour, la maison de la fillette étrange, celle qu'on disait échangée par les fées.

Van den Meer doit être un homme prospère : la grande maison possède un jardin clos attenant. En brique rouge prune alternant avec des pierres grises, elle s'élève sur deux étages complets, surmontés d'un pignon en gradins abritant deux greniers plus petits. À cette heure tardive, le soleil n'éclaire pas la façade, et les fenêtres donnant sur la place ressemblent à des flaques d'eau noire. La construction paraît auguste et méfiante. Comme une maison de secrets, comme une cage de fumée.

« *Non*, songe Iris, *c'est à cause de ces fenêtres sombres. Là, dans celle du haut, est-ce un visage qui disparaît ? Comme pour éviter d'être vu par la compagnie qui approche ? Est-ce cette mystérieuse fillette ? Comment se fait-il qu'ici tout cache sa vraie nature ?* »

Le Maître ne ralentit pas, confie les rênes de l'âne à Caspar et s'avance vers la porte, presque au niveau des pavés. Il frappe vivement.

— Oui, oui, mais entrez, dit une voix d'homme affairée, légèrement irritée. J'envoie le garçon d'écurie prendre l'âne, et il trouvera des compagnons pour transporter l'étude de fleurs.

— Caspar veillera à ce que le tableau ne soit pas renversé pendant le transport, répond le Maître.

— Et faites entrer la fille. Allons, ne me faites pas perdre de temps. Entre. Comment t'appelles-tu ?

À l'exception du Maître, Iris n'est pas habituée à ce que des messieurs lui adressent directement la parole. Elle baisse les yeux vers les marches, manque de se heurter au montant de la porte et, en disant son nom, bafouille tant que le Maître doit le répéter pour elle.

— Bien. Je suis Heer van den Meer. Je n'ai pas le temps de m'occuper de toi pour le moment. Peux-tu rester assise tranquillement pendant que les messieurs parlent ? Ou bien as-tu besoin de courir jouer dehors ?

Ne sachant que répondre, Iris garde le silence.

— Bon, alors viens t'asseoir, dit van den Meer. Par le salon.

Ils pénètrent dans la pièce la plus splendide qu'Iris ait jamais vue : sièges et armoires sculptés et cirés, murs tendus d'étoffes à motifs, étagères alignant des coupes en argent et d'autres couvertes de chopes, vases, tableaux, bougeoirs, porcelaines. Au centre, une table est drapée d'un tapis d'une richesse qu'Iris n'a encore jamais vue : losanges, rayures, courbes, médaillons, dans des tons de vert sauge, crème, trois nuances de rouge et un bleu profond.

Les doigts propres, Iris aimerait les promener sur les motifs pour voir si les couleurs diffèrent au toucher. Van den Meer lui désigne une petite chaise dans un angle et elle s'y installe. Elle a oublié de lui donner le gâteau que Margarethe lui a confié.

Caspar, aidé de plusieurs serviteurs, apporte le tableau et le dresse sur un buffet. Iris tente de brouiller son regard pour profiter de la splendeur de la pièce sans avoir à croiser son portrait. Il y a d'autres peintures : l'une, au-dessus d'un dressoir verni, représente une jeune femme très sûre d'elle, vêtue de soieries jaunes et noires. Le mouvement de ses jupes rappelle à Iris un bourdon. Une femme blonde en soieries a sa place dans ce genre de maison, pas une fillette mal fagotée avec des fleurs des champs.

Van den Meer laisse le Maître et Caspar seuls quelques instants. Iris l'entend donner des instructions en cuisine : des homards et une coupe de citrons, des salades lavées pour ôter le sable, un pichet de bière et un autre d'eau, et une pile de serviettes fraîchement repassées pour que les invités puissent se nettoyer les mains. Tout doit être présenté avec soin. On pourrait poster près du poisson une fille de cuisine avec un éventail pour chasser les mouches et le chat.

On lui répond que la fille de cuisine est partie avec la cuisinière, qui s'est plainte de la peste et s'en est allée à Rotterdam.

— J'ai là une fille dans le salon, dit van den Meer. Elle fera l'affaire.

Les invités arrivent: une douzaine de messieurs barbus, lourds et prospères, en cols tuyautés et dentelles, avec des bas immaculés. La plupart agitent des chapeaux à plumes en se saluant. Van den Meer conduit chaque gentilhomme auprès du Maître et le présente avec une gravité joyeuse. Chacun s'approche du tableau de La Fille aux fleurs des champs, commente, puis rit. Rapidement, le brouhaha est tel qu'Iris ne peut plus entendre ce qui se dit sur la jeune fille représentée. Cela lui convient.

Elle est aussi soulagée que ni le Maître ni van den Meer n'attirent l'attention sur elle, assise dans son coin. Caspar tire un tabouret et s'assoit près d'elle.

— Es-tu pétrifiée?

Elle ne veut pas répondre.

— Ce sont des hommes d'affaires, dit-il. Ils n'y connaissent rien à l'art, sinon comment l'acheter. Considère-les comme des ours des forêts orientales, déguisés en messieurs par quelque magicien.

Elle doit étouffer un rire, puis des larmes lui viennent aux yeux simplement parce que Caspar prend la peine de lui parler. Il continue:

— En réalité, ce sont bien des ours. Van den Meer est leur prince régent. Regarde ses mains: ce ne sont pas vraiment des mains, mais des pattes qu'on aurait dépouillées de leur fourrure. Vois comme il est maladroit.

Elle regarde. Il plaisante, mais van den Meer paraît effectivement gauche lorsqu'il tape l'épaule d'un nouvel invité.

— Les ours sont trop gras d'avoir passé l'été à manger des baies et à pêcher des truites. Leur ventre les empêche de se pencher en avant. Regarde comme ils peinent à s'incliner.

Iris doit se mordre la main pour ne pas éclater de rire.

— Moi, commence-t-elle, j'ai rencontré la reine des Bohémiennes au Menton Poilu...

Mais Van den Meer élève la voix et réclame l'attention. Caspar pose les mains sur ses genoux et écoute. Iris aussi. Ce n'est pas le hollandais de cuisine que lui a appris Margarethe : son discours est émaillé de mots venus d'autres pays, de France, de Frise, et même d'un peu d'anglais.

Van den Meer ne parle pas encore du Maître ni de son tableau. Il évoque les fleurs en général, et le goût hollandais pour les belles variétés. Iris a entendu parler de tulipes, sans savoir si elle en a déjà vu. Elle imagine un bouquet de fleurs sauvages comme celles que le Maître a peintes récemment. Mais van den Meer parle comme si ses amis connaissaient déjà chaque variété : celles venues de Vienne, ou de la lointaine Constantinople.

Puis il agite une clochette en cuivre. Certains invités, qui semblaient si sûrs de leur savoir, restent bouche bée lorsqu'une fillette apparaît, portant un petit seau de fleurs en équilibre sur un plateau d'argent. Iris en reste elle-même bouche bée. Les fleurs éclatent de couleurs vives : brun rouge strié de blanc, vert des feuilles souples, calices amples et parfaits. Il y a six tiges, une fleur par tige.

Mais la fillette qui les porte est tout aussi frappante : d'une blondeur presque blanche, ses cheveux brillent comme le beurre frais ou le fromage de brebis nouveau. C'est bien l'enfant qui avait parlé à Ruth par la fenêtre, celle qui l'avait appelée « changeling ». Celle dont Caspar avait dit qu'elle aussi passait pour telle. Elle semble humaine... mais parfaite.

— Ah, ma Clara, dit Van den Meer, avec le sourire insoutenable de fierté d'un père. Voyez comme elle présente notre dernière variété de fleurs.

Clara trouve le plateau bien lourd et son père l'aide à le poser au centre de la pièce. Les commanditaires – c'est ainsi qu'Iris apprend à les nommer – se penchent sur les fleurs, parlent à voix basse de leur tenue parfaite, comme sculpturale. Aucun parfum exotique ne s'en dégage, mais la couleur et la forme suffisent à les séduire. Chacun veut s'assurer une part de la prochaine cargaison en provenance d'un port dont Iris n'a jamais entendu le nom.

— Vos appétits, dit fièrement van den Meer, sont ceux de vos concitoyens et de vos voisins, du négociant le plus jovial au plus austère des dévots. Un bon bénéfice nous est garanti si nous joignons nos ressources pour financer une cargaison de bulbes venus d'Orient.

Et quant à notre ami peintre, maître Schoonmaker, maintenant que nous avons vu ce qu'il peut faire avec des matériaux ordinaires...

Van den Meer désigne le tableau du Maître, à présent éclipsé par les tulipes, dont les fleurs altières ressemblent à des calices de lumière sanglante et laiteuse.

— ... il pourra prendre un sujet plus digne de ses talents et composer un tableau à exposer lors d'une occasion solennelle, pour susciter l'intérêt autour de cette nouvelle variété. Nous aurons ainsi un avantage sur les autres marchands, grâce à un produit supérieur dont nous répandrons la renommée.

Les yeux de Clara se posent un instant sur Iris, puis s'en détournent. De loin, Iris remarque ses mains propres, ses doigts roses et délicats, ses ongles parfaits. Malgré son air effarouché et sa robe enfantine, elle semble proche d'Iris en âge – plus jeune fille que petite enfant. Comme une très jeune enfant pourtant, Clara met son pouce dans sa bouche. Van den Meer lui ôte doucement, sans interrompre son discours.

Un quart d'heure plus tard, il fait passer ses amis du salon à la salle à manger. La pièce presque vide, il se tourne vers le Maître :

— Alors, cela vous convient-il ?

Le Maître rougit comme les tulipes mais ne répond pas.

— Bien sûr, nous n'avons pas la place de vous loger ici. Mon épouse ne le permettrait pas. Et je ne puis envoyer ma fille à votre atelier : elle ne quitte jamais la maison. Mais vous pouvez faire porter votre matériel ici et peindre Clara avec les tulipes, comme vous avez su tirer beauté de sujets plus modestes. Vous serez bien payé.

— J'avais espéré un portrait de la garde civile, à laquelle vous appartenez, dit le Maître.

— Une chose mène à une autre. Je ne puis m'absenter longtemps de mes invités. Sommes-nous convenus, ou dois-je envoyer chercher Bollongier ?

— Nous n'avons même pas parlé du paiement, répond le Maître.

— Ce n'est que de l'argent. N'êtes-vous pas un artiste dans le besoin ? Sinon, d'autres dans la Guilde de Saint-Luc attendent cette commande. Oui ou non ?

— Mais pourquoi m'avez-vous demandé d'amener Iris ? dit le Maître, cherchant à gagner du temps. – Oh, la fille ? Peu importe. Mais ma femme se soucie de l'instruction de notre Clara. Elle est très lettrée. Il lui faut une compagne, et l'apprentissage de l'anglais pourrait lui occuper l'esprit et le temps. Elle est déjà excellente en français et connaît un peu de latin. Nous ne voulons pour elle que le meilleur.

Van den Meer, fier, conclut :

— Regardez-la. Avez-vous jamais vu figure plus délicieuse ? Elle deviendra une belle femme.

— Iris a une mère et une sœur, dit le Maître. Elles mangent aussi.

— Amenez-les, répond van den Meer sans sourciller. Vous oubliez que je peux payer pour avoir ce que je veux. Mais il faut bien contenter une épouse, n'est-ce pas ? N'est-ce pas toujours ainsi ?

Le Maître quitte la salle sans répondre. Caspar adresse un haussement d'épaules à Iris et suit son mentor. La porte donnant sur la rue se referme sur eux dans un claquement sec, qui exprime clairement l'opinion du Maître quant à la suggestion de van den Meer.

Iris ne sait pas trop ce qu'on attend d'elle. Elle est seule au salon avec Clara et son père. Clara garde les yeux fixés sur les dalles du sol. Son visage est fermé, muré ; de ses dents cachées, elle pince sa lèvre inférieure. Elle ne prend même pas la peine de regarder Iris une seconde fois.

— Papa, dit-elle. Puis-je m'en aller à présent ?

— Je t'ai trouvé une nouvelle amie, dit van den Meer. Mais d'abord, on a besoin d'elle pour aider dans la salle à manger. Viens, toi, quel est ton nom ?

Iris lui tend le gâteau et se souvient qu'elle devrait faire la révérence, mais elle n'ose se fier à ses genoux.

II

La maison hantée

LA PETITE PIÈCE DU DEHORS

Tant à redouter, dans cette maison austère, mais tant à admirer aussi. Et Iris aime tant regarder. Ce qu'il y a de mieux chez les van den Meer, ce sont toutes les surfaces et les reflets, et la façon dont chaque objet précieux reçoit la lumière du jour ou des chandeliers et s'en trouve rehaussé. Iris se demande : est-ce de voir les tableaux du Maître qui a développé en elle ce goût pour les surfaces et les textures ?

Regarde cette coupe sur la table cirée. Une coupe venue d'Orient, comme le lui a dit van den Meer. Mais ce n'est pas juste un objet, une coupe. Regarde tous les effets qui la composent : au plus profond, d'infimes lignes de brisure, recouvertes d'un badigeon couleur coquille d'œuf, sur lequel des traits bleus dessinent des chrysanthèmes ébouriffés. Les fleurs semblent suspendues dans un léger lointain – faute d'un meilleur mot – de lumière. Dans l'arrondi intérieur de la coupe, un reflet : une Iris déformée, trop floue pour paraître laide.

Si elle fixe plus intensément, saisira-t-elle quelque chose de magique derrière son épaule ? Quelque chose d'intense et de puissant, s'insinuant dans la morosité si bien polie de ces salles opulentes ?

C'était Margarethe qui l'avait dit : « Peut-être que le diable en personne enverra un chien barbu nous débusquer, mais nous n'avons pas le choix ! Venez, mes filles, venez.» Margarethe avait annoncé leur tourmenteur – tandis qu'elles fuyaient l'Angleterre –, l'avait appelé, l'avait presque créé par son angoisse.

Mais non. Regarde. Regarde...

Elle prête attention. Les variétés de tapis de Turquie, sur les tables et aux murs. Les bords et rectangles empesés de toile blanche. Les formes musclées des bougeoirs, leurs reflets ventrus et luisants. La fourrure, le bois incrusté, les souvenirs de lieux lointains : Venise, Constantinople, l'Arabie, Cathay.

Les pièces, chez Schoonmaker, étaient en désordre et pleines d'énergie. Celles-ci, chez van den Meer, sont composées. L'ordre qui y règne, leur propreté impitoyable, ne sont pas seulement affaire de fierté, mais aussi de clarté et de droiture d'esprit. Un siège déplacé ? plus personne dans la maison ne pourrait penser clairement. Des fleurs abandonnées dans un vase jusqu'à ce que l'eau sente le fossé stagnant ? Ce serait à croire que ces belliqueux Espagnols recommencent à frapper aux portes de la ville.

Quelques heures après la réception, Caspar était venu chercher Iris chez van den Meer ; il l'avait ramenée à l'atelier pour y rassembler son maigre bagage. Là, elle avait trouvé Margarethe en grande discussion avec le Maître, et Ruth en larmes. Schoonmaker ne souhaitait pas leur départ, mais il ne pouvait – ou ne voulait – pas les payer pour rester.

— Vous avez votre garçon, faites-en usage comme vous en aviez l'habitude, dit Margarethe, moqueuse, comme si elle évoquait un sens caché qu'Iris ne pouvait comprendre. Et pourquoi pas ? Vous nous avez demandé trois choses, et nous vous les avons données : une aide domestique, des fleurs des prés livrées chaque jour et un visage à peindre. Nous vous remercions de votre hospitalité, mais nous ne sommes pas liées à vous.

— Quand cette curieuse fille van den Meer se sera lassée de sa nouvelle compagne de jeux, ou aura appris tout l'anglais qu'elle pourra, vous et vos filles serez à la rue, dit sombrement le Maître.

— Attendez... (Margarethe avait cette expression qu'ont les chats quand ils dénichent un oisillon.) Attendez de voir ce qui se passera, Luykas Schoonmaker.

Iris et Ruth se retournèrent toutes deux pour voir si le Maître réagirait à cette familiarité, d'être appelé par son prénom. Comment leur mère en avait-elle le droit ? Caspar lui-même parut surpris.

Mais Luykas Schoonmaker pointa le doigt vers les deux filles Fisher et dit :

— Ruth ne saura pas juger comment on la traite, mais Iris le saura. Elle sera humiliée, là-bas. Elle ne développera pas le talent qu'elle possède pour le dessin.

— Comment lui connaissez-vous ce talent, et quel bien cela lui ferait-il, même si elle l'avait ? répliqua Margarethe. Elle n'a rien d'une dame oisive, pour peindre des scènes de jardins ensoleillés au gré de sa fantaisie ! L'avez-vous seulement vue prendre un morceau de fusain ?

— Elle a regardé des dessins, même lorsqu'il lui en coûtait. Sa main serre un morceau de fusain imaginaire lorsqu'elle me voit dessiner. Il n'y a en elle qu'une possibilité... mais c'est déjà rare.

— Vous êtes pris dans les rets de votre suffisance comme dans ceux de vos dessins trop travaillés, dit Margarethe. Vous voulez que le monde ressemble à une histoire, comme s'il pouvait arriver n'importe quoi. Comme la plupart des hommes, vous êtes aveugle à notre sort.

— Ne partez pas, Margarethe.

— Payez-nous des gages et nous resterons, répliqua-t-elle, le menton levé.

Le Maître la regarda comme si elle venait de lui proposer un marché indécent. C'était un regard de dégoût, mais où l'amour et la prière se mêlaient. Margarethe soutint son regard avec la même intensité et poursuivit :

— Mes filles, prenez vos tabliers au crochet et vos sabots sur le pas de la porte. Si je comprends bien, Luykas, avec cette nouvelle commande, vous serez un visiteur assidu dans la maison des van den Meer. Nous aurons donc l'occasion d'y retrouver votre amitié, au cas où elle nous manquerait.

Et c'est ainsi que, chaperonnées par Caspar, elles parcoururent les rues de Haarlem au crépuscule. Leur installation dans la maison des van den Meer fut moins bruyante, mais tout aussi vite expédiée. Iris dormit cette nuit-là au coin de l'âtre, mal à l'aise, percevant au-dessus d'elle la masse imposante de la maison de brique. Elle se souvenait du visage à une fenêtre du haut, qui avait disparu.

« C'est une maison de magie », pensa-t-elle en s'endormant, et c'est encore ce qu'elle pensa en s'y réveillant pour la première fois.

La famille est réduite. Le sieur Cornelius van den Meer, chef de famille chaleureux mais distant, laisse à son épouse, dame Henrika, la charge de diriger la maisonnée. D'un bâtiment public situé au-delà de l'hôtel de ville, van den Meer et ses associés gèrent une affaire d'investissements et de marine marchande.

Lorsqu'il rentre, imprégné d'odeur de tabac et rendu exubérant par la bière et la compagnie flatteuse de ses pairs, il dort. Iris l'observe, assis dans le jardin ensoleillé, la tête appuyée au mur et la bouche ouverte. Plus âgé que sa femme, il a la barbe tissée autant de fils d'argent que de poils bruns, et ses tempes, ainsi que ses cheveux clairsemés, sont entièrement gris.

Sa femme ne veut pas qu'il s'assoie sur le banc devant la maison, en pleine vue des gens pieux se rendant au service religieux ou des pauvres achetant leur repas du soir. Elle trouve cela vulgaire et le dit. Henrika croit aux bonnes manières. Elle a des pommettes hautes et saillantes, des poignets délicats, un parfum fleuri et envoûtant. Mais par-dessus tout, c'est son teint qu'admire Iris : des éclats rose cuivré et blanc jouant sous une peau immaculée.

Quand Henrika apparaît sur le seuil d'une pièce, c'est d'un pas parfaitement silencieux, comme si le craquement d'un plancher risquait d'attirer plus d'attention qu'elle ne le souhaite. Ce n'est toutefois qu'un petit spectacle, une mascarade : car même si elle marche légèrement, Henrika pèse d'un grand poids dans la maison.

Margarethe, dans l'intimité de l'âtre, ne manque pas de faire remarquer à Iris que c'est le portrait d'Henrika – et non celui de son époux – qui occupe la place d'honneur dans la salle de réception : la dame en soieries jaune et noire, bourdon fredonnant seul. La reine de la ruche. Et elle le sait.

Henrika raconte volontiers la provenance de chaque meuble, de chaque objet. La maison entière faisait partie de sa dot.

— Si le mariage se défait, elle a le droit d'en appeler à la justice pour récupérer tous ses biens, dit Margarethe, effarée. La richesse du ménage repose sur ce qu'elle a hérité de son père.

Son mari n'a apporté dans cette union que son sens des affaires et son bon caractère.

— Tout ce que tu apprends en trois ou quatre jours ! dit Iris en bâillant. Comment sais-tu cela ? Elle est bien trop réservée pour t'avoir confié quoi que ce soit.

— Schoonmaker a toujours vécu à Haarlem ; il sait tout, même s'il prétend que cela l'ennuie. Il dit que c'est dame Henrika qui tient les cordons de la bourse. (Elle fronce la lèvre inférieure, exprimant une approbation réticente du pouvoir d'Henrika.) As-tu remarqué comme Cornelius et Henrika ont des vues opposées pour leur fille, Clara ? Un mari sous l'influence de sa femme se précipite à la moindre doléance pour lui donner raison.

— Oh, Clara, dit Iris. Clara...

Elle se mord la lèvre : c'est elle, désormais, qui a le plus gros souci. Sa tâche consiste à amadouer l'enfant distante et méfiante, à gagner sa confiance, à lui enseigner l'anglais, à varier ses journées. Et elle n'a pas très bien commencé.

Si Clara était vraiment un enfant échangé par les fées, ses parents n'en diraient rien. Elle semble simplement maussade : boudeuse, renfermée... et ordinaire. Le fait d'avoir apporté les tulipes au salon pour les montrer aux visiteurs investisseurs a dû lui coûter, car elle ne s'est pas montrée pour accueillir les nouvelles venues dans la maison. En réalité, Iris ne perçoit d'abord que peu de signes de sa présence, sinon quelques bruits : un pas léger, une assiette tombée ou jetée qui se brise, un cri d'effroi, comme ceux qu'un enfant pousse au cœur d'un mauvais rêve. Même en vivant sous le même toit, l'enfant reste une énigme.

Après plusieurs jours où Clara refuse obstinément de paraître, Henrika amène Iris jusqu'à la porte de la chambre et appelle sa fille :

— S'il te plaît, ma chérie, je veux te présenter ta nouvelle amie.

— Non.

On dirait un petit appel au secours étouffé ; comme si, même en plein jour, Clara restait blottie sous ses couvertures. Elle refuse catégoriquement de sortir.

Le lendemain, Iris prend une profonde inspiration dans la pénombre du vestibule de l'étage et appuie sa poitrine contre la porte :

— Je suis très seule. Vous avez été gentille avec ma sœur, un jour. Vous lui avez laissé prendre votre petit jouet. Alors, je voudrais vous parler.

Le sourire qu'Henrika adresse à Iris est bref, mais indulgent.

— Va-t'en.

Puis, se ravisant :

— C'est une enfant singulière, et j'ai de la patience pour ses manières étranges. Il te faudra en avoir aussi.

— Mais comment puis-je lui enseigner l'anglais si je ne la vois jamais ?

— Elle s'acclimate. Va donc aider ta mère. Si je parviens à la convaincre de sortir en lui promettant quelque chose de spécial, je viendrai te chercher.

— Que désire-t-elle plus que tout ?

Henrika fait la moue.

— Être seule et jouer seule.

Eh bien, songe Iris, je ne serai donc pas la personne la plus attendue dans sa vie. Mais elle n'y peut rien et redescend.

— Si tu ne peux pas tirer Clara de sa chambre, dit Margarethe, emmène donc Ruth en promenade. Elle est encore là comme un bœuf qui cogne partout, signe qu'elle ne se dégourdit pas assez les jambes.

Elles déambulent dans les rues. Haarlem devient un lieu familier où elles commencent à se sentir chez elles. Dans la rue qui longe Saint-Bavo, des femmes se hâtent avec des paniers de linge sur le dos. Des hommes poussent des brouettes chargées de tonneaux de bière. Les volets, retirés des fenêtres pendant la journée, servent d'étals pour exposer les marchandises. Iris et Ruth examinent les denrées : un passe-temps gratuit... mais qui irrite les marchands. Si les Hollandais trouvent Ruth aussi étrange que les Anglais, au moins se gardent-ils de le montrer. Seuls quelques enfants lui courent après et la raillent.

Il y a toujours l'église Saint-Bavo où se réfugier si le tohu-bohu de la rue devient trop écrasant pour Ruth. Les églises n'éveillent guère de sentiment chez Iris, mais elle se souvient que le Maître lui en a parlé. Construite pour être catholique, elle appartient désormais aux protestants. Par mauvais temps, elle sert de jardin public où hommes, femmes et chiens viennent s'ébattre un peu. On y déambule pour se dégourdir les jambes, bavarder et admirer les ornements qui ressortent sur les murs chaulés.

Iris écoute tout. Elle imagine y amener Clara un jour et lui dire tout cela en anglais. Regarde ! Le vitrail du mur occidental, dont un panneau a été démonté parce qu'il glorifiait trop un antique évêque catholique. Les dalles du sol qui rappellent le souvenir des morts. Les losanges dressés sur des piliers pour le même motif. Les morts, les morts, toujours avec nous !

Il n'y a bien sûr rien ici en mémoire de son père ; pas plus qu'ailleurs. Pas même une prière murmurée pour lui.

Vite, détourner le regard. Après avoir écouté le Maître toutes ces semaines, elle remarque qu'il n'y a presque aucune peinture religieuse: pas de crucifixion, pas de Vierge, même dans les recoins les plus obscurs. Rien d'étonnant à ce qu'il se sente inutile. Un instant, Iris s'imagine ce qu'il doit éprouver; elle aussi se sent inutile, à déambuler dans une église au lieu d'accomplir la tâche pour laquelle sa mère, sa sœur et elle sont logées et nourries.

Ruth ne connaît pas l'histoire de l'Évangile, pour autant qu'Iris le sache. Son attention, ce qu'il y en a, se porte sur ce qu'elle voit plutôt que sur ce qu'elle entend.

— Regarde ! dit soudain Iris. La Reine des Bohémiennes au menton poilu !

C'est la vieille femme infirme sur ses bâtons, cette femme-araignée qui tâtonne dans l'ombre de l'abside. Mais lorsqu'elles s'approchent, elle a disparu. Sortie par une porte latérale ? Ou bien grimpée, telle une araignée, jusqu'en haut d'un pilier pour s'y tapir et s'abreuver des secrets murmurés ?

Iris n'a pas l'habitude de se lier avec des enfants de son âge. Avoir Ruth pour sœur a toujours suffi à tenir les autres à distance. Mais peut-être pourra-t-elle intriguer Clara par l'appel du surnaturel – surtout si celle-ci est, comme elle aime à l'imaginer, une enfant échangée par les farfadets, laissée en remplacement du vrai bébé Clara.

Le lendemain, Iris hausse la voix pour se faire entendre d'en haut:

— Ruth, te souviens-tu d'hier, quand nous avons vu la Reine des Bohémiennes au menton poilu ? Et comme elle s'est changée en araignée pour nous échapper ?

Une minute plus tard, le stratagème fonctionne: Clara apparaît au sommet de l'escalier. Iris jette un coup d'œil vers le vaste palier, crépusculaire même à midi, avec ses boiseries de noyer. Elle reste un instant, saisie: Clara a presque l'air d'un fantôme, pâle silhouette appuyée contre le mur, reflet mouvant dans la pénombre, comme une bougie allumée à minuit dans une forêt sombre. Sa peau est d'une blancheur immaculée, ses cheveux couleur de blé séché. Elle descend, les yeux mi-clos d'un air maussade, la lèvre inférieure plissée en une moue qui n'annonce rien de bon.

— Descends, viens prendre du pain, du lait et quelques fruits au miel. Il est temps que tu fasses connaissance avec Iris, dit calmement Henrika depuis la porte ouverte de son bureau.

Assise à sa table de travail, penchée sur un livre de comptes, elle tient une plume d'une main et compte rapidement sur les doigts de l'autre.

— Ruth, dit Iris, la vieille reine avait des jambes comme des pattes d'araignée... mais grosses comme le cerclage d'une roue de chariot, n'est-ce pas ?

Clara s'aventure jusqu'en bas, longeant le mur avec grâce, même dans ses airs capricieux.

— Déjeunez d'abord, nous sortirons quand vous serez habillée, dit Iris à Clara, avec une désinvolture autoritaire qu'elle ne ressent pas vraiment.

Le père de Clara lui sourit avec un petit signe d'encouragement. Clara s'assoit et mord dans un morceau de pain.

— Oh, Iris, mais vous n'allez pas sortir ? s'exclame Henrika depuis son bureau, les doigts tachés d'encre, la voix polie des femmes bien élevées.

— Je voulais l'emmener à Saint-Bavo. Nous pourrions peut-être y croiser la Reine des Bohémiennes au menton poilu... ou le nain aux bras de grand singe.

— Clara ne sort pas, répond Henrika. Enfin... dans le jardin clos, oui, bien sûr. Pour prendre l'air.

Elle apparaît sur le seuil, le regard sévère :

— Elle n'a pas quitté la maison depuis trois ans. Une servante avait rapporté qu'un changeling était né chez la fille d'un souffleur de verre. Clara m'a tellement suppliée d'aller le voir que, lasse, j'ai fini par accepter.

— Un changeling ? répète Iris, stupéfaite qu'Henrika parle ainsi devant l'enfant.

— Le temps que nous arrivions, la créature était morte, et les corbeaux avaient emporté son corps.

— Oh... Et que font les corbeaux du corps d'un enfant échangé ?

— Ils l'ont jeté dans la Haarlemmermeer, où nagent tous les enfants sans âme jusqu'au jour du Jugement dernier.

— Mais on parle de drainer la Haarlemmermeer, observe Margarethe en posant du fromage devant Clara. Que deviendront ces bébés sans âme ?

— Sans doute seront-ils emportés jusqu'à la mer, répond Henrika, le ton déjà ailleurs.

— Nous pourrions partir à la recherche d'un changeling, suggère Iris, surveillant la réaction de Clara.

La fillette semble intriguée, mais méfiante. Henrika brandit sa plume vers Iris :

— C'est absolument interdit. Vous pouvez aller dans le jardin ou dans n'importe quelle pièce, à condition de frapper avant d'entrer. Mais jamais au-delà de la porte d'entrée ou du portail. Pas d'escalade, pas de sortie par les fenêtres, pas de cheminée, pas de caves. Me comprends-tu ?

— Nous sommes prisonnières ? demande Iris.

— Clara n'est pas faite pour le monde extérieur. Elle tremble, elle frissonne. Contentez-vous du jardin et des granges.

Jusqu'ici, van den Meer trempait sa moustache dans sa boerenkoffie, mélange d'arômes de sucre, de muscade et de barbe humide. Mais il relève la tête et dit, comme reprenant une conversation abandonnée :

— Te souviens-tu qu'à Delft, le clergé avait interdit les bonshommes en pain d'épice pour la Saint-Nicolas ? Les enfants s'étaient révoltés, courant dans les rues et refusant de travailler. Les enfants finiront par se révolter, ma mie.

Henrika laisse retomber ses mains, baisse les yeux :

— Je parle à Iris. Pas à toi.

Van den Meer acquiesce et se tait. Mais Iris voit bien que, malgré son apparente déférence, Henrika ne se soumet à personne – surtout pas à son mari.

Clara, qui semblait jusque-là indifférente, a fini son morceau de pain. Iris déclare :

— Je vais chercher ma sœur pour aller au jardin. Nous vous y attendrons.

Iris retrouve Ruth. Elle déteste se servir d'elle ainsi, mais l'imposante silhouette de Ruth attire toujours les regards. Peut-être Clara viendra-t-elle, comme ce jour où elle s'était penchée à la fenêtre pour observer la « géante », faute de voir un véritable enfant échangé.

À l'arrière, la maison donne sur un grand terrain clos par un mur de briques et une grille fermée à clé. D'un côté, la cour de cuisine et son potager d'herbes et de légumes ; de l'autre, un petit jardin à l'italienne, avec allées de gravier, plates-bandes et pilastres de granit. Plus loin, une grande grange, puis une cour de ferme avec poules, vache et peut-être d'autres bêtes. La porte de la grange, donnant sur la cour de cuisine, reste toujours close.

Iris s'allonge sur l'herbe. La vigne vierge grimpe sur deux murs, bruissant sous le vent. Ruth s'assoit lourdement à côté d'elle et gémit de faim : la simple mention du pain d'épice lui a donné envie.

— Pas de pain d'épice, dit Iris avec fermeté.

Quand Clara arrive, elle paraît moins hostile, peut-être rassurée d'être sur son territoire. Un chat jaune pâle la suit. Iris décide que les leçons d'anglais attendront. Étendue dans l'herbe, elle demande :

— Pourquoi vouliez-vous tant voir le changeling ?

— Parlez-moi de la Reine des Bohémiennes. Est-ce aussi la reine des changelings ?

— Qu'est-ce qui vous intéresse tant chez les enfants échangés ?

— Tu ne le vois pas ? Je suis moi-même un enfant échangé.

— Je l'ai entendu dire... mais ce n'est pas vrai, bien sûr. Les enfants échangés ne parlent pas, ne courent pas et ne pensent pas comme les autres.

— Peut-être en Angleterre, répond calmement Clara.

Mais ici, ils peuvent.

— Était-ce Clara dans l'ombre ? Ou van den Meer lui-même, avec sa barbe et ses gros sourcils ? Ou bien quelqu'un d'autre ?

Ou autre chose ?

Le diable en personne enverra un chien hirsute pour nous tuer !

Iris chasse vite cette idée. Un farfadet ici, qui saurait tout, caché depuis avant leur arrivée, attendant son heure ?

— As-tu déjà vu un changeling ? Enfin... à part toi ?

Clara hausse les épaules. Ses yeux glissent sur Ruth puis se détournent.

— Ruth est juste une grande fille un peu sotte, c'est tout, dit Iris. Elle n'a pas été échangée.

— Comment peux-tu en être sûre ? N'est-elle pas ton aînée ?

— Si.

— Eh bien, elle a pu être échangée avant ta naissance.

— Sottises.

— Demande à ta mère.

— Je n'en ferai rien. C'est absurde.

— Alors questionne ton père.

Iris regarde longuement le vent agiter le lierre. L'œil plissé, Clara demande :

— Quoi ?

Iris ne répond pas.

Clara s'approche à pas feutrés. Elle observe Iris comme un enfant examinerait un insecte avant de l'écraser du bout du pied.

— Où est ton père ? Était-ce un changeling ? Est-ce qu'il peut voler ?

Il n'y a rien de doux ni de tendre dans sa voix : seulement une brusquerie sans filtre. Comme Iris ne répond pas, Clara soupire et reprend, agacée :

— Bon, alors parle-moi d'autre chose. Parle-moi de toi. Tu n'es pas un enfant échangé, juste une petite fille. Je ne rencontre presque jamais d'enfants. Pourquoi t'appelles-tu Iris ?

— C'est le nom d'une fleur, dit Iris, retenant ses larmes.

— Ah, dit Clara d'un ton supérieur. Les fleurs. Je connais. Ici, on ne parle que des tulipes. Nous avons quantité de plantes sous serre derrière les dépendances, et plus loin, au sud de la ville, une plantation bien gardée dans les polders. Veux-tu aller voir les serres ?

— Plus tard, dit Iris. Je t'ai expliqué mon nom, à toi de me dire maintenant pourquoi tu crois avoir été échangée.

— Parce que c'est le seul monde que j'ai. Le monde extérieur est un poison pour un changeling : j'en mourrais. Alors on me garde ici, pour mon bien, dans cette jolie maison-prison, avec la petite cour attenante, dehors.

Soudain, Clara retrousse ses jupes jusqu'aux genoux et se met à courir dans l'espace clos. Elle touche tour à tour les trois murs qui l'entourent.

— Qu'est-ce qui m'appartient ? Ceci : le chant des oiseaux, même si on ne les voit pas toujours. Guépard, le chat, quand il daigne m'accompagner. Mais il ne veut pas toujours. Regarde : le ciel bas écrase les murs du jardin comme un toit de plomb. Quelques escargots. Les mêmes vieux buissons. Bientôt il y aura assez de feuilles mortes pour faire un feu, et la fumée s'élèvera comme une corde vers le ciel. Voilà ce qui est à moi. Rien de plus.

— Il y a un tilleul, dit Iris.

— Où ?

— On aperçoit juste sa cime. Il doit pousser de l'autre côté du mur.

— Un oiseau niche dedans. Un pinson vert. Il est à moi. Et c'est tout. (Clara claque rageusement des lèvres.) Au moins, ce n'est pas un corbeau.

— Un pinson vert dans un tilleul, dit Iris. Est-ce un pinson magique ?

Clara la regarde avec méfiance, comme si elle craignait d'être prise pour une naïve, puis demande avec un mélange d'espoir et de moquerie :

— As-tu vraiment rencontré la Reine des Bohémiennes ?

Iris se sent un peu honteuse. Ce n'est qu'une vieille boiteuse ; les vieilles femmes ne sont que cela. Elle hausse les épaules, sans répondre.

Clara réagit avec insolence, comme pour montrer qu'elle s'en moque :

— Allons voir les tulipes. Nous en avons beaucoup : à cultiver, à montrer, à vendre. Puisque je ne peux pas sortir d'ici, je peux au moins aller dans la serre, et les jardiniers ne disent rien.

— Ma mère risque de dire quelque chose.

Clara hausse les épaules.

— Mais la mienne ne dira rien, et c'est sa maison, pas celle de ta mère. Peu importe si la tienne proteste. Viens, Iris. Toi aussi, Ruth.

Ruth préfère rester où elle est.

La serre à tulipes se trouve derrière le potager aux herbes, accessible par la porte de la cuisine. Les parois, jusqu'à hauteur d'épaule, sont en planches de bois brut ; au-dessus, elles sont ouvertes à l'air libre. Les planches du toit ne sont pas toutes clouées : on peut en écarter certaines pour laisser entrer le soleil par beau temps, tandis que les cloisons protègent les plants du vent.

Les fleurs sont disposées sur des plateaux de terre cuite poreuse, eux-mêmes posés sur des tréteaux, et le sol de la pépinière est humide. Les plants sont alignés par stades : les bulbes les plus récents, enterrés il y a deux ou trois semaines, dorment encore sous la terre brun-rouge ; plus loin, des plateaux montrent de jeunes pousses ; ailleurs, les plants s'épanouissent ; et tout au bout, près d'Iris et Clara, les fleurs commencent à révéler leurs couleurs et à entrouvrir leurs pétales.

Iris ne sait pas ce que Clara comprend du monde, mais elle partage l'intérêt presque obsessionnel de sa famille pour les fleurs. Clara lui explique d'un ton professoral :

— Il existe d'innombrables variétés de tulipes, et l'on en importe chaque mois de l'Orient, selon les modes nouvelles. La plantation familiale, à l'extérieur de la ville, est immense. Mais même dans cette petite pépinière, nous avons huit variétés en fleur ou presque, sans compter quelques rangées un peu défraîchies.

Peut-être cent vingt fleurs en ce moment ? Certaines sont entièrement rouges, roses ou orange, véritables études en couleurs flamboyantes ; beaucoup sont rayées de rouge et de blanc. Iris n'aime guère la tige raide de la tulipe, qu'elle trouve épaisse et peu gracieuse, mais les fleurs portent de lourdes têtes, un peu comme les roses, et peut-être ces tiges ont-elles besoin d'être solides comme des cannes.

Un jardinier entre par une porte du fond et dit quelque chose qu'Iris n'entend pas, mais dont elle comprend l'intonation : les jardiniers n'aiment pas que les fillettes jouent dans la serre. Iris amorce un repli :

— Viens, Clara, retournons dans notre petit jardin, où nous pourrons courir sans risquer d'abîmer quoi que ce soit.

Clara ne répond pas tout de suite. Iris se demande ce qu'elle mijote. Puis Clara dit :

— Ne sont-ce pas les plus beaux des trésors ? Chacune se dresse, plus rouge que le rubis, plus belle que le diamant, et d'une valeur plus grande, comme on nous le répète ; et avant même qu'on revienne les voir, les pétales commencent à tomber, les feuilles à jaunir. Regarde : elles penchent, elles déclinent. Sont-elles plus belles encore parce que leur vie est brève ?

— Comme les enfants échangés... dit Iris, regrettant aussitôt ses mots. Allons parler dehors, ajoute-t-elle plus fermement.

— Semper Augustus, Viceroy, la jaune et rouge de Leyde, je les connais mieux que mes versets des Écritures, chante Clara. Les Couronnes Blanches, l'Amiral de Maans, le Général Bols, la Tête du Pape ! Elles fleurissent et fanent en un mois. Ici, papa tente de forcer les bulbes pour séduire les investisseurs, mais dans les polders, elles ne poussent qu'une fois l'an, au printemps, et ne reviennent jamais.

Clara soupire. Elle reste là, immobile, jeune silhouette aux lourdes pensées d'adulte, tandis qu'Iris rebrousse chemin. C'est presque une pensée sombre, qu'Iris ne saurait nommer.

Un brusque rayon perce lorsque les nuages se déplacent, oblique, se glissant entre deux planches du toit écartées. La chevelure de Clara s'embrase comme une flamme blanche ; soudain, Iris ne voit plus qu'un éclat de lumière, une enfant dans un jardin clos. L'espace d'un instant, elle est persuadée que Clara est vraiment un changeling.

Petites huiles

Des toiles, des blocs de bois, des planches vernies.

Des montagnes de poudre blanche, bleue, rouge, ocre.

Des pots ébréchés en terre cuite remplis de pinceaux.

L'odeur, à la fois entêtante et âcre, des essences, de la térébenthine, et des minéraux entassés en petits tas.

Pour le Maître et pour lui-même, Caspar trie les pigments, les broie, les tamise, les humecte, puis les scelle dans de petits flacons bouchés de cire.

La peinture est entrée dans l'austère maison de brique, à la lisière ouest du grand marché.

Iris observe.

Le Maître met du temps à composer son tableau.

Il déplace Clara ici, puis là.

La fait asseoir, lever.

Main sur la taille, sur les rubans de son bonnet, sur la table, sous le menton.

Faut-il qu'elle porte tablier et bonnet, ou les bijoux précieux de sa mère ?

Cette pose est-elle trop sage ? Celle-ci trop affectée ? Celle-là trop adulte ?

— Aucune position ne rend parfaitement sa grâce, se défend le Maître, une semaine plus tard, lorsque van den Meer vient voir.

— Il faut que ce soit votre chef-d'œuvre, répond van den Meer. Mais si vous mettez un an à décider, le marché de la tulipe se sera effondré et je n'aurai plus de quoi vous payer.

Le jour même, le Maître se décide.

Ce sera une pose classique, explique-t-il à Iris.

Clara se tiendra à quelque distance d'une fenêtre, en retrait sur la gauche.

Elle tient quelques tulipes dans sa main gauche, retombant en une courbe douce sur une table placée là.

Dans sa main droite, un bulbe qu'elle contemple comme fascinée par son humilité même.

Le soleil, à angle de midi, tombera sur la limite de son visage et sur une tulipe du bouquet.

Le reste baignera dans des tons plus doux, se détachant sur l'ombre de la pièce, le miroir au cadre sombre et coûteux, le meuble à tiroirs, les carreaux disposés autour de l'angle de la cheminée.

Mais la couleur des tulipes ? Van den Meer en fait tout un sujet.

Il exige que le Maître reproduise la variété exacte qui sera expédiée en masse le mois suivant – et qui ne sera disponible pour la floraison qu'au printemps, si elle l'est déjà.

— Rouge, dit vaguement van den Meer. Avec une rayure blanche, comme un pantalon rayé.

— Rouge ? répète le Maître, pâlissant. Et cette rayure, précisément ? Je peindrai d'après nature ou pas du tout.

Van den Meer gronde. Iris se recroqueville, les bras serrés autour d'elle.

Elle comprend combien il est difficile de financer une entreprise pareille, et les risques pris, surtout par les tisserands de Haarlem, très engagés cette année.

Le Maître, impassible, continue à esquisser Clara dans le salon élégant, frottant la toile avec un chiffon imprégné d'huile de lin pour corriger une erreur.

— Bien entendu, marmonne van den Meer, lissant sa barbe en regardant vers la fenêtre. Je pourrais toujours, si tard soit-il, faire appel à votre rival, Bollongier.

— Parbleu, grommelle le Maître. Si jamais je reprends ma peinture des erreurs de Dieu, je commencerai par vous, brutal messire. Le pire défaut : l'époux mené par le bout du nez. L'anomalie dans la nature.

Le regard que lui lance van den Meer le fait s'interrompre.

Il soupire et accepte de peindre n'importe quelle fichue variété rayée, à condition qu'on force la floraison de plusieurs plants pour qu'il puisse les étudier.

Van den Meer accepte.

Au bout d'une semaine, Clara refuse de continuer à poser.

Henrika semble prête à accepter ce changement, mais – peut-être par orgueil blessé après la remarque du Maître – van den Meer insiste et entraîne Henrika dans son bureau.

Même porte close, tout le monde au rez-de-chaussée entend parler de florins, de risques et de profits.

Le soir, Iris demande à Henrika :

— Pourquoi Clara ne veut-elle plus poser ?

Henrika se crispe.

— Clara dit que le Maître est impoli et qu'il refuse de lui parler, reprend van den Meer, qu'il veut seulement la regarder.

— C'est vrai que c'est fastidieux de rester immobile. Si vous voulez, je peux assister aux séances et lui raconter des histoires en anglais.

— Voilà qui est charitable, dit van den Meer. Tu t'attaches donc à notre précieuse Clara ?

Iris pense : je m'attache surtout aux bons repas.

Mais en vérité, malgré sa timidité hautaine – et son pouce encore porté à la bouche – Clara lui inspire un certain attendrissement. Ne jamais sortir au-delà des murs de la maison ou du jardin...

Comme Clara aime les histoires, elle accepte de poser à nouveau.

Iris invente alors des récits: animaux parlants, nains et lutins domestiques, fées et saintes, avec parfois un peigne, une marmite ou un fer à cheval magique.

Souvent, son héroïne est une pauvre fille qui a peur de quitter sa maison, mais qu'un événement force toujours à partir – ou chasse, ou perd dans un tremblement de terre, ou projette hors d'une fenêtre par la tempête.

Clara finit par sourire.

Henrika garde le silence, mais Iris remarque qu'elle ne quitte jamais sa fille de plus d'une pièce lorsque Caspar ou le Maître sont présents.

Elle vole autour d'elle comme une abeille sur sa fleur, songe Iris... et se rappelle le portrait d'Henrika dans ses soieries noires et jaunes.

Quand il n'aide pas le Maître, Caspar fait ses propres croquis.

Des esquisses à l'huile, non des toiles achevées.

Il a un don pour le trait mais pas pour la couleur, et peint donc sur carton des scènes domestiques, traçant d'abord des contours rougeâtres, étalant l'ocre, puis soulignant de blanc quand c'est sec. Il étudie le travail quotidien avec une certaine allégresse.

Iris, fascinée par ses petites huiles, refuse toutefois de se laisser dessiner – pas après la Fille laide aux fleurs des champs. Plus jamais.

Mais Ruth n'a pas ces scrupules.

Elle ne se compose pas de moue pour le décourager.

Un croquis de Ruth:

La grande fille est assise presque élégamment sur un tabouret de cuisine, serrant une marmite noire entre ses genoux. Elle tient une cuillère à deux mains et la tourne de toute la force de son buste.

Ses épaules voûtées sont rendues avec justesse, mais sans moquerie.

Margarethe, regardant par-dessus l'épaule d'Iris, commente :

— On croirait que la marmite est pleine de ciment, à voir comme Ruth force sur la cuillère.

— Mais c'est tellement elle ! s'exclame Iris.

— Je crois que je lui faisais tourner un potage correct. Ton dessin suggère l'incompétence culinaire. Jette-le.

Margarethe plaisante.

Iris s'interroge : est-elle satisfaite que Caspar ait peint Ruth sans l'embellir ? Éprouve-t-elle quelque chose pour sa fille aînée, qu'elle montre si rarement ?

Sûrement – sinon pourquoi traverser la mer avec ses enfants ?

Quant à Ruth, elle applaudit en voyant les esquisses, rit, et offre à Caspar un filet de poisson salé, qu'il accepte avec une courbette.

Le portrait de Margarethe est également bienveillant :

La voici dans le potager, se relevant, un genou encore en terre, un pied planté dans un sabot boueux, tenant un panier d'herbes. Le bras est esquissé par de simples lignes brisées pour les tiges, emmêlées à l'autre bout pour suggérer graines, feuilles et fleurs séchées. Mais c'est l'expression qui enchante Iris : sa mère, travailleuse et apaisée, car les herbes ne provoquent ni joie ni colère, et se tiennent tranquilles.

Iris contemple le croquis avec bonheur. La maison se dresse en arrière-plan, régulière, avec ses briques, son lierre, ses volets et ses crêtes. Ce n'est qu'au troisième regard qu'elle voit la tête d'Henrika à une fenêtre du haut, l'air revêche – un air qu'elle ne lui connaît pas, mais qui est indéniablement le sien.

— Sa tête est trop grosse pour le cadre, dit Iris.

— Oui, répond Caspar.

Elle tente encore :

— Ce que tu sais faire, Caspar ! Un portrait de maman et d'Henrika...

— Pas du tout, réplique-t-il. J'illustre simplement l'adage : deux chiens pour un os s'entendent rarement.

Iris se penche de nouveau. N'est-ce pas ce qu'elle avait vu à son arrivée ? Henrika à la fenêtre ? Ou bien cette tache sombre, tout en haut, sous la poutre du toit... Est-ce une simple ombre, ou une petite figure bossue et ricanante ?

— C'est un farfadet que tu as dessiné ? demande-t-elle.

— Je ne savais pas que tu le verrais aussi, répond-il, sans en dire davantage.

Le chef-d'œuvre

Le portrait de Clara devient de plus en plus ressemblant – et donc de plus en plus beau.

Bien qu'Iris n'ait jamais franchi le seuil de la « galerie des erreurs de Dieu », l'atelier fermé à clé du Maître, à l'autre bout de la ville, elle est certaine qu'aucun tableau dans la maison de ce dernier ne peut être aussi fascinant que celui-ci.

Certes, les saints sont beaux, inévitablement. Tous les portraits de saints du Maître sont couronnés de lumière ; leurs yeux visionnaires scintillent. Et les personnages mauvais du Maître doivent être aussi misérables que les saints sont sacrés : les deux extrêmes des possibilités humaines.

Mais Clara est tout simplement splendide. Splendide en tant qu'être humain. Non seulement une composition envoûtante de blonds, de touches d'incarnat, d'ombres bleu-ocre, mais une véritable fillette, avec une gracieuse incertitude qui semble concerner sa beauté autant que le reste. Les tulipes qui reposent au creux de son bras gauche se tournent vers elle comme un bébé pourrait le faire un jour.

Iris étudie le tableau en fin d'après-midi, lorsque le Maître, comme chaque jour, a jugé la lumière capricieuse et quitté la salle. Caspar, qui vit toujours dans la maison du Maître mais mange mieux dans l'arrière-cour des van den Meer, vient chercher Iris pour le lui montrer.

— Il voulait peindre la garde civile, mais il a toujours rêvé de faire le portrait de cette enfant à la perfection légendaire. Peux-tu deviner ce qu'il a fait? dit Caspar. Vois-tu comme il a intensifié l'orange de ce pli du tapis, de sorte que le bleu de ses yeux rayonne désormais de trois façons différentes au lieu de deux?

— Non, dit Iris. Mais je vois que c'est plus beau.

Et elle songe que le Maître a donné aux yeux de Clara une expression plus douce qu'il n'était strictement nécessaire.

— Vois-tu la composition? Une série de cases... Regarde: neuf en tout, de tailles différentes, là, et là, et là... Caspar les désigne. Et cette grille n'est brisée qu'en deux points: par cette ample courbe qui, dans l'ombre, ne fait que suggérer la surprise, et par cette tulipe en pleine lumière, là. Vois-tu comme elle semble sur le point de tomber?

— J'ai envie de la rattraper, dit Iris en riant. Je voudrais la sauver.

— Elle aguiche, elle charme, elle retient l'attention... et peu à peu on se rend compte que ce n'est pas n'importe quelle enfant, mais une fleur aussi parfaite qu'une tulipe.

— Elle regarde le bulbe, dit Iris. Elle ne voit pas que la tulipe va tomber. Cela ne te met pas mal à l'aise?

— Elle remarque une chose et pas une autre, tout se passe en même temps, dit Caspar. (Il a un petit rire; il est en train de saisir la complexité de la composition du Maître.) Regarde, là aussi: il s'agit de commencements et de fins, car dans cette main se trouve le bulbe rugueux, aussi bien éclairé que la tulipe sur la table. Il a trouvé comment nous captiver encore et encore! Il y a tant de choses à voir! Et pas seulement ses techniques de peinture, qui me fascinent et me donnent l'impression que je n'apprendrai jamais.

— Tu apprends beaucoup et tu vois beaucoup, dit Iris. Rappelle-toi ce dessin que tu as fait de ma mère dans le carré d'herbes du potager, avec dame Henrika derrière elle, dans la maison. Tu as saisi là autant de choses que le Maître ici. Sauf que ce que tu as saisi n'est pas aussi agréable à regarder.

Caspar lui lance un regard en coin.

— Alors tu es toi-même aussi observatrice qu'un peintre, si tu perçois cela, dit-il sur un ton de confidence.

Iris frissonne sous le compliment, comme si elle avait soudain froid.

Autre chose qu'Iris remarque à propos du tableau, c'est que sa perfection croissante ne semble pas rendre le Maître euphorique, mais plutôt abattu. Il n'en parle pas à Iris ; en fait, il n'a plus guère besoin d'elle maintenant qu'il a obtenu la commande. Mais il marmonne pour lui-même. Iris le sait : lorsque Clara et elle sont fatiguées de l'anglais et sombrent dans une douce torpeur, elle aime entendre le Maître se tourmenter – alors même qu'il adore sa propre œuvre.

Le jour vient où il n'a plus besoin de Clara qu'occasionnellement, pour retoucher un ton de chair par rapport à une étoffe ou un arrière-plan. Mais il en grommelle d'autant plus.

Son inquiétude semble tourner autour de la progression du tableau. Il sait que l'œuvre est sublime. Il ne sait pas si elle aura l'effet que Cornelius van den Meer et ses associés en attendent : développer l'appétit du public pour la variété de tulipes qu'ils importent de Vienne et des marchés orientaux. Mais il ne s'en préoccupe plus.

Il chantonne, non pas pour Clara, mais pour le portrait de Clara : pour les ombres brun-bleuté par-delà la fenêtre ouverte, pour les touches de lumière sur le plateau d'argent de la cheminée, pour les plis du tablier, du bonnet, et de la nappe sur la table. Il s'attarde sur l'éclat des pendentifs en diamants, sur les reflets des trois rangs de perles. Il chantonne, puis laisse échapper entre ses dents un souffle sifflant, comme s'il souffrait.

Ses touches deviennent de plus en plus douces, hésitantes.

— Je vais finir par te détruire, dit-il un jour.

Et Iris, l'écoutant, songe : Détruire qui ? Toi, exquis tableau ? Ou toi-même, Maître Luykas Schoonmaker ? Ou bien toi, Clara van den Meer, fille de chair et d'os à la lisière de l'enfance ?

Il travaille donc de plus en plus lentement, comme si le plus infime coup de pinceau risquait de transformer son chef-d'œuvre en sujet de dérision. Il se campe de plus en plus loin pour l'étudier longuement, puis l'approche comme on approcherait un animal sauvage – avec douceur, presque à regret. Il rapporte les joyaux délicats dans son atelier, pour les étudier encore et rendre toute la richesse de leur éclat.

Iris relève aussi un autre aspect du chagrin du Maître : plus ce tableau devient beau, plus les chances de le surpasser un jour s'amenuisent.

Plus il perfectionne chaque détail, plus il est accablé. Il pleure sur son œuvre. Il a l'air d'un vieil homme... ou plutôt, songe Iris, du vieil homme qu'il deviendra bientôt. Est-ce simplement le contraste avec Clara, si fraîche, si jeune, si belle sur la toile ? Non. La peinture elle-même le vieillit, car il lutte comme s'il ne devait plus jamais avoir le courage d'aimer le monde en huile et en vernis, en toile et en lumière.

RUE, SAUGE, THYM ET ESTRAGON

Le jour vient où le tableau est achevé, à l'exception de la patine de vernis nécessaire pour le protéger contre les ravages des siècles. Tous les vernis ne peuvent pas être appliqués en même temps ; certains doivent attendre que la peinture ait séché plusieurs mois.

Iris est stupéfaite que le Maître puisse envisager que le tableau vive plus longtemps que lui, mais quand elle le taquine sur ce point, il réplique sèchement :

— Et qu'est-ce qui te permet de penser que la beauté doit suivre la mode et se démoder comme... comme cette lubie de manger avec des fourchettes, l'engouement pour la musique d'épinette, ou encore la passion insensée pour les tulipes ? Les générations futures qui regarderont cette enfant ne seront-elles pas frappées par sa perfection ?

— Elles seront frappées par la façon dont Schoonmaker aura su la saisir, déclare Caspar. Cette fois, ce n'est pas une plaisanterie, mais un vrai compliment.

— Et pourquoi pas ? dit le Maître, incapable de contenir davantage sa fierté.

— À mon avis, dit Margarethe, passant avec une brassée d'humbles racines, elles penseront que vous avez idéalisé l'enfant. Personne ne pourra croire qu'elle ait eu l'air aussi angélique.

Elle dit cela avec une nuance... quelque chose qu'Iris ne saurait nommer.

Henrika et Cornelius van den Meer préparent un festin pour leurs amis de Haarlem et d'Amsterdam, pour ceux qui ont investi d'importantes sommes dans les cargaisons de tulipes, et aussi pour ceux qui ont la langue bien pendue et le portefeuille bien rempli. On nettoie la maison de fond en comble, de la cave au grenier. On emprunte des bancs aux voisins.

Margarethe commence à faire mauvaise figure à Henrika et, parfois, à manifester clairement son désaccord, et même bruyamment, sur la façon de tenir une maison.

Iris aide, vide des tiroirs, fouille les recoins du grenier à la recherche de quelque trouvaille magique : une griffe de dragon, un squelette de lutin, un fragment de la Vraie Croix avec lequel opérer des miracles. Elle ne découvre rien de tel. Mais elle n'arrive pas à se défaire de l'impression que la maison lui cache quelque chose. Cette haute construction étroite semble hantée, possédée par une force farouche et habile à se dissimuler. Iris tourbillonne, espérant la surprendre dans les biseaux des nombreux miroirs. Mais quelle que soit cette présence – farfadet ou autre – elle est habile. Elle lui échappe.

Lorsque arrive enfin le jour du festin, les premiers vrais froids mordants de l'automne se font sentir. En fin d'après-midi, Iris et Ruth balaient les feuilles mortes des tilleuls dans les allées du jardin. Ou plutôt, Ruth fait semblant de les balayer d'abord, puis Iris passe derrière et fait le travail.

La perspective d'un banquet enivre les jeunes filles. Van den Meer leur a dit qu'elles pourraient s'asseoir dans la cuisine et regarder par la porte, pourvu qu'elles restent silencieuses et regagnent leur paillasse dans la soupente dès que dame Henrika le leur demandera.

— Ce sera la nuit, les candélabres seront allumés, et il y aura de la musique, dit Iris, autant pour elle-même que pour Ruth. Et nous serons propres et élégantes, même si personne ne nous voit.

Margarethe a repassé leurs plus beaux tabliers et tenté quelques points maladroits de broderie sur les poches. Elle se piquait le doigt, jurait et s'obstinait, qu'elle soit fatiguée ou que la lumière fût basse. Iris et Ruth sont ravies à l'idée de porter des vêtements embellis pour l'occasion.

Clara, en revanche, est furieuse. Son père lui a interdit de s'asseoir à la cuisine avec Iris et Ruth. Elle doit s'habiller en adulte et dîner à table avec les convives. Elle se tourne vers sa mère, s'attendant à ce qu'elle intervienne comme d'habitude. Mais le visage d'Henrika s'assombrit d'un étrange chagrin et elle refuse même d'en discuter.

Clara boude donc à la cuisine, tandis que les sœurs Fisher accomplissent leurs tâches.

— Ce n'est pas juste, dit Clara. Je n'ai pas envie qu'on m'examine comme une statue de France ou un vase de Perse. Je veux être à la cuisine avec vous.

— Les risques d'être née de parents fortunés, lance Margarethe avec insolence. Souffrir.

— Quoi ? dit Clara, d'un ton coupant.

— L'enfant échangée doit se changer encore, et cette fois en adulte, reprend Margarethe, aussi rudement que si Clara était sa propre fille. Vivez avec ce que la vie vous apporte, demoiselle, ou vous resterez jeune et sotte pour toujours.

Clara bondit comme un chat à qui l'on marche sur la queue. C'est une chose de jouer à être une enfant échangée par les fées, songe Iris, et c'en est une autre d'être taquinée à ce sujet – surtout par une adulte. Crispant ses poings contre ses oreilles, Clara se met à crier. Margarethe lève des yeux coupables. Clara hurle qu'elle ne s'habillera pas pour plaire à ses parents, qu'elle ne parlera pas poliment aux invités, et qu'elle ne sortira pas de la cuisine. Et de plus, elle espère que le tableau de la Jeune Fille aux tulipes va exploser et brûler. Elle dit détester sa mère et son père.

Iris et Ruth sont paralysées. Margarethe se met à baratter pour couvrir le bruit.

— Chut, Clara, dit Iris. Tu vas réveiller le farfadet !

De son pas léger, Henrika survient. Elle déclare qu'il n'y a rien à discuter et que Clara est vilaine. Clara semble déterminée à le rester : elle ne veut pas cesser de hurler. Pas avant que Ruth n'éclate en sanglots et ne tombe à genoux aux pieds de Clara, l'enlaçant maladroitement.

— Va-t'en, vilaine ogresse, dit Clara – en anglais passable, note Iris.

Mais Ruth ne bouge pas, et Clara finit par s'effondrer dans ses bras en miaulant.

— Mes enfants à moi n'ont jamais crié comme des bêtes infernales, déclare Margarethe à sa baratte de beurre.

— Cela suffit, Clara, dit Henrika – mais il est clair qu'elle s'adresse à Margarethe.

Clara s'élance dans le jardin, Ruth la suit. Elles laissent la porte ouverte. Clara lance des cailloux aux oiseaux. Ruth passe ses mains dans le lierre. L'air de la cuisine se charge d'humidité, bien que le temps n'ait pas changé. Le vent est toujours vif, et l'air de la mer âpre. Dehors, les corbeaux continuent de croasser et se chamailler au-dessus des resserres à tulipes. La lumière s'insinue encore par la porte ouverte, traçant un mince rai jaune sur les dalles de pierre grise.

Henrika tourne le dos à Margarethe. Par habitude, Iris jette un coup d'œil dans le miroir, espérant apercevoir quelque esprit du foyer... mais c'est le visage d'Henrika qu'elle surprend. Elle est dépitée : à la fois mécontente et inquiète. Son beau front est froncé, et elle mordille sa lèvre inférieure, songeuse.

— Une bonne dose de camomille la calmera, dit Margarethe avec désinvolture.

— Je ne tolérerai pas de leçons sur l'éducation de mon enfant, dit Henrika d'une voix glaciale, et elle s'en va.

— J'essayais simplement d'aider, lance Margarethe après elle, avec une politesse exagérée.

— Maman, dit Iris. Tu ne tiens pas ta langue.

— Qui es-tu pour me dire de la tenir ? dit Margarethe, langoureuse.

— Qu'est-ce qui te prend ? Tu dis toujours que nous risquons d'être mises à la porte si nous ne nous tenons pas bien. Il ne manque pas de gens pour faire le travail que nous faisons.

Margarethe pose la baratte. Elle ouvre un linge, révélant deux lièvres morts, ficelés par les oreilles.

— Il n'y a guère de sécurité dans notre vie, c'est vrai, mais nous ne serons pas chassées pour une remarque honnête.

— Cela ne te ressemble pas, dit Iris. C'est toi qui t'inquiètes dès août de savoir si le printemps viendra assez tôt en mars.

Margarethe fait signe à Iris d'approcher et chuchote :

— N'as-tu pas remarqué que dame Henrika est enceinte ?

Iris se croit observatrice, mais elle ne l'avait pas vu.

— Oh, c'est encore tôt, mais pour l'instant elle ne supporte pas la vue de la nourriture dans la marmite ou à la broche. Elle ne peut guère se permettre de me renvoyer. Je connais trop bien les habitudes de sa maison, et cette fête est très importante.

Iris ne répond pas. Elle n'aime pas voir sa mère courber l'échine, mais son impertinence la trouble aussi.

— Elle est notre hôtesse et notre protectrice, finit par dire Iris. Ne peux-tu donc l'aimer ?

— L'aimer ? Qu'y a-t-il donc à aimer ? Que son père ait réussi dans les affaires ? Qu'elle se croie fine d'esprit ? Qu'elle dorlote sa fille au point de la traiter comme un bébé ? Elle ne lui rend pas service. Cette fille est gâtée, pourrie, ne le vois-tu pas ?

— Tu remarques donc que Clara n'est pas heureuse, au moins, dit Iris.

— Disons que si Ruth est prisonnière de ses maux, à clopiner et geindre toute la journée, Clara l'est aussi. On attend d'elle une docilité sans fin. Qui sait pourquoi ? Parce qu'elle est si belle ? Nous sommes tous dans des prisons, je suppose, mais celle de Clara est aggravée par les craintes et le pouvoir de sa mère. Et peut-être par la faiblesse de son père aussi.

— Et ta prison à toi ? demande Iris.

Margarethe se frotte le nez et dit :

— Il y a toujours eu une fenêtre. On peut supporter toutes sortes de prisons si l'on trouve une fenêtre dans l'obscurité. Pour moi, ton père était cette fenêtre. À sa mort, elle s'est refermée. Oh, je sais, la seule mention de Jack Fisher t'est douloureuse, mais tout de même.

— Vas-tu passer le reste de ta vie sans une autre fenêtre quelque part dans la nuit ?

— Cherche-la toi-même, dit Margarethe, soudain impatiente. Assez bavardé. J'ai à faire. Je dois ôter la peau de ces deux lièvres.

Iris s'assoit près de sa mère et regarde.

— Dis-moi comment faire. Je devrais savoir.

— Peut-être te retrouveras-tu un jour dans la cuisine d'un bourgeois, à mon âge, préparant un repas pour des invités qui ne verront pas ton visage et ne demanderont pas ton nom, dit Margarethe. Pourquoi devrais-je t'apprendre la moindre chose ?

— Parce que je ne suis pas belle, dit Iris. Et je dois apprendre ces choses si je veux pouvoir subvenir à mes besoins un jour.

Margarethe passe les doigts sur les lièvres comme pour se retenir de les déchirer à pleines mains. Elle respire lourdement, puis dit :

— Alors, ma fille, regarde bien.

Mère et fille travaillent ensemble sur les corps, ôtant les extrémités indésirables, les os, les organes. Margarethe montre à Iris comment retrousser la peau sur le crâne, comment manier la chair pour qu'elle ne se détache pas trop tôt de l'os, comment frotter des poignées de sauge, de thym et d'estragon pour transformer une bête morte en repas somptueux.

Un moment plus tard, dame Henrika reparaît sans bruit dans la cuisine. Elles travaillent toutes côte à côte sans mot dire, choisissant les fruits les plus parfaits, sortant le pain du four, préparant en hâte les cailles qu'on vient d'acheter, car l'heure approche où la Jeune Fille aux tulipes sera dévoilée aux commerçants affamés.

Réception

Les chandelles sont allumées, les tables couvertes de fine toile, et Henrika est assise à l'épinette.

— Quel joli tableau, dit Margarethe à van den Meer. Mais il ne perçoit pas l'aigreur dans sa voix et se contente de répondre :

— Oh, oui, n'est-ce pas ?

Deux jeunes filles d'une maison voisine sont venues aider au service, afin que Margarethe puisse se tenir à la porte et surveiller à la fois la cuisine et la salle à manger. Caspar a été engagé pour recevoir capes, cannes et chapeaux. Iris et Ruth prennent des tabourets et se postent près de la porte, en se demandant ce que fait Clara – jusqu'au premier coup frappé par un invité.

Presque aussitôt, un second arrive, suivi de son épouse, si bien que Caspar est vite débordé et qu'Iris doit l'aider. Henrika s'interrompt à l'épinette, comme surprise par les visiteurs, et reprend toujours la même mélodie jusqu'à la prochaine arrivée.

Le Maître apparaît. Sa cape neuve, bordée d'un galon, ne dissimule guère sa nervosité. Il traverse la salle, salue ceux qu'il connaît, murmure quelques bonjours timides aux inconnus. Presque aussitôt, il file à la cuisine, ôte sa cape et s'assoit sur le tabouret qu'Iris vient de quitter. Il prend un instant la main de Ruth.

— Ce sont des gens de bien, dit-il à Margarethe qui, tout en s'affairant aux derniers préparatifs, trouve le temps de ricaner.

— Des faisans farcis et des paons parfumés qui se donnent des airs... Ce ne sont que des marchands, pas des aristocrates. Ils admirent le talent et se veulent cultivés. Savez-vous que certains ont investi dans la colonie de Nouvelle-Hollande, de l'autre côté de l'Atlantique ?

— Les Hollandais ont une curieuse passion pour les tableaux, reprend Margarethe, comme si, en disant cela, elle se plaçait toute entière du côté anglais.

— Et pourquoi pas ? La Réforme a arraché des églises les icônes et les ornements. Que reste-t-il à l'œil affamé ? De simples scènes de réjouissance, des prairies, des forêts, la vie quotidienne des paysans, des vues de ville, ou encore des représentations du sort comique des plus malchanceux.

— Si votre tableau leur plaît, dit Margarethe, prenez garde : vous peindrez tout cela. Vous passerez vos journées à fixer sur la toile les bajoues et les doubles mentons de tous ceux qui ont les moyens de se faire portraiturer.

— Ne me le rappelez pas... Mes éventuels clients sont dans le salon, là-bas, en ce moment même.

— Ils ne manquent pas d'argent pour payer vos tableaux.

— Ni de peintres, dans cette partie de la Hollande.

Elle dépose deux saumons pochés sur un plateau et, de ses doigts habiles, remodèle la chair.

— Ainsi donc, vous hésitez ? Comme la plupart d'entre nous... Vous voulez le travail et la renommée, mais aussi mépriser vos clients parce qu'ils refusent de payer pour des sujets religieux. Ainsi, vous pourrez être chagrin quoi qu'il arrive. Voilà, ma fille, c'est prêt. Ne fais pas tomber le poisson. Ruth, écarte-toi.

— Vous êtes une femme intelligente, Margarethe, dit le Maître. Si je suis honoré et remarqué ce soir, comme van den Meer me l'a laissé entendre, envisageriez-vous de revenir chez moi pour tenir ma maison ?

— J'envisage bien des choses, folles et sérieuses, chaque soir en posant la tête entre mes deux filles pour dormir.

— Eh bien, ajoutez cette proposition à votre liste.

Van den Meer surgit à la porte.

— Schoonmaker, nous passons dans la pièce à côté pour leur montrer votre œuvre, et vous voilà à bavarder dans les légumes comme un marmiton ? Sortez d'ici, et préparez-vous à faire votre carrière – et la mienne avec.

Van den Meer appelle Clara. Comme elle ne vient pas, il dit à Margarethe :

— Allez la chercher, je vous prie. Elle est là-haut et doit descendre à l'instant.

— Aujourd'hui, rétorque Margarethe, je suis la reine des casseroles et du foyer. Je ne suis pas la bonne d'enfant. Faites-le vous-même.

— Même occupé à autre chose, répond-il gravement, l'insulte ne m'a pas échappé, Margarethe Fisher.

Margarethe rougit : elle est allée trop loin.

— Iris, vas-y maintenant à ma place, dit-elle à voix basse.

Iris gravit l'escalier de service. Elle entre dans la petite chambre de Clara. Les rideaux du lit sont tirés, aucune chandelle n'est allumée, et l'ombre découpe les angles durs des meubles.

— Clara ? Êtes-vous là ?

Un bruissement de draps. Il y a quelque chose ici.

— Clara ? (La voix d'Iris est menue, inquiète.) Allons, ouvrez les rideaux. Ne m'effrayez pas ainsi.

Frémissement de la tenture. Respiration difficile. Iris écarte le rideau.

— Allons, où est le mal ? dit Iris, tentant de sourire.

La silhouette recule dans l'ombre.

— Je les déteste, dit Clara.

— Mais pourquoi ? Que vous ont-ils fait ?

— Ils parcourent le monde à si grands pas, dit-elle enfin.

Iris devine qu'elle veut dire : libres de voyager où bon leur semble, sans la surveillance pesante qui l'irrite plus que tout. Mais ce n'est pas une raison pour les haïr...

— Si vous y allez, dit Iris, et que vous souriez, que vous répondez quand on vous parle, vous pourrez vous divertir et faire plaisir à vos parents. Et lorsque leur attention sera ailleurs – car les adultes ne restent jamais longtemps concentrés sur la même chose – vous pourrez vous esquiver. Ils ne s'en apercevront pas.

— Dans le tableau du Maître, dit Clara. Je sais. Mais je suis peinte pour vendre des fleurs.

— Et alors ? dit Iris, qui commence à perdre patience malgré elle. Quand j'ai été représentée par le Maître, les gens ont ri ! Il y a pire au monde que d'être agréable à regarder et utile à ses parents.

— Qu'en sais-tu ? réplique Clara, soudain excitée. Ton père est mort.

— Pas de ça, dit Iris, sur la défensive. Pas de ça !

— Le père mort, des vers plein la bouche, des asticots dans les yeux...

— Sortez de ce lit, dit Iris. Petit démon, sortez, ou ma mère, ma sœur et moi serons mises à la porte pour ne pas avoir su nous rendre utiles. Oui, mon père est mort, et nous ne pouvons nous permettre de perdre notre place ici. Alors si vous ne voulez pas descendre pour vos parents, ou pour votre avenir, faites-le pour moi. Voulez-vous que je sois renvoyée en Angleterre pour y mourir de faim ?

C'est un pari maladroit, mais qui réussit. Clara passe ses bras autour du cou d'Iris.

— Ne retourne pas en Angleterre, dit-elle. Apprendre l'anglais avec toi est ma seule joie.

Son étreinte est forte, dure : ses bras sont comme des barres de fer. Iris tient bon, s'efforçant de ne pas céder.

— Vous comprendriez le bonheur d'un garde-manger plein si vous aviez dû vous en passer, et celui d'un père vivant si le vôtre était mort... Mais n'en parlons pas. Venez. Soyez courageuse comme les jeunes filles de mes histoires.

Iris entraîne ainsi Clara dans l'escalier de service jusqu'à la cuisine. Margarethe lui ajuste ses vêtements et lui pince un peu les joues. Van den Meer sourit distraitement et murmure :

— Suis-moi, mon poussin. Nous allons juste entrer pour voir notre avenir.

Clara se retourne et jette un dernier regard à Iris. Ses yeux sont presque creux. Sa jolie lèvre tremble, deux fois.

L'ÉPINETTE

Lorsque le dernier invité prend congé, Clara dort depuis longtemps et Iris lutte pour garder les yeux ouverts. Ruth s'est blottie sous la table de la cuisine, où elle ronfle à sa façon, et son cher moulin lui est tombé des mains.

— Jamais je n'étais restée debout aussi tard, dit Iris. (Elle regarde dehors.) Le monde est immobile. Regarde : les étoiles semblent presque s'entrechoquer, tellement il y en a.

Le Maître demande sa cape. Il est ivre, et déprimé d'avoir été autant célébré. Son apprenti, en revanche, est ivre... de soulagement.

— Alors, Caspar, demande Iris tandis que le jeune homme soutient le Maître en lui passant un bras sous le sien. C'était une bonne soirée ?

— Le portrait de Clara a émerveillé tout le monde. C'est le renouveau de sa carrière. S'il ne s'étouffe pas dans son sommeil cette nuit, sa fortune est faite. Ta mère devrait reconsidérer sa proposition de revenir chez lui. Il en aura les moyens.

Iris ne sait qu'en penser. D'un côté, le plaisir d'être proche de la peinture ; de l'autre, la sécurité d'une maison bien tenue et de repas réguliers chez dame Henrika. En guise de réponse, elle hausse joyeusement les épaules.

Caspar se penche et pose ses mains sur son front.

— Tu es une bonne enfant, dit-il.

Puis le Maître et lui s'engagent bruyamment dans les rues glissantes, sous une petite bruine venue de la mer.

La porte se referme et Iris rejoint la salle. Cornelius, Henrika et Margarethe s'y trouvent, tous trois tournés dans des directions différentes : Henrika à l'épinette, Cornelius face au tableau, Margarethe près de la table encombrée de pépins, de trognons et de croûtes de fromage.

Malgré leurs postures, chacun reste attentif aux deux autres, d'une façon qu'Iris ne comprend pas bien. Elle est épuisée, mais remarque que les mains de sa mère sur la table ne s'y attardent pas par fatigue : elles s'y posent délibérément.

— Nous avons eu notre triomphe ce soir, dit van den Meer. Tous autant que nous sommes.

Henrika penche la tête sur son clavier. Margarethe acquiesce en silence.

— C'est le début de notre succès. Sais-tu ce que cela signifie ? Nous avons bien fait d'avancer avec prudence et de nous assurer que Schoonmaker était à la hauteur. Notre exigence l'a poussé. Il a dépassé tous ses efforts passés. On ne le connaîtra plus seulement comme le Maître du Retable de Dordrecht. Il sera Schoonmaker, et l'on viendra de loin admirer La Jeune Fille aux tulipes. Nous trouverons vite l'occasion de l'exposer. On viendra l'admirer depuis Florence et Rome... et admirer notre Clara. Nous n'aurons plus à craindre de manquer d'investisseurs.

— Je déteste l'idée qu'on l'exhibe, dit Henrika.

Van den Meer ne répond pas. Elle poursuit, plus doucement :

— Elle ne sera jamais plus belle qu'elle ne l'était ce soir.

Van den Meer se retourne et vide son verre de porto.

— Comment cela ? Tu t'attristes de la voir grandir ?

— Tu auras bientôt un nouvel enfant, dit-il, et Clara, elle, fera ses premiers pas dans le monde adulte.

— C'est juste que, désormais, sa beauté est proclamée. Sa réputation la précédera, jusque dans cette rue.

— Tu ne peux pas l'envelopper de langes toute ta vie. Il t'a fallu des années pour accepter d'avoir un autre enfant. Si tu t'y étais résolue plus tôt, Henrika, peut-être aurais-tu su relâcher un peu ton emprise. Espérons qu'elle pourra s'épanouir.

Henrika paraît terriblement triste. Van den Meer adoucit sa voix :

— Elle sera chez elle dans n'importe quel salon du royaume, elle sera reçue en France comme en Angleterre. Elle fera honneur à ta famille et à la mienne.

Henrika détourne le regard. Dans la dernière lueur des chandelles, Iris aperçoit ses larmes.

— Avons-nous bien agi, mon époux ?

— Femme, nous avons triomphé. Ce soir, rien n'est perdu, tout est gagné. Schoonmaker repart avec des rendez-vous chez cinq marchands capables de payer grassement son travail. Nous avons renforcé notre prestige...

— Ton prestige, corrige-t-elle doucement, lui rappelant que son sang à elle est « trop pur pour être purifié ».

Il laisse passer.

— ... et nous avons prouvé à nos confrères notre talent pour attirer l'attention sur nos tulipes. Nous avons consolidé nos investissements. Nous avons présenté notre fille et lancé sa réputation. Nous avons beaucoup travaillé pour en arriver là, et il n'y a pas lieu de s'effrayer. La conversation a été enjouée, le vin excellent, la nourriture abondante.

— Merci, dit Margarethe.

Van den Meer et sa femme se tournent vers elle.

— C'est grâce à vous, dit Henrika, sans ironie : elle est trop fatiguée pour discuter. Nous vous sommes reconnaissants pour vos compétences.

— Et à votre fille, pour avoir su s'attacher Clara et l'encourager à venir, renchérit van den Meer.

— Alors ne serait-ce pas le moment de vous demander de modestes gages ?

— Il est tard, et je ne parle pas d'argent quand j'ai autant mangé et bu, répond van den Meer.

— D'ailleurs, ajoute Henrika, cette soirée seule a coûté plus que nous ne pouvions nous permettre. Et avec le bébé en route, vous savez les complications que cela entraîne. Ne suffit-il pas que vous ayez un toit et de quoi manger ?

— C'est... appréciable, dit Margarethe. Mais mes filles sont un peu plus âgées que votre Clara et n'ont pas ses avantages. Je dois penser à elles.

Iris se recroqueville dans l'ombre. Elle n'aime pas entendre cela.

— Quoi qu'il en soit, dit van den Meer, ne gâchons pas la soirée par cette discussion. Une autre fois, Margarethe... Demain ou après-demain, venez me voir dans mon bureau et nous en parlerons. Je ne vous promets rien.

— Ce soir, j'ai reçu une offre ailleurs, dit Margarethe.

— Pas d'un de nos invités ! proteste Henrika.

— Cela peut attendre demain, Henrika, coupe van den Meer.

— Je ne veux pas attendre !

Henrika se redresse, tenant son ventre.

— C'était l'un de vos invités, dit Margarethe.

— Qui ? s'écrie Henrika.

— Henrika... dit van den Meer, sur un ton d'avertissement.

— C'était le Maître. Il pense être désormais en mesure de m'engager comme servante. Il m'a demandé de revenir.

— Eh bien, allez-y, si vous y tenez ! dit Henrika avec hauteur. Quelle ingratitude.

— Nous en reparlerons demain, dit van den Meer. Margarethe, vous ne voyez pas votre intérêt.

— Je ne demande pas la lune, juste un peu plus que presque rien, répond Margarethe. Vous avez eu un grand succès ce soir, et vous en aurez bien d'autres dans les mois à venir. Vous avez vu comme je peux servir, et je servirai.

— Je m'y oppose, Cornelius, dit Henrika.

— Tu es trop fatiguée pour t'y opposer, et tu es enceinte, répond son mari. Je prendrai la décision qui s'impose, mais pas ce soir. Combien de fois faut-il que je te le dise ? Allons, il faut éteindre les lumières, mettre les barres aux volets, couvrir la nourriture contre les souris... et au lit. La vie reprendra demain, comme toujours.

— Et qui prendra la décision, alors ? demande Henrika en soufflant la chandelle.

Iris se replie dans l'ombre, honteuse du culot de sa mère, mais fière aussi.

Simples

— Le visage de Clara s'allonge, dit Margarethe. Si tu crois encore qu'elle est un changeling, Iris, regarde : elle grandit. Les enfants échangés meurent jeunes.

— Certains vivent vieux, bossus, dit Iris. J'ai vu un vieillard sans dents, avec des joues lisses comme un melon. Il riait fort et bêtement, comme un enfant échangé.

— Garde l'esprit clair ! réplique Margarethe. Ces pensées égarées t'attireront un jour des ennuis. Clara n'est pas plus une enfant échangée que Ruth.

Iris ne répond pas. Elle sait que, même si Ruth est énorme, lente et maladroite, elle a toujours été elle-même. Pour Clara, elle ne pourra jamais en être aussi sûre : le soupçon d'une transformation magique rôdera toujours, sans pouvoir être réfuté.

L'hiver s'étire dans sa lenteur glaciale. Margarethe et ses filles ne sont pas retournées chez le Maître, dans le quartier pauvre. La grossesse de Henrika est trop difficile : elle se déplace avec peine, se plaint de douleurs mystérieuses qui font hocher la tête des sage-femmes, perplexes. Attendrait-elle des jumeaux ? A-t-elle changé d'alimentation ? Les soucis de Cornelius van den Meer seraient-ils contagieux ? On murmure qu'une crise financière chez les van den Meer serait catastrophique : la majeure partie de la dot de Henrika a servi de garantie à des prêts pour l'affrètement, et pourrait être perdue.

La rumeur parle aussi d'un démon tapi dans les poutres, qui ne descendrait qu'à la nuit pour ronger les entrailles de Henrika et miner sa santé.

Celle-ci quitte rarement son lit. Van den Meer, inquiet – et il ne peut le cacher –, l'entoure de tendresse quand son travail le lui permet. Mais il attend des nouvelles d'un navire qui n'est pas arrivé au port avec sa cargaison. Ses associés et lui hésitent à envoyer un émissaire sur ses traces. Les nouvelles, bonnes ou mauvaises, finiront bien par venir... mais vaut-il mieux apprendre un désastre à l'avance pour s'y préparer ? Plus on attend, plus les tempêtes d'hiver se renforcent.

Margarethe est indispensable. Dame Henrika trouve à redire à la nourriture qu'elle prépare – trop salée, trop forte, trop étrangère – et parfois, elle doit la lui faire avaler à la cuillère.

— Toujours une remarque, dit calmement Margarethe. Mangez, c'est pour votre santé.

Elle sait que la maîtresse de maison n'a d'autre choix que d'être reconnaissante.

Au début de l'hiver, Margarethe suspend les dernières herbes dans la cuisine et entretient, à la demande de Henrika, un pot-au-feu perpétuel dans l'âtre. La maison van den Meer est plus vaste que tout ce qu'elle a connu : elle gère la chambre froide, la cave à vin, et jusqu'aux affaires de basse-cour que les fermiers acceptent à contre-cœur de lui céder.

Ainsi occupée, elle laisse à Iris et Ruth une liberté inhabituelle. Elle ne voit pas l'intérêt d'envoyer ses filles à l'école – Ruth n'apprend rien, et Iris est indispensable pour s'occuper d'elle – et van den Meer laisse à sa femme le soin de l'éducation de Clara. Chaque matin, après le petit-déjeuner, la toilette et quelques corvées, Iris et Ruth chaussent leurs sabots et flânent dans Haarlem.

Chaque jour, elles passent d'abord chez le Maître. Caspar interrompt ses tâches – préparer des toiles, broyer des pigments – pour leur réchauffer du lait avec cacao, miel et beurre. Le Maître s'emporte : elles troublent sa sérénité et l'empêchent de terminer ses commandes. Les fillettes en rient désormais.

Ruth s'intéresse peu à la peinture : elle préfère bavarder avec Caspar, qui sculpte parfois des visages dans des pommes de terre pour la faire rire. Iris, elle, se glisse dans l'atelier, reste à distance, souvent trempée de pluie, et observe la naissance des formes humaines sur la toile. Le Maître maudit ses erreurs à voix haute, au point que Caspar lève les yeux au ciel ou couvre les oreilles d'Iris.

— Mais il faut bien que je mange ! gronde-t-il. Mon art ment : je flatte des visages au lieu de dire la vérité. Sinon, comment vous offrir ce chocolat chaque matin ? Et allez-vous enfin me laisser travailler, ou me pousser à boire le diluant et sombrer dans l'inconscience ?

Il travaille vite, Caspar apprend, devient un véritable apprenti. Quand le Maître sort, Iris et Caspar ont de brefs moments à eux. Un jour, il lui propose :

— Tu ne veux pas essayer, avec une craie ?

— Bien sûr, mais je ne serai jamais apprentie. Pourquoi me bercer d'illusions ?

— Quand je serai Maître, tu le seras, dit-il.

Cela la fait rire franchement, puis davantage encore en entendant l'écho inhabituel de son rire.

Clara, elle, devient maussade : sa mère reste couchée, et elle se réjouit de voir les filles rentrer. Un jour, devant le feu :

— Si vous veniez avec nous, dit Iris, vous ne vous ennuieriez pas.

— Tu sais bien que je ne peux pas sortir. Maman ne le permet pas.

— Elle ne le saura pas... Elle ne guette pas à la fenêtre, elle est couchée.

— Peut-être... Mais je pourrais être prise...

— Par qui ?

— Des ailes noires, là-haut. (Puis elle change de sujet.) Avant vous, il y avait ici une dentellière des Flandres, une Parisienne qui me parlait français, un homme pour l'épinette, un autre pour la Bible. Maman m'amène le monde : c'est tout ce que je peux connaître.

— Ce n'est pas ta mère qui t'enferme, dit Iris. C'est toi.

Clara redresse le menton, mais Iris insiste :

— Tu guettes à la fenêtre, mais tu ne sors pas. Tu as peur.

— Non.

— Alors viens maintenant.

Clara refuse, Iris propose la brouette : yeux fermés, elle l'emmènera au canal. Clara hésite, craint qu'on la jette à l'eau. Iris promet « d'essayer » de ne pas le faire, Clara comprend la plaisanterie et accepte.

Elles trouvent la brouette, la garnissent de sacs, et Clara s'installe. Iris veut la couvrir pour qu'on ne la voie pas. Clara laisse faire.

Ruth et Iris se préparent, Iris s'installe par-dessus elle. Clara proteste qu'on l'écrase. Avant même de franchir la porte, elle se redresse, furieuse, et refuse d'aller plus loin.

Margarethe arrive, voix basse mais ferme :

— Iris, va chercher la sage-femme. Dame Henrika a des douleurs, c'est trop tôt. Et trouve aussi van den Meer !

Iris aperçoit alors les draps tachés de sang dans les bras de Margarethe – un rouge plus vif qu'aucune tulipe des serres de Cornelius.

La maison devient soudain silencieuse et sévère, comme une chapelle. Iris sent ses murs se resserrer, comme si quelque chose d'invisible y était prisonnier, rongeant Henrika jusqu'à lui arracher ce sang éclatant. Elle chasse cette pensée et part accomplir sa mission.

III

La fille de cendres

Des fleurs pour la morte

Dans les jours qui suivent, l'état de Henrika empire. Ni les préparations aux herbes de Margarethe, ni les psaumes du pasteur, ni les saignées du chirurgien n'y font quoi que ce soit.

Le dimanche, il ne reste qu'à prier pour que l'ouverture de l'abdomen puisse sauver l'enfant. Un vain espoir.

C'est au lendemain d'une tempête de neige, qu'on couche la mère et l'enfant ensemble dans un cercueil. Le soleil éclate sur un monde hérissé d'arêtes glacées. Les allées du cimetière sont capitonnées de neige. Les hommes, les yeux humides, se tiennent tout près de la tombe qu'il a été si difficile de creuser dans ce sol gelé. La voix du prédicateur s'envole et se perd dans le vent.

Clara a dû être menacée pour quitter la maison et rejoindre le convoi. Au cimetière, elle reste en retrait, avec les autres femmes. Toutes – l'œil sec – murmurent que c'est déjà beaucoup de monde, vu le temps. Que les vieilles rentrent donc vite chez elles avant que leurs poumons ne cèdent.

Iris ne reconnaît pas grand monde. Mais elle voit la Reine des Bohémiennes au menton poilu, drapée de châles gris, postée à la porte du cimetière. Iris pourrait jurer que la vieille, jambes raides, les regarde, même si ses paupières ridées restent closes. Iris baisse la tête, feignant de prier. Quand elle se redresse, la Reine a disparu.

Après le dernier amen, Iris se tourne vers Clara. La fillette, tête couverte, visage cerclé de fourrure noire, a des mèches d'or pâle que le vent plaque sur son front. Elle a peur de quitter la maison, peur de tout – et qui ne l'aurait pas à sa place ?

Un homme trapu s'avance. Il soulève doucement le menton de Clara.

— Quel héritage de beauté vous laisse votre mère..., murmure-t-il.

Clara fronce les paupières, recule, tend les mains vers Iris, qui s'empresse de les saisir. Mais déjà, on appelle Clara auprès de son père, et elle y va.

Iris traîne à la lisière du petit groupe qui raccompagne van den Meer chez lui. Dans sa tête germe une idée, neuve, puissante comme une terre étrangère, comme un sortilège :

Henrika est morte. Ses mains jointes reposent dans un manchon d'hermine, comme si elles pouvaient y rester au chaud, même sous la terre noire. Ses cheveux blonds sont propres, ses yeux clos, et l'inhumation a exhalé une odeur pire encore que celle des fleurs pourrissantes.

Henrika avait ses défauts, mais elle avait été bonne pour Iris et Ruth, d'une certaine manière. Et, malgré leurs querelles, elle n'avait pas chassé Margarethe.

Et Henrika est morte.

Iris, elle, est vivante. La pensée est troublante, honteuse – et pourtant, elle la sent vibrer dans sa peau.

Pendant que Margarethe lisse sa coiffure pour accueillir les visiteurs, Iris ressent tout : ses cheveux qui tirent sur son cuir chevelu sous la brosse, ses poignets prisonniers des manches de son corset, la toile du jupon qui frôle ses cuisses. Elle en rougit si fort que Margarethe demande :

— Quelles sottises caches-tu donc dans ta tête, un jour pareil ?

Iris se tait.

L'après-midi, les voisins défilent. Iris reste assise, les mains sur les genoux, immobile comme une statue, sentant son sang grimper en spirale le long de sa nuque. Elle sent ses seins flotter dans la chemise, durcis par le froid, assouplis par la chaleur.

La maison est silencieuse : même les souris derrière les murs semblent s'être tues par respect. Des parents éloignés arrivent. Tout paraît plus riche, plus étrange. Comme si, Henrika morte, Iris avait hérité de sa sensibilité.

Ai-je toujours été là ? se demande-t-elle. Ou viens-je juste de naître ?

Elle songe : Peut-être qu'à ma mort, mon âme s'envolera vers Dieu... mais mes mains, mon visage, resteront plantés comme des bulbes, tandis que seule la fleur de l'esprit surgira ailleurs. Alors, que mes mains servent, que mes yeux voient, que ma langue goûte.

Elle goûte l'humidité qui perle à son nez. Le monde est sel.

Observe. Observe Margarethe, bonnet baissé pour dissimuler son visage, mais tenant le plateau à la gauche de van den Meer, l'invitant à prendre un verre de sherry. Observe van den Meer, clignant des yeux, acceptant ce réconfort sans vraiment la voir.

Observe Ruth, reléguée à l'ombre, les mains qui s'entortillent sur ses genoux comme pour forcer ses jambes à marcher. Observe Clara, prisonnière d'une attention qu'elle déteste, prête à donner un coup de pied à une vieille tante avant de se raviser sous le regard d'Iris.

Observe le Maître, nerveux, la mort de Henrika réveillant en lui le besoin des grandes vérités – et Caspar, à son côté, lui soufflant des noms à l'oreille, dégageant le chemin dans la foule.

Oh, Caspar.

Elle le regarde. Les épaules larges, la taille étroite, le visage où cohabitent ironie et bonté. Il s'occupe de Clara avec une tendresse rare chez un jeune homme. Clara ne sourit pas, mais lui parle, alors qu'elle n'a adressé un mot à personne d'autre aujourd'hui.

Iris se lève, chancelle. Elle doit lui parler, sans quoi elle va disparaître, s'effacer comme le farfadet de la maison.

Elle flotte à travers la pièce, comme un esprit remonté des profondeurs de Haarlemsmeer.

— Tu as donc le pouvoir de charmer notre pauvre Clara, dit Iris à Caspar.

Il lui jette un bref regard.

— Charmer n'est pas le mot, à mon avis, répond-il, mais... je m'adapte à la situation du jour.

Un clin d'œil, qui tient lieu de sourire. Un sourire néanmoins. Donc tout va bien.

— Iris, dit Margarethe. On a besoin de toi à la cuisine.

— Je parle à Caspar.

— Iris ! insiste Margarethe d'un ton qu'on ne peut ignorer.

Iris tourne le dos à Caspar, non sans garder un instant sa main dans la sienne.

— Iris ! répète Margarethe.

Dans la cuisine, l'animation bat son plein. Iris ignore presque tout des coutumes funéraires de Haarlem, mais aujourd'hui, l'austère tempérance calviniste – jamais totalement adoptée par les van den Meer – est mise de côté. Des jattes pleines d'huîtres au vinaigre, des lièvres à retirer des broches, une montagne de légumes à préparer de toutes les façons possibles.

Margarethe, après un rapide tour du salon, redescend vivement et distribue les tâches à ses filles et aux deux jeunes employées venues pour l'occasion. Caspar apparaît sur le seuil, cherchant un tonnelet d'eau. Il se retrouve avec un éplucheur de pommes de terre dans la main avant même d'avoir compris.

— Un festin pareil, à préparer en dernière minute..., remarque-t-il en observant Margarethe au centre de l'agitation.

— Les gens meurent toujours à la dernière minute, rétorque-t-elle sèchement. Mais Iris – intelligente Iris – comprend que ces mots signifient bien plus. Caspar le comprend aussi.

— Ce sont des pommes de terre qui auraient pu être épluchées hier soir, poursuit-il. Vous n'êtes pas du genre à négliger le ménage, Margarethe. Pourquoi cette hâte incongrue ?

— Elles viennent d'être livrées ce matin, répond-elle. Et ce pain qui va brûler si je... Ruth, lève-toi de ce tabouret, je dois accéder au four...

— De quoi s'agit-il ? demande Caspar.

— À la dernière minute, explique Margarethe, van den Meer m'a appris que ses associés amèneraient des commanditaires potentiels, qui doivent lui présenter leurs condoléances pour la mort de sa chère épouse. Tu n'as pas remarqué que le portrait de la Jeune Fille aux tulipes a pris place d'honneur dans la salle ?

— Il a décroché le portrait de Henrika ? dit Caspar.

— J'aurais cru qu'un peintre serait plus observateur, répond Margarethe avec un sourire forcé. Les betteraves, Iris, ne les oublie pas.

Iris non plus n'avait pas vu le changement.

— Mais... ils s'attendent sûrement à voir Henrika au-dessus du buffet ! C'est sa maison, et ce portrait est le plus bel hommage à sa mémoire ! Ce n'est pas le moment de chercher des commanditaires...

— Tu n'y connais rien, coupe Margarethe. (Puis, plus douce :) Et moi non plus. Mais je crois qu'un bel hommage à une épouse, c'est aussi sa ravissante enfant. De plus, Cornelius m'a dit qu'il y a cette année encore plus d'argent à faire sur le marché des tulipes, avec la flambée de la bourse d'Amsterdam. Ses associés veulent sécuriser leurs investissements. Ils n'ont jamais pu exhiber ce portrait dans un cadre qui suscite la conversation et attire des acheteurs. Henrika, timide, avait refusé qu'on l'utilise à des fins commerciales. Il est donc raisonnable de profiter de cette réunion... triste, mais nécessaire.

— Quelle vilenie..., dit Caspar.

— Un père doit se soucier de sa fille, répond Margarethe. Henrika n'aurait rien attendu de moins.

— Et une mère de ses enfants aussi, je suppose, reprend Caspar sombrement, lançant une pomme de terre dans la cheminée.

— Est-ce de moi qu'il s'agit ? On dirait bien. La peste est encore à Utrecht. C'est un pays prospère, mais seuls ceux qui auront survécu pourront le raconter. Je ne laisserai pas mes filles mourir de faim. Et toi, qui es-tu pour juger ? Tu vis des travaux que te confie le Maître.

— Je suis payé pour mes services, dit Caspar avec dédain. C'est un métier.

— Si c'est le mot, ironise Margarethe. Je suis sûre que tu y excelles.

— Maman..., dit Iris, gênée par le ton.

— Laisse-la m'accuser, réplique Caspar. Seule la culpabilité donne la force d'exiger autant des autres.

— Trop à faire pour gaspiller du temps, coupe Margarethe. Si tu ne veux pas aider, va-t'en.

— Je m'inquiète pour tes filles, même si ton sort m'indiffère, dit-il. Je reste pour les aider.

— Alors fais leur travail sans discuter, dit Margarethe, le désignant d'un geste de cuillère comme on désigne les filles.

Iris le voit se raidir sous l'effet de la colère, mais il se tait et se remet à l'ouvrage.

L'après-midi s'écoule ainsi, rythmé par les plats qu'on envoie et qu'on rapporte. À la tombée du jour, les lampes s'allument. Vers le milieu de la soirée, Clara entre en chancelant et s'assied près du feu.

— Si tu es là, aide-nous, dit Margarethe.

— Je suis fatiguée, dit Clara. Debout toute la journée, à écouter des vieillards hideux me dire que je suis encore plus belle que mon portrait.

Elle fixe les flammes, le visage fermé.

— Je parie que le Maître se rengorge en entendant cela, ricane Caspar.

— Le Maître est parti depuis des heures, répond Clara.

— Il doit être offensé qu'on ait accroché son tableau pour pareille occasion, dit Caspar.

— Je ne comprends pas ce que vous voulez dire, dit Clara.

— Clara, remue donc la marmite pendant que tu es là, coupe Margarethe.

— Je ne sais pas faire, et je suis trop fatiguée.

— Pas besoin de savoir, prends la cuillère et tourne.

— Je ne suis pas fille de cuisine.

— Ne me cherche pas, dit Margarethe. Ici, c'est ma cuisine. Si je te dis de remuer la marmite, tu la remues, même si je dois te le faire comprendre autrement.

Caspar et Iris échangent un regard. Clara se redresse.

— C'est ma maison, dit-elle. Je ne remuerai pas la marmite.

— Margarethe, dit Caspar, la mère de cette enfant a été enterrée ce matin. Un peu de compassion.

— La compassion va dans les deux sens, répond Margarethe. Clara ? Allez-vous remuer la marmite ?

— Non.

Peste et quarantaine

Le froid persiste. Les jours se suivent, uniformément décolorés par une couverture nuageuse qui ne se dissipe jamais.

Quand Iris sort pour ses corvées, elle observe les Hollandais placides au travail, manœuvrant dans les rues qui, chaque nuit, gèlent en ornières scintillantes. Ils sont boutonnés et emmitouflés contre l'hiver, aussi impassibles que leurs vaches. Qu'ils croient ou non aux farfadets et aux démons – dans leurs maisons ou au-delà des remparts –, ils n'en laissent rien paraître.

Ces derniers temps, Iris se sent à la fois plus âgée et toute neuve. Elle se voit enfin comme moitié anglaise, moitié hollandaise : anglaise dans son désir de saisir un éclat du monde magique qui se glisse, joue contre joue, avec le nôtre ; hollandaise dans son impatience face à l'inertie de Clara. Elle doit bien l'admettre : Clara devient agaçante à force de geindre.

Ses pleurs, du matin au soir, n'attirent guère l'attention de son père et n'exaspèrent que Margarethe.

— À Amsterdam, Clara, on dépose les corps dans les rues pour qu'ils soient emportés au cimetière, dit un jour Margarethe. La peste rôde comme une bête dans la nuit, et Haarlem a payé son tribut, elle aussi. Faut-il t'emmener contempler les ravages du mal pour te faire cesser ces jérémiades ? Mon mari a été tué d'un coup sur la tête, et même cette pauvre Ruth n'a pas sangloté comme toi. Iris a séché ses larmes et pris sa part. Pourquoi n'en ferais-tu pas autant ?

— Parce que je n'ai plus de mère pour me le dire, réplique Clara en s'essuyant les yeux et le nez.

— Eh bien, je suis là, dit Margarethe. Et je m'en chargerai.

Clara en paraît effrayée et furieuse, mais Iris constate que cette colère interrompt ses pleurs. Les propos de Margarethe sur la peste ne sont pas anodins.

Ceux qui travaillent dans les resserres à tulipes s'attardent au seuil de la cuisine, attendant que Margarethe distribue pain, fromage et harengs fumés. En échange, elle recueille les nouvelles des dernières victimes.

— Ne soyons pas ingrates du gîte et du couvert, dit-elle à ses filles. Si nous étions à nouveau jetées à la rue, obligées de trouver un logement plus misérable, nous croiserions tôt ou tard la maladie. Dieu nous a établies ici, et nous devons le louer pour sa providence.

— Dieu a pris Henrika et le bébé pour nous protéger ? demande Iris.

— Tais-toi. Dieu pourrait t'entendre et nous punir tous.

— Mais je ne comprends pas. Pourquoi gâcher de bonnes vies pour sauver les nôtres ?

— Je vais te le faire comprendre à coups de fouet, si nécessaire, répond Margarethe.

Iris baisse la tête, comme éclairée soudain par une vérité qu'elle préfère ne pas creuser. L'idée que sa mère devienne dévote l'inquiète.

L'hiver traîne, et la Saint-Nicolas approche. À l'initiative de Clara, les trois fillettes déposent leurs sabots devant l'âtre. Margarethe ricane :

— Vous croyez que saint Nicolas et son assistant couvert de suie sauront qu'ici vivent deux petites Anglaises ? Je ne compterais pas sur des friandises, à votre place.

— Maman, au ciel, a dû parler d'Iris et de Ruth au bon saint, affirme Clara.

— Nous verrons bien, répond Margarethe.

Au matin, elles découvrent chacune quelques douceurs et jouets dans leur sabot.

— Mais je n'ai rien eu de plus que toi, dit Clara à Iris, de mauvaise humeur.

— Ni moi plus que vous, réplique Iris. Saint Nicolas est juste.

— Mais je suis la fille de la maison, et vous, des servantes.

— Oh... (Iris hésite.) Eh bien, puisque nous vivons toutes sous le même toit, celle qui aurait reçu davantage aurait dû partager. C'est plus simple que les faveurs soient équitablement réparties.

Clara en reste interdite, mais ne répond pas.

Noël passe, puis l'Épiphanie. Clara décrète :

— Aujourd'hui, on tire les rois. Celle qui trouve la fève dans le gâteau sera reine.

La chance est pour elle... jusqu'à ce que Ruth en trouve une aussi, puis Iris.

— C'est la fête des Rois Mages, constate Margarethe. Nous les honorons tous les trois ici.

Ruth bombe le torse, fière d'être roi. Iris et Clara se disputent pour être Melchior et se barbouiller le visage de charbon, mais qu'importe : Clara reste à la maison tandis qu'Iris et Ruth courent sur la place du marché rejoindre les autres enfants, qui chantent d'étranges airs sur Hérode et les Mages. Clara, Melchior boudeur, observe depuis la fenêtre.

Au plus fort de l'hiver, les semaines paraissent interminables. Les matins sont figés dans le gel, la brume ou parfois un rideau de neige. Les filles restent cloîtrées trop longtemps. Si Clara se plaît à provoquer Iris et Ruth, elle apprécie leur compagnie. Mais les deux s'impatientent et, dès que le temps le permet, passent de longues journées à l'atelier, laissant Clara seule.

Privée de la vigilance de Henrika, elle s'ennuie. Margarethe l'ignore et envoie régulièrement ses filles faire des courses. Un jour, en secouant sa pèlerine dans l'entrée, Iris entend sa mère dire à Clara :

— Je ne suis pas là pour te distraire. Les tâches ménagères ne sont pas amusantes, je te l'accorde, mais elles font passer le temps. Seulement, tu te crois au-dessus de tout ça, n'est-ce pas ? Pour l'instant, je n'en ferai pas cas.

Iris, curieuse, avance sur la pointe des pieds et aperçoit Margarethe poussant ostensiblement un balai autour des pieds de Clara :

— Quels jolis pieds, trop délicats pour vouloir marcher ou aider celles qui travaillent.

Un matin, Clara murmure, les yeux fixés sur sa chope d'étain :

— J'irai avec vous demain, si vous voulez.

Si quelque farfadet avait encore hanté la maison, c'eût été le moment de faire claquer ses os ou de grincer des dents. Mais rien : seulement un silence dense. Ruth se tourne vers Clara, van den Meer suspend son morceau de pain.

— Venez si vous voulez, dit Margarethe. Cela m'est égal. Ce n'est pas moi qui ai décrété cette quarantaine.

Mais Iris remarque le frisson de satisfaction qui parcourt ses épaules.

Le lendemain, dès qu'elle s'arrache à la chaleur de l'âtre, Margarethe s'enveloppe dans sa pèlerine. Clara se ronge les ongles, prête à sortir. La dernière fois qu'elle avait quitté la maison, c'était pour l'enterrement de sa mère. Et avant cela... des années.

Elles descendent toutes les quatre vers le centre : Clara, cramponnée à la main de Ruth, dévore des yeux tout ce qui l'entoure. Margarethe ne prévoit que quelques achats : oignons, dentelle, moule à chandelles chez le forgeron.

— Nous trottinons derrière toi comme des canetons, plaisante Iris, même si Ruth peine à suivre. Allons, Ruth, fais marcher tes grandes jambes ! Clara, regarde le chien qui poursuit...

— Non, rit Clara, c'est l'oie qui court après le chien.

— À Haarlem, une femme peut sortir librement, dit Margarethe avec satisfaction. En Angleterre, c'est plus rare.

Trois dames se retournent.

— Voilà une enfant obéissante, lance Margarethe.

Iris se demande : sa mère parade-t-elle en mère de substitution ? Montre-t-elle Clara comme preuve de ses bons soins ?

En attendant à la porte d'une échoppe, Iris l'observe : front lourd, sourcils froncés, main rivée à la hanche, bouche prête à mordre sa lèvre. Margarethe vit dans le compromis et négocie tout à son avantage.

Sur le chemin du retour, elles passent devant un hospice. Des domestiques sortent des corps pour les charger sur la charrette du fossoyeur.

— Alerte à la peste, crie le portier. Sauvez-vous !

— Les morts sont morts, répond Margarethe.

— Certains ne le sont pas encore. Si vous voulez les rejoindre, grimpez !

— Que Dieu ait pitié d'eux et de vous, dit-elle en marmonnant un psaume, sans conviction. Voilà ce qui vous guette, ajoute-t-elle aux filles. La mort passe et fauche ; si vous sautez de côté, peut-être vous épargnera-t-elle... pour un temps.

Ruth bondit, effrayée.

— Des enfants échangés, murmure Clara à propos des malades.

— À quelle hauteur sautes-tu, mère ? demande Iris.

— Observe-moi bien. J'ai sauté des marais d'Angleterre au seuil de l'hospice de Haarlem, et je sauterai encore. Donne-moi seulement un point où lancer mon harpon, et advienne que pourra.

Jour après jour, Iris observe. La glace sur la mare, Margarethe chantant au-dessus du ragoût de légumes et pruneaux, Clara qui tantôt boude, tantôt se rapproche de Margarethe, le visage de van den Meer qui s'allonge à mesure que la cargaison de bulbes tarde. Et Margarethe, qui attend... pour sauter encore.

Le moulin de nulle part

— On appelle Vastenavond, leur explique Clara, les trois jours qui précèdent le carême.

Cela semble inconvenant de festoyer si abondamment alors qu'Henrika vient d'être enterrée. Mais Margarethe se lance tout de même dans les préparatifs et mitonne un ragoût de mouton au citron, aux légumes et au gingembre.

— Nous allons prendre nos obligations religieuses très au sérieux, dit-elle en servant van den Meer et les trois filles.

— Je suppose qu'il le faut, répond-il.

Il paraît morose – peut-être à cause du deuil, ou bien (Iris déteste y penser) par crainte de la ruine.

— C'est un bien bon hutspot, Margarethe. Aussi bon que celui de notre regrettée Henrika.

— Je ne le trouve pas aussi bon, réplique Clara avec vivacité, laissant retomber sa cuillère.

— Si vous voulez vraiment vous préparer au carême, reprend van den Meer, vous devriez aller visiter la maison de correction. Attentive aux économies comme vous l'êtes, vous apprécierez que l'entrée soit gratuite en temps de kermesse.

Margarethe se raidit.

— Je suis déjà très correcte, me semble-t-il.

— Oh, sans aucun doute ! (Il n'avait sans doute pas voulu paraître grossier... ou bien si ?) Vous pourriez y voir les détenus apprendre la Bible et recevoir de vertueuses leçons aux frais de la ville. On dit que c'est divertissant.

— J'ai bien trop à faire à tenir cette maison pour m'amuser à visiter les prisons, rétorque-t-elle sèchement. Pas plus que les cabarets.

— Vous faites du bon travail, dit-il, un peu vexé. Vous nous prodiguez vos soins à ma fille et à moi.

— Je l'espère bien. Et ne parlez pas de prostituées devant mes filles.

— C'est ma maison, Margarethe, lui rappelle-t-il.

— C'est exact. Vous l'avez héritée de votre épouse, n'est-ce pas ?

— Vous voilà dans l'humeur joyeuse du carnaval...

Il a parlé d'une voix sombre. Elle se radoucit :

— J'aurais dû préciser : pas de ce genre de propos devant mes filles.

— Je ne le ferai plus, promet-il, toujours piqué. Mais qui sait ce que les gens disent dans la rue de notre arrangement ?

La colère de Margarethe est si vive qu'Iris croit que le toit va exploser. Elle claque la porte et s'élance dehors. Ils la voient s'éloigner à grands pas sur la glace, sa pèlerine noire battue par le vent comme d'immenses ailes de corbeau. Mais peu après, alors que les fillettes finissent leur pain, Margarethe revient, le visage rougi et embelli par le froid.

— Oh, venez voir ! s'écrie-t-elle, toute colère envolée. Les canaux et la rivière sont gelés, et toute la ville est dehors sur la grande route de glace !

C'est un jour de liesse. Clara elle-même se laisse gagner par l'enthousiasme, et van den Meer se souvient qu'il y a peut-être des patins dans les resserres. On en trouve deux paires, mais l'une est inutilisable et une lame de l'autre est cassée. Les pieds de Ruth étant trop grands, ce sont Iris et Clara qui prennent chacune un patin. Elles filent avec Margarethe et Ruth vers la Spaarne gelée.

Le monde est métamorphosé. Le ciel, bas et gris, semble infini. Les enfants prennent leur élan pour faire la course, les bateaux figés dans la glace servent de butoirs, les chiens aboient dans tous les sens. Toute Haarlem est dehors. Margarethe désigne du menton les riches patinant dans leurs houppelandes ou installés dans un carrosse transformé en traîneau.

— Regarde, dit-elle à Iris. Les riches profitent de la fête ; les pauvres en souffrent d'autant plus. La chaleur est rare, la nourriture manque.

— Et nous, sommes-nous riches ou pauvres ?

— Avec un seul patin pour toi ? À toi de me répondre. Garde l'équilibre, mon enfant.

Mais assez de leçons : que l'atmosphère de carnaval gagne la piste de glace ! Iris laisse Margarethe aider Ruth, mal à l'aise sur ses jambes déjà incertaines sur sol sec, et entraîne Clara. Le gel picote leurs narines et leurs yeux.

— Regarde, dit Iris, ces garçons qui jouent avec des bâtons et une balle...

— Du golf, dit Clara.

Les arbres longent la Spaarne comme des piliers fuselés. Des enfants glissent sur leur derrière en criant, des aïeules virevoltent avec aisance, un prédicateur au visage fermé traverse à vive allure, des paysans creusent la glace pour pêcher, des commères bavardent, traînant leurs enfants. Plus loin, un gros homme tombe et lâche une série de pets tonitruants. À l'écart, une barque gréée de voiles peine à avancer, trop chargée de jeunes filles rieuses.

Et voici qu'émerge de l'ombre d'un bouleau la Reine des Bohémiennes au menton poilu.

— Regardez ! s'exclame Iris, et avant que Clara proteste, elles vont à sa rencontre.

Caspar les rejoint, ils s'élancent sur la glace, s'éloignent de la ville, jusqu'à ce que Clara ait besoin d'une halte. Iris aperçoit un vieux moulin, deux ailes seulement, l'une pendante comme un membre brisé. Elles y entrent. Clara se soulage dans un coin. L'odeur mêle poussière et fiente fraîche. Des battements d'ailes résonnent.

— Des chauves-souris, dit Iris. Ou des chouettes.

— Des esprits, dit Clara.

Suit leur échange sur le « corbeau » et la « trappe », où Clara affirme avoir été descendue dans un panier par « l'homme corbeau » et « les autres », et déclare être devenue un changeling. Iris ne la croit pas mais, mal à l'aise, l'entraîne dehors.

Le froid est plus mordant. Elles se hâtent, croisent encore quelques enfants et pauvres sur la glace. Clara, silencieuse, monte directement dans sa chambre. Plus tard, au moment de s'endormir, Iris se souvient avoir déjà vu cette expression dans ses yeux : le jour où, regardant Ruth par la fenêtre, Clara avait dit « Va-t'en d'ici », le visage fermé comme poignardé de l'intérieur.

INVITATIONS

— C'est le dernier jour de la kermis, dit Margarethe. Mardi gras. Demain commencent les jours maigres. Alors aujourd'hui, festoyons.

Iris jette un coup d'œil à Clara pour voir si elle est contente, mais depuis l'après-midi du moulin, Clara ne semble plus rien apprécier. Assise sur un coffre, affaissée sur elle-même, elle évite le regard de tous. Iris est triste pour elle comme jamais auparavant, car elle comprend que les craintes de Clara sont réelles et non feintes – même si leurs causes sont plus mystérieuses que jamais.

Clara ne répond pas.

— Des crêpes, Clara ! lance Iris avec bonne humeur.

Assise sur un tabouret à trois pieds, Margarethe remue une pâte qu'elle versera dans une poêle plate à long manche. On va chercher quelques pommes dans le fruitier. Ruth est censée les éplucher, mais elle oublie sans cesse et se met à les croquer. Van den Meer est au salon, où il se remet d'une longue après-midi passée au cabaret. Il se repose dans une semi-pénombre, contemplant le portrait de sa fille aux tulipes.

— Iris, on frappe à la porte, dit Margarethe. J'ai les mains mouillées. Va voir qui c'est.

Iris fait entrer un collègue du maître de maison, au visage fermé. Est-ce van Stolk, Handelaers ou Maes ? Elle n'arrive jamais à distinguer ces messieurs taciturnes aux mines maussades – et celui-ci semble encore plus sinistre que les autres. Iris se hâte d'aller chercher d'autres chandelles pour égayer la pièce. Elle redoute le pire. Mais à son retour, le collègue a relevé les sourcils, ranimé son regard, et donne à présent de joyeuses bourrades à van den Meer.

Il faisait seulement mine d'être grave. En vérité, les nouvelles sont bonnes : un navire, récemment arrivé d'un port de France, a apporté l'information que le bâtiment tant attendu, avec sa cargaison de bulbes, n'est pas perdu. Il a simplement cassé un mât et a dû faire escale dans un port du sud de la France, où d'autres contretemps l'ont retenu plusieurs semaines. Rien d'inhabituel pour un capitaine : il reprendra bientôt la mer vers la Hollande. Les bulbes de tulipes ont été bien protégés ; avec un peu de chance, ils n'auront pas souffert de ce voyage prolongé. Tout est en ordre – et puisque le carême n'a pas encore commencé (c'est une question d'heures), il est permis de célébrer.

Iris rapporte la nouvelle à la cuisine et Margarethe agit aussitôt. Elle ôte son tablier et le suspend à un crochet. Elle se pince les joues et repousse quelques mèches sous son bonnet.

— Iris, dit-elle, occupe-toi des crêpes. Tiens le chien à l'écart de la saucisse dans la marmite. Ne laisse pas Ruth s'asseoir trop près du feu, sinon elle prendra froid. Garde Clara ici quinze minutes, puis envoie-la au salon avec trois verres de gin. Ensuite, mets-les au lit, et toi aussi. Tu as compris ?

— Que vas-tu faire ?

— Sauter, répond Margarethe.

Iris suit les instructions de sa mère. Étendue sur sa paillasse, elle entend le visiteur s'en aller. Puis plus rien, sauf une fois : un bruit qui ressemble à un gloussement étouffé dans la chambre du devant. Tout au moins, c'est ce qu'elle croit. Elle ne se souvient pas d'avoir jamais entendu sa mère glousser.

Le lendemain matin, Margarethe est à son poste, préparant le modeste petit déjeuner de carême. Elle leur annonce qu'elle s'est fiancée avec Cornelius van den Meer la veille au soir.

— Il sera votre beau-père, puisque je suis appelée à devenir la belle-mère de Clara.

Ruth hausse les épaules. Difficile de dire si elle comprend. Iris, elle, comprend parfaitement. Elle attend que Clara et Ruth soient parties faire leur toilette pour affronter sa mère dans la cuisine.

— Tu aurais pu épouser le Maître.

— Il n'offrait pas les perspectives souhaitables, répond Margarethe.

— Il a du talent.

— Le talent ne nourrit pas un foyer.

— Bien sûr que si ! Regarde : il vit, respire, travaille ! Et il mange !

— Plus un mot. Tu es une sotte, et tu n'imagines pas les sacrifices que je fais pour vous protéger, ta sœur et toi. Et si je mourais dans huit jours de la peste, vers qui te tournerais-tu ? Réponds-moi, toi qui sais tout.

— J'irais directement chez celui qui nous aime, dit Iris. Le Maître. Et Caspar aussi.

— Le Maître aime son art, rien de plus. Quant à Caspar... ses inclinations le tournent vers d'autres horizons. Inutile que je t'en explique les détails : aujourd'hui commence le carême, et cela ne convient pas à mes aspirations spirituelles. Tu le verras bien assez tôt. L'un comme l'autre t'hébergeraient par charité, comme doit le faire tout chrétien, mais avant la fin de la semaine ils t'expédieraient à l'hospice ou trouveraient un prétexte pour te renvoyer en Angleterre. Non, ma fille, tu n'imagines pas comme nous, les femmes, sommes prisonnières de notre vie – mais il y a des moyens d'infléchir la sentence. Tu m'en remercieras plus tard.

— Quel sang-froid, dit Iris.

— Quand on meurt, le sang est encore plus froid, réplique sa mère. Maintenant, dis-moi quand tu auras fini de répandre ta bile :

je dois prendre toutes les dispositions pour ancrer cet engagement. Tu vas brosser les marches ce matin, frotter le heurtoir et les poignées de la porte d'entrée. Nous devons montrer une propreté irréprochable, signe de changement de statut. Les voisines – ces féroces cancanières qui chuchotent sur mon compte – verront bien que je sais tenir une maison respectable. Elles ne supportent pas que je sois ici, dans cette belle demeure. Elles ne supportent pas que le soleil brille sur l'eau. Elles reprocheraient à une poule le grain qu'elle mange.

Le mariage est arrangé plus vite qu'Iris ne l'aurait cru. Caspar soupçonne que la période de deuil touche à sa fin et que les mauvaises langues du voisinage vont se déchaîner. Van den Meer compte sur le commerce local pour écouler ses bulbes : il ne peut pas se permettre de scandaliser ses voisins ou les fidèles de la cathédrale Saint-Bavo en vivant ouvertement avec une gouvernante, même veuve et au caractère difficile.

Dans les semaines qui précèdent le mariage, Iris est retenue plus souvent à la maison. Tant de choses à faire ! Elle doit s'occuper des tâches ménagères pour que sa mère puisse négocier avec les autorités religieuses, les fournisseurs, et van Antum, le tailleur, afin qu'il lui confectionne une robe neuve pour la cérémonie. Iris préférerait jeter les torchons et courir vers l'atelier du Maître. Elle est lasse des grommellements de Ruth, qu'elle comprend rarement, et des plaintes occasionnelles de Clara pour attirer son attention.

— Pourquoi ne sortez-vous pas avec Margarethe, si vous vous ennuyez ? finit par s'exaspérer Iris.

— J'ai déjà revu le monde, répond Clara. Une fois m'a suffi. (Comme si elle sentait la faiblesse de son argument, elle ajoute :) De plus, ma jupe traîne. L'ourlet est à refaire, Iris.

— Votre ourlet est défait ? Nom d'une sainte ! Vous ne savez donc pas prendre une aiguille et du fil ? Que vous a appris votre mère ?

— À demander de l'aide quand j'en ai besoin. Elle m'a appris à croire que les gens seraient assez aimables pour m'aider.

— Les gens vous admirent pour votre beauté, mais tôt ou tard ils verront que vous n'avez jamais touché une aiguille. Même une jolie fleur doit apprendre à se débrouiller.

— Tu bavardes et mon ourlet reste défait, dit Clara.

— Je suis à peine plus âgée que vous ! Pourquoi me persécutez-vous ?

— Tu es l'aînée par expérience, dit Clara, avec un peu de tristesse. Je n'ai pas demandé à être ta demi-sœur, souviens-t'en.

Iris se dit qu'elle n'est pas tendre. Les sœurs – belles-sœurs, demi-sœurs, ou sœurs de sang – doivent s'entraider. Mais comme Ruth ne pourra jamais se débrouiller seule, Iris doit faire les choses pour elle... et maintenant aussi pour Clara.

Iris ne réparera l'ourlet que si Clara promet d'essayer elle-même, avec son aide. Clara proteste, boude, raille son autorité, essaie de la piquer avec l'aiguille – mais finit par apprendre à réparer un ourlet, et semble en tirer quelque satisfaction.

La veille du mariage arrive, et Margarethe procède à un dernier essayage de sa robe. Iris supplie sa mère de la laisser sortir, mais en vain : il reste trop à faire. C'est alors que van den Meer remarque que Margarethe n'a pas invité Luykas Schoonmaker à la réception.

— Est-ce par crainte des ragots, parce que vous avez été gouvernante chez lui ? Vous ne changerez rien : tout le monde le sait déjà. C'est lui qui a peint La Jeune Fille aux tulipes, et les gens repenseront au tableau. Il faut qu'il vienne. Envoyez Iris l'inviter.

— Et Caspar aussi ? demande Iris.

Van den Meer la regarde comme s'il ne l'avait jamais vue.

— Bien sûr que non. À quoi bon ?

— Il y a la peste dehors, dit Margarethe. J'hésite à laisser Iris...

— Margarethe, dit van den Meer.

Elle cède donc, à condition qu'Iris promette de ne pas approcher l'hospice, le canal, ni aucun endroit où la peste est suspectée.

Iris promet. Elle se glisse dehors sans prévenir Ruth. D'abord, elle marche dignement, tête baissée, mains passées dans la ceinture de sa robe pour les tenir au chaud. Mais dès qu'elle a tourné un angle, hors de vue de la grande maison des van den Meer, elle libère ses mains pour courir. C'est un bonheur de faire claquer ses sabots sur les pavés, de briser les plaques de glace dans les creux de la route, d'éclabousser l'eau froide accumulée dessous. Un bonheur de savoir qu'elle peut encore courir, même si elle ignore ce qu'elle fuit – et pourquoi.

Le Maître ne paraît pas surpris de la voir.

— Alors, le grand jour arrive demain. J'aurais aimé y assister.

— Et vous serez exaucé, dit Iris. Je suis venue précisément pour vous inviter.

— Et Caspar ?

— Il n'est pas convié. Comme il n'est qu'apprenti, ils jugent que ce n'est pas approprié. Où est-il ?

— Sorti chercher des fournitures. Ne t'inquiète pas, il reviendra. Je sais que c'est lui que tu aimes et que tu es obligée de me supporter en faisant semblant d'être venue pour moi. C'est triste pour toi.

Mais le Maître sourit en disant cela, et Iris ne prend même pas la peine de feindre la surprise. Elle se rend compte qu'elle grandit.

Peut-être sait-il ce qu'elle ressent, car il reprend d'une voix plus sérieuse :

— Ce mariage que ta mère a arrangé améliorera-t-il ton sort ? Je sais qu'elle sera plus en sécurité qu'avec moi, mais qu'en sera-t-il pour toi ? Te laissera-t-elle étudier ?

— Je ne vois pas comment améliorer mon sort, à moins de prendre un lourd voile espagnol et de cacher mon affreux visage aux bons citoyens de Haarlem, dit Iris.

— La dérision de soi est bien plus laide qu'aucun visage, Iris. On ne peut pas dire que tu sois une beauté, mais tu es intelligente et bonne. Ne trahis pas cela. Ne pleure pas l'absence de beauté physique, qui abandonnera un jour celles qui en disposent. Je parle de la manière dont tu occuperas tes journées une fois ta mère mariée. Seras-tu libérée de l'état de servante ? Pourras-tu devenir une demoiselle oisive ?

— Je ne tiens pas à l'être, dit Iris. Les Hollandais ne semblent pas enclins à l'oisiveté, et en cela je me sens très hollandaise.

— Je l'ai bien remarqué. Assieds-toi un instant et écoute : voudrais-tu venir comme apprentie dans cet atelier ?

Elle observait une esquisse sur une surface enduite. Le sang lui afflue au visage ; elle garde les yeux baissés.

— Vous ne feriez pas une chose pareille, dit-elle, à peine audacieuse.

— Bien des femmes de talent, à Haarlem, travaillent de leurs mains : couture, gravure sur verre... Passer de l'aiguille au pinceau n'est pas un pas si hardi.

— Vous ne connaissez pas mes capacités.

— Je sais que tu sais voir. Et regarder.

Elle ose enfin le regarder. Il a posé son pinceau sur le bord d'une planche. Une traînée de vert lui court sur la joue. Il a l'air patient, las, charitable. Il lui sourit.

— Je n'ai jamais tracé une ligne de ma vie, dit Iris tout bas.

— Il fut un temps où c'était aussi vrai pour moi.

— Que diraient les gens ?

— Que, comme ta rusée de mère, tu t'élèves dans le monde. Certains riraient, d'autres te respecteraient. Les ragots ne sont pas un bon motif pour agir ou renoncer. Ta vie t'appartient, et l'opinion qui comptera à la fin sera celle de Dieu.

— Mais... une femme qui peint !

— Haarlem a toléré Judith Leyster, qui travaillait récemment encore dans l'atelier de Franz Hals. Elle a maintenant ses apprentis. Peut-être préférerais-tu apprendre auprès d'elle ?

Il ne plaisante pas ; il lui parle comme à une amie de confiance.

— Et... pensez-vous vraiment que Dieu bénirait une fille assez hardie pour peindre ?

— Peux-tu l'exclure ? Sur quelle autorité ?

Iris se met à sourire devant l'absurdité de la question.

— Vous vous moquez de moi, Maître ! Ce n'est pas la première fois. Vous avez pris mon visage pour convaincre van den Meer et vous en avez fait un jeu. Et maintenant, vous raillez un désir que j'ai en secret.

— Un tableau est dans l'œil de celui qui regarde, dit le Maître. Tu pourrais contempler le portrait d'Iris aux fleurs des champs et te demander : m'a-t-il peinte avec répugnance ou avec sa propre idée de ma beauté ?

Cette idée est trop pour elle : elle éclate de rire jusqu'aux larmes, cachant son visage dans son tablier.

— Rien ne presse, dit le Maître en reprenant son travail. Je n'attends pas de réponse immédiate. Mais je guettais que tu me poses la question toi-même : tu es lente à comprendre sur ce point.

Il ajoute :

— Et je ne suis pas totalement désintéressé. Tu pourrais m'aider grandement. Le portrait de La Jeune Fille aux tulipes a fait pour ma réputation ce que mes autres œuvres n'avaient pas réussi. Haarlem se souvient que j'existe, mes commandes se multiplient. J'aurai bientôt trop de travail pour moi seul, à moins d'avoir une assistante pour m'aider, ainsi que Caspar.

Comme par hasard, Caspar revient à cet instant, les bras chargés de toile, de légumes, d'une cruche de bière et d'un poulet fraîchement saigné.

— Eh bien, Iris ! De retour saine et sauve des champs gelés ? As-tu patiné jusqu'à Moscou ? (Il sourit largement et dégage ses cheveux de ses yeux.) Demain, nous aurons le plaisir d'être présentés à nouveau : Iris van den Meer, je n'ai pas encore eu cet honneur !

— Comment allez-vous ? répond Iris. Vous allez avoir besoin d'aide pour plumer ce poulet, monsieur.

— Si tu peux rester jusqu'à ce qu'il soit cuit, tu es la bienvenue pour grignoter la carcasse. Viens, laisse le Maître à ses discours et raconte-moi tout ce que tu penses du mariage de demain. S'il dépense pour la fête, il y gagnera en sympathies et en commandes.

Le Maître reprend son air digne, et Iris suit Caspar dans la cuisine. Depuis le départ de Margarethe, c'est un désordre : coquilles d'huîtres au sol, épluchures de potiron, haricots secs éparpillés, crottes de souris dans un coin.

— Le Maître veut que je devienne apprentie, dit Iris. Mais je crois que vous avez surtout besoin d'aide pour la maison.

— Il t'en a parlé ? Oh, Iris, accepte ! Tu ne pourras pas loger ici, bien sûr ; ce ne serait pas convenable. Mais tu pourras venir travailler chaque jour. Et pas question de t'occuper de la cuisine : cela n'a aucun intérêt. Je pourrais tenir cette maison propre si c'était important.

— Aucune famille à Haarlem n'approuverait.

— On donne trop d'importance à l'approbation, réplique Caspar en récitant son maître. Elle satisfait ceux qui la donnent plus que ceux qui la reçoivent.

Il jette le poulet sur la table, se retourne avec ardeur et saisit les poignets d'Iris.

— Dis que tu viendras. Ce serait amusant. Tu serais comme une sœur pour moi ici. Il peut être vieux et grognon quand le travail va mal, ou vieux et sentencieux quand tout va bien, mais il est toujours vieux – et vieillit chaque jour. Il a besoin de toi, mais j'ai besoin de ta compagnie. Essaie, au moins. Essaie, Iris.

Elle est prise, là, comme un oiseau sur un rebord de fenêtre. Il ne tient que ses poignets, mais ils semblent soudain reliés à tout ce qui est vivant en elle. Ses avant-bras palpitent, ses mains sont engourdies. L'intensité lui fait mal aux poignets. Les mains de Caspar sont douces et chaudes, jamais elle n'a rien senti d'aussi doux : ses paumes sont de petits coussins, ses doigts des touches chargées d'intention. Si elle s'agitait, elle sentirait ses poignets se briser et la vie s'échapper de ses veines.

— Je ne peux pas, dit-elle brusquement. Ce n'est pas possible, je ne pourrai jamais.

— Bien sûr que si !

— Non, tu le vois bien !

Elle pivote et s'enfuit. Elle laisse l'atelier derrière elle et court vers son mince avenir et le mariage de sa mère. Elle ne peut pas passer des années, ni même des jours, là-dedans avec Caspar. Elle ne supporte pas une minute de plus. Il ne voit pas de quel feu elle brûle pour lui. Elle court pour le laisser derrière. Elle ne se retourne pas, même en entendant sa voix sur le seuil. Elle n'écoute que le martèlement de ses sabots sur les pavés, ponctuation bruyante et unique réponse à cette merveilleuse et impossible suggestion :

Non, non, non, non, non, non.

Belle lumière sur une table chargée

Donc, le mariage. Le prédicateur, un brin pompeux et enrhumé, ponctue la cérémonie d'éternuements sonores qui détournent l'attention des mariés. Mais, songe Iris, même parée pour ses noces, Margarethe est-elle vraiment belle à voir ?

Sa mâchoire est légèrement rentrée, ses dents du haut un peu avancées. Certes, elle s'est récurée avec soin, mais même si elle ne revoyait jamais la lumière du soleil, elle resterait désespérément brune comme un œuf. Son visage garde une dureté, même en ce moment censé être un triomphe.

Quant à van den Meer – ou Papa Cornelius, comme Iris doit désormais l'appeler – il paraît plus fatigué que réjoui. Peut-être Caspar a-t-il raison : van den Meer commet une grave erreur en épousant sa gouvernante ? Même si les origines de Margarethe sont, deux générations plus tôt, solidement bourgeoises, et si le souvenir de son grand-père reste honoré à Haarlem.

Le voilà sur le pas de sa porte, accueillant les invités, le menton affaissé sur la poitrine comme s'il n'avait pas dormi depuis des jours. Épouse-t-il Margarethe par sentiment ou par simple convenance ? Difficile à dire.

La journée de fête s'achève et les semaines de leur union commencent : une célébration glaciale, alors que le printemps n'est encore qu'un espoir lointain.

Cela laisse plus de place aux deux filles devant l'âtre ; elles se tiennent chaud. Mais elles ressentent aussi l'éloignement de leur mère, qui désormais gagne le lit nuptial sans un mot pour elles. Margarethe a décidé qu'elle pourrait superviser la maison elle-même, mais qu'il faudrait engager une cuisinière.

Elle recrute rapidement une jeune femme terne, originaire de Frise, dont les seules qualités, aux yeux d'Iris, sont une obéissance sans faille et une timidité qui l'empêche de protester. Elle s'appelle Rebekka et manque un peu d'hygiène : elle sent la vieille pomme de terre.

Iris est parfois envoyée en cuisine sous ses ordres, ce qu'elle déteste. Rebekka n'a pas la moindre curiosité pour les farfadets, dragons ou géants du monde ; elle est gentille avec Ruth d'une manière distraite, mais traite Iris et Clara comme de simples ustensiles. Elle ne regarde jamais les tableaux, ne parle pas de ses souvenirs de Frise.

— Elle est très fermée, dit Iris.

— Reconnais-le : elle a l'esprit aussi épais qu'une marmite, réplique Clara avec aigreur. Elle est bête et elle sent mauvais.

— Comme tu es dure ! Tu critiques tout le monde, lui reproche Iris.

— Pas tout le monde, seulement ceux qui vivent comme s'ils étaient déjà morts. Les autres m'intéressent.

— Je n'aime pas ce genre de conversation. Depuis le moulin, tu es insupportable.

— Tu n'aurais pas dû m'y emmener. C'était trop loin.

— Je ne savais pas que tu bouderais à ce point. Où est maman ?

— Tu veux dire Margarethe ?

— Tu sais bien qui je veux dire.

— Elle est partie au marché avec Rebekka. Elle n'est pas ma mère.

Clara pose les mains sur ses hanches.

— Elle est la plus proche que tu aies, et personne d'autre ne le sera autant. Évite d'être désagréable, ou tu verras ce qu'elle sait faire.

— Tu es amoureuse de Caspar, lâche Clara nonchalamment. Tu me prends pour une idiote ? Je suis plus jeune que toi, mais pas sotte comme Ruth.

— Tu as encore plus d'histoires en tête que je ne pensais !

— Et toi, des chimères et des théories amoureuses... Tu n'as rien de mieux à faire ?

— Non. On m'a toujours dit que j'étais trop jolie pour travailler. Maman me protégeait de la saleté et des gens ordinaires. Maintenant, Margarethe me protège de la peste. J'adorerais l'attraper, juste pour changer.

— Quelle horreur ! Et les cadavres dans la rue, crois-tu qu'ils apprécient le changement ? Si tu t'ennuies, balaie l'âtre.

— Je suis une fleur qu'on plantera dans le jardin d'un homme riche pour qu'il m'admire ! Papa m'adore pour de mauvaises raisons. Et pourquoi penses-tu qu'il a épousé ta mère ? Pour sauver ma réputation.

— Comme tu es injuste ! s'étrangle Iris.

— Et encore, je me retiens.

— C'est ce qu'on dirait, intervient Margarethe, depuis le seuil.

Rebekka, indifférente à la tension, pose le poisson dans l'eau et disparaît. Clara, droite sur son tabouret, ne cille pas.

— Iris, va aider Ruth. Elle a ses règles et cela l'inquiète.

— Maman... ne prends pas au sérieux Clara. Elle apprend à vivre dans une nouvelle famille.

— Je connais son genre, et ce qui en dévie. Tu n'as rien à craindre. La seule chose qui empêche l'harmonie, c'est un manque d'attention au Quatrième Commandement.

— Honorer son père et sa mère, dit Clara. Honorer la mémoire de ma mère. Vous n'êtes pas ma mère.

— Le commandement exige que tu m'obéisses comme à elle. Je ne réclame pas ton cœur, mais ton respect. Je ne tolérerai pas tes insultes.

— J'ai compris. Et il y a des choses que moi non plus je ne tolérerai pas.

Margarethe ne frappe pas Clara, ne la prend pas dans ses bras. Elle enchaîne :

— Rebekka est souffrante, et nous aurons des invités ce soir. Ton père a convié maître Schoonmaker et son apprenti. Nous devons apprêter la salle.

— Requérez ce que vous voulez, dit Clara, en quittant la pièce.

Iris, un peu décontenancée, monte aider Ruth. Sous une table encombrée d'outils de rempotage, sa sœur est allongée, les mains entre les jambes.

— Allons, ce n'est pas si terrible. Viens, je vais t'aider à te laver et te mettre du linge propre.

En son for intérieur, Iris se demande : n'y aura-t-il donc jamais de fin à ce que nous devons endurer, même dans une vie paisible ?

Lorsqu'elle a terminé, elle emprunte l'escalier de service pour rejoindre Clara. L'enfant est assise bien droite sur une chaise, regard perdu dans la rue.

— Elle est peut-être la femme de mon père, mais elle n'est pas maîtresse de cette maison. Papa n'a pas été clair. C'est une erreur.

— Réfléchis un peu, rétorque Iris. Et songe au travail qui t'incomberait si tu l'étais.

— Je commence à penser que j'aimerais cette responsabilité. Mais je ne veux pas mourir d'ennui.

— Prends garde à ce que tu souhaites. Si c'est travailler, descends m'aider à mettre le couvert.

— Fais-le toi-même. Je suis occupée à bouder.

— Jolie occupation, pique Iris, avant de la laisser seule.

L'animation de la cuisine lui change les idées : pains à sortir du four, fruits à choisir, fromage à découper, verres à disposer. Ce n'est qu'au coup frappé à la porte qu'elle réalise qu'elle a oublié l'essentiel : Caspar vient dîner avec le Maître.

— Je ne peux pas aller ouvrir, mes cheveux dépassent de mon bonnet.

— Va, qui se soucie de tes cheveux ?

— Rebekka, vas-y.

Mais Rebekka, assise devant le feu, reste inerte.

— Fais ce que je te dis, ordonne Margarethe.

Iris s'exécute et conduit Caspar et le Maître dans la grande salle, où van den Meer trône avec sa pipe, humant son tabac sans l'allumer.

— Citron, muscade et romarin, énumère-t-il. Je ne garantis pas que ça guérisse des vers, mais c'est agréable à sentir.

— Je suis venu pour travailler, rappelle le Maître. Une heure de dessin pendant que vous soupez.

— Tu vas filer à la cuisine, je parie, glisse Caspar à Iris. Reste un peu.

— Notre cuisinière est malade, je dois aider maman. On parlera plus tard.

Caspar se rabat sur le tabac, mais van den Meer lui fait remarquer qu'il ne l'a pas invité à en prendre. Le visage du garçon se ferme, et Iris s'éclipse vers la cuisine.

— Sont-ils ici comme invités ou comme artistes ?

— Le Maître a obtenu de Papa Cornelius l'autorisation de nous dessiner à table pour un tableau de commande. À mon avis, il devrait payer le souper, mais Papa Cornelius pense autrement. Il finira ruiné s'il ne surveille pas ses dépenses, marmonne Margarethe en déposant un poisson brillant sur la planche à découper.

— Maintenant, dit-elle, jouons la famille heureuse. Clara ! Ruth ! À table pour dire les grâces.

Ruth obéit, mais Clara refuse.

— Dis-lui que si elle ne vient pas tout de suite, elle ne mangera pas ce soir ni demain, dit Margarethe, sourire aux lèvres pour les invités.

Iris revient avec une Clara rouge de colère.

— Assieds-toi à ma gauche, à portée de main si je dois te corriger.

— Ma place est auprès de mon père.

— Ta place est là où je te le dis.

— Laissez-la donc s'asseoir où elle veut, intervient le Maître, avant de se taire sous le regard glacial de Margarethe.

— Papa ! appelle Clara.

Van den Meer lève les yeux au plafond.

— J'ai pris une épouse pour qu'elle gouverne la maison, tu lui obéiras, sinon... tu lui obéiras.

Clara s'assoit, visage fermé. Margarethe, avec une fierté mal dissimulée, sert la meilleure porcelaine Ming : d'abord les invités, puis son mari, puis Ruth et Iris.

Le Maître goûte à peine son assiette avant de la pousser.

— Donnez-la à quelqu'un.

— Je n'en ai pas encore, dit Clara.

— Tu mangeras quand on te l'autorisera, tranche Margarethe, sourire au Maître. Laissez-la devant vous, la lumière des bougies l'éclaire à merveille.

— Elle a moins besoin d'être peinte que mangée, réplique le Maître en la tendant à Clara.

Margarethe, dressée, frappe la table du dos de sa louche en argent.

— Êtes-vous tous décidés à miner mon autorité ? Je suis la mère ici !

Un silence tombe. Même van den Meer paraît un instant inquiet avant de déclarer :

— Nous faisons ce que vous dites, ou nous ne mangeons pas à cette table.

— De toute façon, je ne mange pas, rétorque Clara.

— Alors je ne dessinerai pas, tranche le Maître.

Personne ne bouge. Clara, soudain droite et immobile, semble plus femme qu'enfant. Iris croit qu'elle va se lever et jeter quelque chose à Margarethe... mais un bruit dans la cuisine détourne toutes les têtes. Margarethe reste figée. Iris hésite à quitter sa place.

C'est Ruth qui finit par y aller. Elle revient, livide, tremblante. Elle porte les mains à son cou, écarquille les yeux et émet un gargouillement. Le message est clair: Rebekka est malade... ou pire.

Vent et marée

— Encore le farfadet ! dit Iris, incapable de se retenir.

Mais dans la commotion, personne ne l'entend. Elle ravale son envie de répéter, de peur qu'un démon aux dents menaçantes soit tapi sous le dressoir ou dans les braises, à l'écoute.

La fureur qui déforme les traits de Margarethe est une tempête intérieure ; dehors, au-dessus du toit et contre les fenêtres, le vent s'est levé. La maison est en état de siège.

Margarethe pousse Ruth de côté et se penche sur Rebekka.

— Va chercher le médecin, Caspar, ordonne-t-elle sèchement. Et vous, les filles, dehors. Toutes.

Caspar est déjà à la porte, emmitouflé jusqu'au menton dans sa pèlerine, quand on frappe violemment. Il sursaute, ainsi qu'Iris et Ruth, qui, dans la pénombre du couloir, s'inquiètent pour Rebekka. Lentement, il entrouvre la porte pour voir qui vient à pareille heure... mais une rafale s'engouffre dès qu'il soulève le loquet, et la porte claque contre le mur.

— La tempête, rien de plus, dit Caspar à Ruth.

Elle recule contre le mur comme si la nuit laissait échapper des esprits lancés au galop sur des montures fantômes. Des branches craquent ; dans la resserre, on dirait qu'une table s'est renversée... ou qu'une autre catastrophe est en cours. Et sur le seuil, un homme trapu, en lourde houppelande verte, la main levée pour frapper encore.

— Est-ce vous qui amenez ce vent, messire ? lance Caspar, bravoure feinte mais perceptible même pour Iris.

C'est surtout pour rassurer Ruth qu'il parle ainsi, les poings serrés.

— Pas de bavardage, grogne l'inconnu d'une voix rauque, usée par le vent. Que cette canaille de van den Meer vienne m'entendre en personne. Je veux le voir.

— Ce n'est pas le moment, répond Caspar, piqué par le ton. Il est en pleine crise domestique.

— Amenez-le ou je passe moi-même.

Sans réfléchir, Iris pose la main sur l'épaule de Caspar, comme pour s'excuser de la grossièreté de l'homme. Elle sent l'apprenti frissonner – qu'elle puisse faire trembler ainsi ce garçon ! Mais Caspar n'a pas la force de lui barrer le passage. Le visiteur le repousse, massif, comme un taureau écarte un chien.

— Van den Meer ! hurle-t-il. Des nouvelles des dunes, et même de la rue. Venez les entendre avant qu'elles ne vous arrivent déformées !

Clara surgit dans le vestibule – non pour accueillir l'inconnu, mais en fuyant vers l'escalier de service. À la voix de l'homme, elle s'immobilise sur le seuil de la cuisine. Il la regarde avec intérêt. Soudain, Iris le reconnaît : c'est l'homme compatissant qui avait tenu le menton de Clara au cimetière.

— Van den Meer ! répète-t-il.

Plutôt que de monter, Clara pivote brusquement, traverse la cuisine et s'éclipse par la porte du fond, sans doute vers la resserre.

Van den Meer, depuis la cuisine, jette un chiffon ensanglanté dans le vestibule.

— Tu n'es pas encore allé chercher le médecin ? hurle-t-il à Caspar. Qu'attends-tu, grand benêt ? Es-tu fou ?

Ruth tressaille à ces mots.

D'une voix qu'elle ne se connaissait pas, Iris dit à Papa Cornelius :

— Ne lui reprochez pas d'ouvrir à qui frappe.

— Iris, supplie Caspar. Je t'en prie...

Et il disparaît dans la nuit.

— Quelle est cette nouvelle colère, Nicolaes van Stolk ?

— Prenez votre manteau et vos bottes si vous voulez voir votre fortune se faire ou se défaire. La tempête pousse les baleines vers le rivage et disperse les bancs de harengs... elle redessine même les dunes qui nous protègent encore du déluge...

— Dieu a promis de ne plus nous punir par un déluge, réplique sèchement van den Meer. Dommage qu'Il n'ait pas inclus les colporteurs de ragots. Parlez, et partez.

— Vous ne m'écoutez pas. La mer est haute, les vents terribles, et tout Haarlem guette les baleines...

— Que m'importent les baleines, grogne van den Meer. J'ai une servante qui se vide de son sang, et c'est peut-être la peste.

— La peste ? s'écrie Iris. Non !

— ... et l'on aperçoit enfin le navire portant votre cargaison, peinant contre la tempête. La moitié de la ville a investi, ou a vendu ses parts à prix d'or. Vos amis et voisins ont autant, sinon plus, à perdre que vous. Le moins que vous puissiez faire, profiteur, c'est d'aller voir comment Dieu traitera celui qui prospère sur la convoitise d'autrui...

— Assez de sermons, coupe van den Meer. Je viens. Mais si vous jacassez encore, je vous noie moi-même dans la première vague.

Le Maître apparaît au seuil de la cuisine.

— Voyons, vous n'allez pas partir alors que votre cuisinière se vide de son sang...

— Margarethe m'a épousé pour gouverner cette maison, cela fait partie de ses tâches. Et je n'accepterai pas d'être sermonné chez moi par deux visiteurs en même temps !

Van den Meer et van Stolk sortent dans le soir déchaîné. Malgré les nuages, les dernières lueurs s'étirent encore dans le ciel. Le Maître retourne à la cuisine, où Margarethe réclame des citrons coupés. Caspar est parti depuis longtemps, et Clara aussi – mais elle ne doit pas être bien loin.

Iris et Ruth échangent un regard. Ruth n'aime pas voir les siens se chamailler. Elle s'est accroupie, jupons en désordre, visage rongé d'inquiétude. Iris, une main sur le coffre en chêne sombre, tente de la rassurer :

— Ne t'affole pas. Le temps est dans la main de Dieu, la maladie aussi...

— Vous êtes là à bavarder alors que j'ai besoin de vous ? appelle leur mère.

Les deux filles accourent. Rebekka est étendue sur un drap, près du feu. Iris ne peut s'empêcher d'observer les couleurs : rouge vif du sang frais, brique des éclaboussures séchées, cuivre rougeoyant de la bouilloire, ombres brunes où le Maître prépare un emplâtre d'ail et de citron. L'odeur est forte, au point que même le chat s'écarte.

— Est-ce la peste, comme le dit Papa Cornelius ?

— Je ne suis pas médecin. J'essaie de l'aider à respirer. Que Dieu nous préserve de ce fléau.

Elle envoie Iris chercher des couvertures : Rebekka grelotte inexplicablement, même devant l'âtre.

Comme Clara ne rentre pas, Iris finit par installer Ruth dans le lit de celle-ci et reste auprès d'elle jusqu'à ce qu'elle s'endorme. Elle somnole aussi, jusqu'à ce que l'arrivée du médecin la réveille. Elle n'entend pas ce qu'il dit à Margarethe, mais après son départ, elle descend, se frottant les yeux.

— Papa Cornelius est toujours sur la grève, raconte Margarethe. J'ignorais à quel point la ville avait investi dans cette cargaison. Si elle est perdue et que la peste entre ici, nous serons peut-être débarrassées d'un dilemme.

— Maman... Ce sont des affaires d'adultes. Je suis une enfant.

— Moins que ta sœur. Et ce soir, j'ai besoin de réconfort. Prépare-moi un thé léger pendant que je m'occupe de Rebekka.

— Clara est partie dans la resserre... est-elle rentrée ?

— C'est son affaire.

— Maman, je t'en prie, ce n'est qu'une enfant...

— Trouve-la, mais après m'avoir servi mon thé. Peu m'importe si elle a la peste.

— Maman !

— Si la cargaison arrive et qu'elle n'est plus là, tu hériteras davantage.

— Tu ne penses plus clairement ! Ce n'est pas toi qui parles ainsi.

Margarethe ferme les yeux un instant.

— Bien sûr que je ne le pense pas vraiment.

Iris lui prépare le thé et s'éclipse.

La resserre est froide et sombre, mais flotte une odeur de printemps, de terre et de bois mouillé. Clara est couchée sous une table couverte de bulbes prêts à éclore. Les yeux mi-clos, elle paraît, un instant, morte... mais ce n'est qu'un demi-sommeil. Elle sursaute en sentant Iris approcher.

— Qui est là ?

— C'est moi. Que fais-tu ici, quand la maison est en pleine tourmente ?

Clara se laisse tomber dans ses bras, en sanglotant. Elle ne répond pas à la question. Elle murmure seulement, comme pour elle-même :

— Oh, que va-t-il advenir de moi ?

LA FILLE DES CENDRES

La mort de Rebekka contraste fortement avec celle de Henrika, survenue six semaines plus tôt. Rebekka est emportée avant l'heure sur une charrette ; s'il y a un service religieux ou si quelqu'un tente d'informer une éventuelle famille restée en Frise, Iris n'en saura jamais rien. Elle quitte la maison comme elle y était entrée : silencieuse et anonyme. Peut-être le farfadet de la maison a-t-il trouvé refuge dans son corps et s'en est-il allé avec elle ?

La tempête s'est apaisée et, contre toute attente, le navire chargé de bulbes de tulipes a réussi à remonter la Spaarne encombrée de glaces jusqu'au port. Pas de naufrage, pas de Léviathan échoué : le lendemain, les gens se plaignent d'avoir perdu le sommeil pour rien. Mais Iris sait que c'est leur façon de minimiser leur angoisse. Si la cargaison avait été perdue, bien des investisseurs de Haarlem auraient subi un sérieux revers.

Van den Meer se vante d'avoir reçu le capitaine, de l'avoir conduit à l'auberge pour lui offrir un rhum flambant et une bourse d'or. Un retour triomphal ! Depuis, il passe plus de temps hors de chez lui, traînant à la maison de ville où se rassemblent les marchands de tulipes, fier de recruter de nouveaux commanditaires. Il semble ne pas remarquer, ou ne pas vouloir voir, que Margarethe est devenue plus stricte et autoritaire à la maison – à moins que ce ne soit précisément pour cette raison qu'il s'absente autant.

Margarethe, désormais plus souvent dehors pour parader dans Haarlem en habits neufs, délaisse la cuisine. Clara prend donc place auprès de l'âtre. Elle a renoncé aux vêtements enfantins qu'aimait Henrika et porte à présent des tenues sobres, convenant à une jeune fille. Elle confie à Iris et Ruth qu'elle ne redoute plus les tâches ménagères. En vérité, elle préfère apprendre les petits secrets de cuisine plutôt que les subtilités de la grammaire italienne ou les passages complexes de ses exercices au clavier.

— C'est un endroit intime, la cuisine, dit-elle simplement, et Iris soupçonne qu'elle pense : surtout maintenant que Margarethe n'y est plus.

Vient enfin la saison pascale : le ciel s'éclaircit, l'air se réchauffe, les enfants jouent dehors, les jambes moins engoncées. Iris voudrait courir avec eux dans les prés, mais, si Clara devient jeune fille, elle aussi. Le jour arrive où, à son tour, elle saigne et souffre comme une femme. Ruth s'allonge contre elle et pose ses mains sur son ventre pour la réconforter, tandis que Clara, adossée au chambranle, l'observe d'un drôle d'air.

— Peut-on imaginer pire épreuve ? dit Clara, comme si Iris était un spécimen exposé lors d'une démonstration médicale. J'espère ne jamais connaître ça.

— Va-t'en, répond Iris, incapable de patience tant la douleur la tenaille.

Les choses se calment. Caspar vient annoncer que le Maître l'attend à l'atelier, prête à apprendre au moins à dessiner et à l'aider quand elle en aura la maîtrise. Iris n'ose même pas demander la permission à Margarethe, sachant quelle serait la réponse. Elle a fini par comprendre que ce qu'elle ressent pour Caspar est bel et bien de l'amour – et comment pourrait-elle supporter d'être chaque jour si proche de lui sans se déclarer ? Mais elle n'en a pas le courage.

Ruth, elle, ne montre guère d'intérêt pour ces conversations. Elle s'occupe des animaux de la maison – le chat, les poules, et même les souris qu'elle sauve du chat pour les garder dans une cage jusqu'à leur mort. Est-ce que toute la famille a simplement mûri et trouvé de nouvelles distractions ? Ou bien Ruth s'épanouit-elle grâce aux absences plus fréquentes de leur mère ? Margarethe refuse d'embaucher une nouvelle domestique, par peur de voir la peste revenir. Clara en fait donc davantage, Iris supervise, rêve, pense à Caspar, et Ruth s'occupe de ses bêtes, se tient plus droite, le regard plus assuré.

C'est Clara qui, un jour, dit à Iris avec un petit air rusé :

— Toi seule es malheureuse, maintenant. Qu'attends-tu ?

— Je ne comprends pas, répond Iris en pliant du linge mis à l'air au soleil d'avril.

— Il n'y a aucune raison que tu n'ailles pas à l'atelier de maître Schoonmaker pour apprendre le dessin, si tu en as envie.

— Et te laisser tout le travail de la maison ? Je n'aime pas toujours te surveiller, mais je ne pourrais pas t'abandonner ici.

— Ne t'inquiète pas. Faire ce qu'elle faisait me rapproche de ma mère. Peu m'importe que Margarethe sorte se pavaner en ville et dépense de l'argent : la maison est plus paisible quand elle n'est pas là. J'ai un peu de ce que je veux. Alors pourquoi pas toi ? N'as-tu pas envie de peindre ?

— Je ne sais pas si c'est convenable pour une femme.

— Ce n'est pas courant, certes, mais pas interdit. Et puis, pourquoi te soucier tant des convenances ?

Iris inspire profondément.

— Le Maître a déjà un élève, Caspar.

— Justement, dit Clara avec franchise. Raison de plus pour passer du temps là-bas et mieux le connaître.

— Ne sois pas ridicule. Tu ne veux pas te retrouver enfermée dans un mariage mal assorti, Clara, mais ne te laisse pas non plus enfermer par ton manque d'expérience. Tu sais bien que je ne suis pas jolie comme toi ; je n'attire pas l'intérêt comme toi.

— Caspar est amical avec toi, répond Clara calmement. Tu n'es pas sans charme, et malgré ce que tu crois, on prend plaisir à te regarder. Pourquoi rester dans ta cage quand on te tend la clé ? Apprends un art, fréquente des gens que tu apprécies.

Iris n'aime pas trop cette façon de voir les choses.

— Je ne peux pas te laisser seule à la cuisine.

— Ruth m'aidera si besoin. Si tu ne demandes pas la permission à ta mère, je le ferai pour toi.

Iris cache son visage dans ses mains. Ce que propose Clara est-il si déraisonnable ?

— Tu devrais au moins savoir, poursuit Clara. Et si Caspar t'aimait ? Et si tu laissais passer ta chance d'apprendre ?

On entend un petit bruit : Ruth est apparue dans l'embrasure, le chat dans les bras. Elle hoche la tête, sourit à Iris et pose le chat à terre, prête à retrousser ses manches.

— Bon, très bien, dit Iris. Je verrai si j'ai le courage de demander à Maman.

— Oui, fais-le.

Clara pose la balayette et, avec un petit rire, plonge ses mains dans la cendre. Elle s'en barbouille le visage.

— Je ne suis plus une beauté : je suis une simple fille de cuisine. Une fille des cendres, à ma place parmi les braises et le charbon.

— Ne fais pas ça, dit Iris, un frisson la traversant. En Angleterre, nous avions une comptine : « Formons une ronde de roses, un panier plein de bouquets... cendres, cendres, et nous tombons tous. » On m'a dit un jour que ce jeu venait de la peur de la peste, les cendres représentant ce qu'il resterait de nous si elle nous frappait. Alors ne sois pas la fille des cendres, même pour rire : tu vaux mieux que ça.

— Non, c'est toi qui es bonne... et sotte, rétorque Clara. Je me protège, comme toujours.

Iris n'est pas certaine que ce soit vrai. Clara a connu la douleur, été privée de bien des possibles, mais cela l'empêche-t-il d'être capable de bonté ? Cela ferait d'elle un beau monstre. Clara hausse les épaules, comme si elle avait lu ses pensées.

— Peu m'importe que tu sois heureuse ou non. Mais si tu n'es plus là, je serai plus en sécurité dans ma cuisine. Plus je serai nécessaire, plus je serai tranquille. Appelle-moi Cendreline, Cendrelette, Cendrillon... peu importe. Je suis en sécurité dans ma cuisine.

Aiguillon et fourneau

Et elle dessine, en effet.

Elle imagine que l'art guidera ses doigts, que des lignes harmonieuses se traceront dès qu'elle commencera à promener la craie sur le papier. Le talent, pense-t-elle, est sûrement tapi quelque part en elle, recroquevillé, n'attendant qu'une sollicitation pour se déployer, s'animer, se révéler.

Mais le talent, apparemment, n'a pas cette impatience.

Elle picote de petits traits sur le papier, les rature, recommence. Elle recule, attend que le papier lui souffle quelque chose. Elle le caresse de la paume. Il ne lui indique rien. Peut-être n'attend-il rien du tout. Le Maître a dit : « Observe la chose la plus simple et rends-la. » Elle avait espéré une pomme, une châtaigne, un œuf. À la place, il lui a trouvé une coquille de nacre venue d'un rêve lointain.

C'est un objet étrange, à la fois lisse et poreux, à la surface compliquée de reflets, de profondeurs et de taches. Le coquillage se dresse de travers, comme une quenouille. Elle le déteste. Elle ne peut venir à bout de sa plus humble extrémité, encore moins de son volume hérissé de pointes, de côtes, de spirales, d'une tige ou d'un aiguillon qui s'enroule comme un papier roulé, surmonté d'un cercle de pointes minuscules, plus complexe que n'importe quelle tiare que Marie de Médicis pourrait porter à un bal.

Le Maître ne lui prête pas attention et s'éloigne vers l'autre bout de la pièce, où il strie une toile de grands traits vert sombre. Elle pleure un peu de voir chez lui une telle assurance, et en elle une telle crainte. Lorsqu'elle aperçoit Caspar aller et venir dans l'autre pièce, suspendant une marmite au-dessus du feu pour y jeter des légumes, elle s'essuie les joues du revers de la main.

— Regarde, dit Caspar en s'approchant un peu plus tard.

Il lui montre son visage :

— Tu t'es joliment taché les joues avec cette craie rouge. Ça te donne un beau relief, là et là.

Il lui effleure le visage. Elle baisse les yeux vers le sol. Le papier n'est qu'un fouillis de traits indécis qui ne ressemblent pas du tout à un coquillage – seulement à un échec.

— Et ça te colore le visage aussi, ajoute Caspar en lui relevant doucement le menton.

— Je ne suis pas ici pour me peindre, dit-elle, plus vivement qu'elle ne l'aurait voulu. Regarde comme il brandit sa pointe vers moi ! J'ai envie de le briser.

— Il n'est pas vivant, répond Caspar. Dessine-le, et tu le feras vivre.

— Laisse-la, dit le Maître d'un ton distrait mais amusé.

— Il faut regarder avant de prendre un crayon, reprend Caspar. Ne te l'a-t-il pas dit ?

— Elle sait déjà regarder, dit le Maître.

Caspar ne l'écoute pas. Il tire un tabouret et s'assoit, l'épaule tout près de celle d'Iris. Elle craint de sursauter, non par effroi mais par la brusque décharge d'un contact, comme un insecte minuscule et coloré qui bondirait soudain d'un linge propre séché au soleil pour se poser sur sa main. Elle s'efforce de se concentrer sur les paroles de Caspar, et non sur le galbe parfait de son épaule et la ligne élégante de son cou.

— C'est un drôle de sujet à dessiner, concède Caspar. Imagine à quoi il ressemble.

— Il ne ressemble à rien que je connaisse.

— Pas à quelque chose dans la nature, ou dans une maison ?

— Ce n'est pas un chat, ni une fleur, ni une table, ni un nuage.

— Pas comme une grosse tête de fleur, tombée de sa branche ?

— Je n'ai jamais vu de fleur aussi énorme ni voyante, dit Iris... Puis, le cœur serré, elle revoit sa mère dans ses atours du matin.

— Et une brouette ? poursuit Caspar. Regarde : elle tient en équilibre ici, sa masse repose là... si tu imagines deux tiges comme des essieux...

— Un coquillage avec des roues ? Non.

— Alors oublie ce qu'il te rappelle. Cherche plutôt ses proportions. Ferme presque les yeux, pour ne garder qu'une silhouette floue. Peux-tu faire ça ?

Elle ferme fort les yeux et pense à Caspar – plus garçon qu'esquisse, la peau plus fine que celle d'un coquillage, les cheveux plus ébouriffés, la voix plus douce...

— Vas-y, dit-il avec une légère impatience. Elle obéit.

— Ne pense pas aux détails. Pense aux formes générales. Si tu ne pouvais tracer que deux lignes, lesquelles choisiras-tu ?

Elle hausse les épaules, mais finit par replier son poing, puis l'ouvrir : à une extrémité, la masse arrondie ; à l'autre, l'apex effilé.

— Voilà, dit-il. Première leçon. Trace ces deux traits, sans te soucier de leur rapport ni du coquillage réel. Comme si tu dessinais dans la farine sur une table à pétrir.

— N'oublie pas de lui dire de respirer et de cligner des yeux de temps en temps, se moque le Maître.

— Vous m'avez appris tout ça sans le savoir, réplique Caspar, concentré sur les mains d'Iris.

— J'aurais dû t'apprendre à aller te noyer dans le fossé, grince le Maître.

— Occupez-vous de votre travail et nous du nôtre, rétorque Caspar.

Iris s'attend à une réplique acerbe, mais le Maître se contente de rire doucement.

Sur le papier, un nœud maladroit et l'esquisse d'une tige.

— Pas mal. Il y a un dialogue entre elles. Tu as un don naturel pour épaissir le trait où il faut. Maintenant, observe les détails.

— Je ne sais pas comment dessiner l'autre côté.

— Tu ne le vois pas ? Ne t'en occupe pas.

— Mais toi, tu le vois. Tu pourrais me le dire.

— Dessiner, c'est rester honnête, dit-il doucement. Observe seulement. Ne pense pas à ce que tu vois. Vois-le.

Elle dessine l'apex, la cavité. Elle maudit le papier, la craie, ses doigts, elle-même, le coquillage. Elle ne peut pas maudire Caspar. Mais parfois, elle l'oublie. Peu à peu, le coquillage apparaît. C'est une farce, une malédiction – mais c'est un coquillage.

Elle rentre à la nuit tombante, bien plus tard qu'elle ne l'avait prévu. La maison est éclairée, un brouhaha monte de la cuisine. Pas encore des ennuis... Elle se reprend. Depuis quelque temps, elle tente de chasser ses pensées trop imaginatives. Elle veut s'ancrer dans le concret.

Pas encore la peste, songe-t-elle en accélérant le pas. Mais ce n'est pas la peste.

Chutes

— Cessez ce vacarme, dit Iris en se débarrassant de sa pèlerine. Expliquez-moi.

Papa Cornelius est affalé sur un banc, une épaule plus haute que l'autre. D'abord, Iris croit qu'il sanglote. Mais son visage est creusé, ses yeux comme vidés de larmes, avec une expression anéantie.

— Nous sommes ruinés, dit-il. Le fléau de notre cupidité nous a perdus.

— Ne restez pas là à geindre, hurle Margarethe. Il y a encore des voies à explorer ! Des crédules qui n'ont pas entendu les nouvelles que vous savez ! Allez vendre vos parts pendant qu'il en est encore temps, au lieu de trembler comme un enfant !

— Je ne puis tromper ainsi mes voisins et mes concitoyens...

— Bien sûr que si. Et que comptiez-vous faire d'autre ? Vos scrupules ne vous ont pas empêché d'importer une cargaison de tulipes pour appâter la clientèle ! Pourquoi cette soudaine crise de conscience ?

— À tout instant, nous pouvons être frappés, par la peste ou par la faillite, dit van den Meer. Je ne mettrai pas en péril mon âme immortelle...

— Alors vous préférez risquer la vie de votre fille, de votre nouvelle épouse et de votre famille ? Quand nous n'aurons plus rien à manger, nous vous remercierons d'avoir sauvé nos âmes ?

— Ne blasphémez pas, Margarethe. Cela ne vous grandit guère.

— Qu'est-il arrivé ? demande Iris. Pour l'amour de Dieu, dites-le-moi !

— C'est sa cupidité, dit van den Meer. (Il a bu beaucoup de bière.) La femme du pêcheur : toujours à vouloir plus, encore et encore.

— Et qui m'a appris la cupidité ? rétorque Margarethe. Qui est mon tentateur et mon maître ?

— Assez ! rugit-il. Je ne vous ai rien enseigné !

— Eh bien, moi, je vous enseigne le courage dans l'adversité, et vous allez vous rendre là-bas...

Mais il ne reçoit aucune leçon de son épouse. Il n'est pas d'humeur à « aller là-bas ». Il enfouit sa tête dans ses mains et marmonne des histoires d'investissements.

— Je n'y comprends rien, dit Iris en se tournant vers sa mère, après un bref regard à Ruth et à Clara qui se serrent dans l'encadrement de la porte de la grande salle. Ne m'épargnez pas ! Je ne suis plus aussi jeune et ignorante qu'avant.

— Le printemps arrive, la nouvelle d'une visite royale s'est répandue, dit Margarethe, le regard allumé par un courage né du désespoir. Depuis des années, la valeur de la dernière variété de tulipes montait sans cesse. Dans les rues comme aux halles, les mêmes lots de bulbes s'échangeaient à des prix toujours plus hauts, vague de bénéfices après vague. Tout le monde le savait ; tout le monde a investi. Moi seule ne l'ai pas vu : que sais-je de l'argent, sinon la modeste pièce qu'une femme avisée cache dans son chausson ? Mais c'est le jeu que papa Cornelius a joué avec la dot de Henrika : investir dans une valeur qui pouvait encore enfler.

— Ce n'est pas un malheur ! C'est la loi du commerce : répondre à la demande ! dit van den Meer.

— Un homme pouvait payer une fortune pour la récolte à venir, poursuit Margarethe, et la revendre une heure plus tard pour le double. Beaucoup achetaient non pour posséder les tulipes, mais pour les revendre au plus offrant. Et la valeur du lot qui nous a tant inquiétés ces derniers mois s'est multipliée par huit depuis son arrivée au port ! Quelqu'un qui n'avait jamais investi, qui n'avait jamais vu une tulipe ni risqué qu'elle se perde en mer, pouvait gagner en une heure huit fois le revenu d'un homme en six mois ! Pourquoi aurions-nous refusé un tel gain ? Serait-ce notre naissance modeste qui nous l'interdirait ?

— Noble ou modeste naissance, gémit-il, nous sommes à présent bien bas.

— Alors je lui ai dit de faire comme ses voisins, reprend Margarethe. De ne pas se contenter d'importer les bulbes pour les vendre, mais de parier que quelqu'un les achèterait plus cher encore. Je lui ai dit de racheter sa part et de la revendre plus tard, de remplir nos coffres, de nous rendre dignes d'être conviés au bal ! De faire mieux avec moi qu'il n'avait jamais fait avec Henrika !

— Et qu'est-il arrivé aux tulipes ? Ont-elles brûlé ? Ont-elles été infestées ? demande Iris, qui commence à comprendre.

— Ce sont les mêmes tulipes qu'hier, dit Margarethe. Ni plus ni moins belles. Simplement moins désirées. Dieu sait pourquoi. Alors qu'il venait de payer le prix le plus haut et s'apprêtait à les revendre plus cher encore, des rumeurs de maladie ont couru. Un acheteur s'est retiré pour s'inquiéter de sa famille, un autre a prétendu ne pas avoir les moyens... Et soudain, l'humeur a changé. Les bourgeois et les marchands ont mis leurs lots en vente. En un instant, les bulbes avaient perdu leur valeur. La valeur future ? Évanouie comme fumée. Le goût d'acheter s'est mué en hâte de s'en débarrasser, à n'importe quel prix. Les prix ont chuté vertigineusement toute la journée.

— Ils vont remonter demain, dit Iris sans conviction.

— Je les ai déjà vendus pour un trentième de leur prix d'achat, dit van den Meer. Il le fallait. Demain, ils ne vaudront peut-être plus qu'un centième.

— Donc ils sont vendus, dit Iris. Qu'est-ce que cela signifie pour nous ?

— Cela signifie, dit froidement van den Meer, que je dois en espèces et en effets beaucoup plus que je ne possède. Je suis en faillite. Nous tombons dans la misère.

— Cela signifie que nous devons trouver une occasion d'être audacieux, de nous rétablir et de recouvrer notre fortune, dit Margarethe.

— Nous n'avons aucune chance, dit-il.

— Nous avons une invitation pour l'un des bals, dit Margarethe. (Elle sort un feuillet de beau papier de sa manche.) Peut-être avez-vous vendu sans clairvoyance, Cornelius. Mais la nouvelle de l'arrivée saine et sauve de votre cargaison le mois dernier a dû parvenir à l'entourage de Marie de Médicis. On dit qu'à la cour de son fils, les dames portent des tulipes à leur corsage : plus elles sont rares, plus elles sont irrésistibles. La Reine mère, éloignée ou non, ne doit pas être insensible à la mode. Votre nom d'importateur a retenu l'attention de quelqu'un, Pruyn ou un autre, qui a établi la liste des invités. Personne ne pourra nous retirer cette invitation. Nous irons dans la grande salle de bal, nous rencontrerons la douairière et son filleul. Nous appliquerons simplement nos talents à un autre marché. Maintenant, ôtez vos mains de ce menton ruisselant et cessez de renifler. Il y a beaucoup à faire, et peu de temps pour le faire ! Laissez-moi lancer mon harpon, et advienne que pourra !

IV

La galerie des erreurs de Dieu

CAMPAGNES

Papa Cornelius n'est plus qu'une chiffe molle, une marionnette à qui l'on a retiré la main qui l'animait. Il reste affaissé sur un banc, sous une couverture. Plus aucun désir de retourner à la taverne où siégeait le collège chargé de veiller aux achats et ventes de tulipes à venir, là où il vivait et prospérait autrefois.

Margarethe lui prépare de savantes tisanes, sans succès. Elle finit par appeler le médecin.

— Rien qu'un cas extrême d'humeurs, tranche le bonhomme après un examen purement formel. J'ai horreur des faux malades : ils me font perdre mon temps. Cette maison a déjà eu plus que sa part de malchance cette année. On la croirait presque maudite.

— Et que suggérez-vous ? demande Margarethe, glaciale.

Il hoche la tête et change de sujet.

— Le mal suivra son cours. Il n'y a rien à faire. Au moins, ce n'est pas la peste.

Et ce n'est pas contagieux, ajoute-t-il pour la rassurer.

Tandis que van den Meer s'enfonce dans la lassitude – il lui arrive de ne pas ouvrir les yeux ni répondre aux questions que lui pose sa femme – Margarethe raffermit sa résolution de ne pas céder sous la pression.

— Je gouvernerai cette maison, et je récupérerai notre fortune, dit-elle à Iris. Il me blâme, mais c'est lui qui a tergiversé. S'il avait racheté le lot de tulipes huit jours plus tôt, comme je le lui avais suggéré, il les aurait revendues avant l'effondrement. Je ne suis pas responsable de sa faiblesse. Je n'assume que l'avenir, pas le passé. Le passé ne peut être aussi redoutable que ce qui nous attend.

— Non... si l'on a survécu jusque-là, répond Iris sombrement.

Margarethe et Iris reviennent du puits du marché, chargées de seaux d'eau.

— Sois gentille, écoute-moi, dit la mère. La chute du marché des tulipes semble s'être produite en plusieurs endroits à la fois. Si ton père avait été plus attentif aux nouvelles, il aurait su que l'effondrement avait commencé depuis plusieurs jours à Amsterdam.

Quelle époque terrible, songe Iris. Partout, des familles ruinées ; des maisons abandonnées, meubles massifs compris, à qui voudra s'en emparer. Les dettes sont telles qu'elles ne seront jamais remboursées. On parle de suicides. Honte et scandale. Les édiles se réunissent pour envisager un plan de paiements, tenter d'endiguer la catastrophe. Margarethe rapporte à Iris tout ce qu'elle entend, et même si Iris ne suit guère la situation, elle écoute.

Deux semaines passent. Alors qu'Iris travaille à l'atelier, sa mère l'appelle dans la petite pièce qu'occupait jadis Henrika pour tenir les comptes. Un registre est ouvert. Une chandelle goutte. Des mouches mortes tapissent le rebord de la fenêtre.

— Ce n'est plus le moment de se distraire, dit Margarethe. Ton beau-père est souffrant, ta sœur est un fardeau, et ta mère épuisée tente encore de vous vêtir décemment pour le bal de Marie de Médicis et de son filleul. Ta demi-sœur se terre dans la cuisine et refuse d'ouvrir quand on frappe. Elle ne sert à rien. J'ai besoin de toi... pour recevoir les créanciers, flatter et ruser à la fois. En seras-tu capable ?

— Non, dit franchement Iris.

Et elle ne l'est pas. Elle essaie d'être honnête, et sans honte. Par ailleurs, ses moments avec Caspar sont pour l'instant charmants :

il rayonne d'une joie simple, saine, comme celle qu'apportent les vendanges et les cruches pleines. Le matin, il l'attend à la porte de l'atelier, impatient comme un chiot, pour échanger quelques mots avant que le Maître ne les entende. Simple, oui, mais solide et sûr. Simple ne veut pas dire creux.

— Je ne peux pas quitter l'atelier, maman, proteste Iris. Pas maintenant...

— Je pose la question par pure courtoisie. Tu auras bien le temps de dessiner plus tard. Pour l'instant, tu dois m'obéir.

— Avec toi, c'est toujours la guerre, réplique Iris amèrement. As-tu jamais aimé sans vouloir dominer ?

— Jamais, répond sa mère.

— J'obéirai... Mais après ces jours-ci, je ne peux imaginer vivre sans essayer de dessiner. Et je n'ai même pas encore tenu un pinceau.

— Tu commenceras par tenir une brosse à récurer. Je veux que la pièce du devant étincelle. J'ai rendez-vous cet après-midi avec van Antum, qui a fait ma robe de mariage. Nous devons paraître honorables, cousus d'or, même si nous n'avons plus rien. Il nous faut des tulipes dans la maison, comme si elles ne nous écœuraient pas. Chaque fleur doit être parfaite. La fierté nous fera traverser ce labyrinthe du diable. Comprends-tu ?

Iris s'exécute. Elle remplit le vase de fleurs orangées, puis frotte le carrelage au lieu de tracer au fusain. Elle admire les motifs que la mousse laisse en séchant. Mais soudain, elle ne parvient plus à se représenter Caspar. Les larmes montent, brûlantes.

Clara refuse parfois de quitter la cuisine. Iris doit aller chercher de l'eau et d'autres choses. En entrant, elle voit Clara de dos.

— Tu m'évites maintenant ? demande Iris, agacée.

— Je prépare le ragoût, répond Clara, alors que seule l'eau commence à bouillir.

— Je me donne du mal pour aider maman à redresser notre fortune.

— Elle a tout fait pour la ruiner, rétorque Clara. Tu la crois capable d'autre chose que de maladresse au point d'en devenir presque malveillante ? (Elle agite une grande cuillère comme une sorcière préparant une potion.)

Iris reste interdite.

— Tu penses qu'elle a voulu nuire à ton père ?

— Je pense que sa cupidité l'aveugle.

— Elle est devenue ta mère quand tu n'en avais plus.

— J'avais une mère. Maintenant, je n'ai plus ni mère ni belle-mère. J'ai une corneille envahissante qui parle anglais et hollandais, et qui, comme toutes les corneilles, s'empare de tout ce qui brille, jusqu'à en faire un scandale.

— Laissons ça. Je suis épuisée et le tailleur va arriver. Maman essaie d'emprunter des robes pour que nous allions au bal.

— Moi, je n'irai pas.

— L'invitation est adressée à la famille van den Meer. Si elle te dit de venir, tu viendras.

— Absurde. Regarde-moi ! Mes cheveux sont ternes, j'ai mal au dos et aux genoux. Mes mains sont pleines de cals et d'engelures. J'ai un père à soigner et une cuisine à tenir. Je ne veux rien d'autre. Et surtout pas aller me pavaner comme une fille de mauvaise vie.

— Tu ne peux pas être si obstinée ! Même moi, je suis prête à m'humilier pour améliorer notre sort... Moi, la plus affreusement laide...

— Oh, voyons. Tu n'es pas affreusement laide. Tu es quelconque. C'est ma beauté qui est monstrueuse, car elle efface tout le reste. Et pourquoi crois-tu que Margarethe voudra que j'y aille ? Ah, on frappe à la porte.

— Fais entrer pendant que j'arrange la dentelle du jeté de table.

— Non. Je n'irai pas. Je ne veux plus voir personne, même ici.

Pas « dans ma maison », note Iris, mais « dans cette maison ». Comme si Clara n'y vivait déjà plus.

— Quel égoïsme !... Refuser de m'aider !

Iris court ouvrir. Van Antum, le tailleur, entre. Elle l'a déjà croisé dans la rue. Comme prévu, Margarethe l'attend dans la pénombre d'une pièce du fond et le fait patienter.

— Je vous en prie, installez-vous. Il y a du tabac si vous voulez fumer, et je peux vous servir un rafraîchissement.

— Rien, merci.

Van Antum est un homme grassouillet, aux manières affectées, qui sent le citron et la bière. Margarethe arrive, vêtue d'une robe de Henrika, trop ajustée, mais habilement mise en valeur.

— Quelle bonté de venir, dit-elle d'une voix doucereuse. Je ne devrais pas vous recevoir seule, ce n'est guère convenable, mais mon mari est indisposé. Iris, avant de rejoindre ta sœur, veux-tu... ?

Elle lui fait signe. Iris s'incline devant le vieux bonhomme et sort avec dignité.

— Une taille moyenne pour une jeune fille. Peut-être un peu grande pour son âge, dit Margarethe. Et sa sœur, tout le contraire. Pouvez-vous nous aider ?

Iris doit se retenir de jurer.

— Je suis sûre que vous saurez habiller deux belles demoiselles, minaude sa mère. La récompense pourrait être considérable.

Une récompense ? Il reste à peine de quoi remplir une marmite.

— Clara ? Viens donc à la porte.

Clara apparaît enfin, maussade et couverte de cendres. Iris a un soupçon immonde et détourne le regard.

— N'est-elle pas un trésor ? roucoule Margarethe.

— Je suis sûr de pouvoir faire quelque chose de flatteur, parvient à dire van Antum.

— Plus somptueux que ce que je porte maintenant, insiste Margarethe. Il nous faut du vraiment somptueux.

— Somptueux, assurément, dit le tailleur, les yeux fixés sur Clara jusqu'à ce qu'elle se retire dans l'ombre. Je pense pouvoir réaliser ce qu'il y a de plus somptueux.

La galerie des erreurs de Dieu

Chaque jour, Margarethe rentre du marché avec de nouvelles histoires sur la reine douairière de France, Marie de Médicis. On dirait que Haarlem apaise ses craintes de panique financière en bavardant sur « la grande éléphante ». Iris, elle, se passionne pour la moindre rumeur, le moindre détail.

La reine douairière est âgée – peut-être soixante-cinq ans. Elle est empâtée, rougeaude, colérique et fort coquette. On chuchote que son époux, Henri IV, avait une maîtresse différente pour chaque jour de l'année.

— Pour cela je l'aurais empoisonné, déclare calmement Margarethe. Mais je ne m'étonne pas qu'elle se mêle d'affaires d'État.

La grande Marie avait assuré la régence durant l'enfance de son fils. Puis, lorsque le jeune Louis XIII fut assez grand pour serrer sa mère contre son cœur... avec un couteau à la main, Marie leva des armées contre lui. Le cardinal de Richelieu, qu'elle considérait à peine plus qu'un domestique monté en grade, la critiquait ouvertement. Avec une régularité exaspérante, il échappait à toutes les tentatives d'assassinat.

— Comme ce devait être frustrant pour elle, dit Margarethe.

À présent, Marie vit en exil, plus sûr, aux Pays-Bas espagnols, bien qu'on la dise plus ou moins réconciliée avec son fils.

Comme si les intrigues de cour étaient aussi familières que le hareng aux langues bien pendues de Haarlem, les vieillards racontent que, dans sa vieillesse, Marie de Médicis s'est lassée des affaires d'État pour leur préférer celles des courtisans, des cousins et des flatteurs. La mort la guette, mais elle entend s'immiscer dans le monde aussi longtemps que possible, y laisser son empreinte avant qu'elle ne la terrasse.

« Pourquoi les oies marchent-elles pieds nus ? » demandent les vieilles de Haarlem dans leur sagesse. « Parce que c'est ainsi. » Alors pourquoi la reine douairière s'entremet-elle dans les affaires de son filleul ? Eh bien, à quoi d'autre servent les filleuls ? Et quels autres plaisirs reste-t-il dans la vie ?

Les fiers stoïciens de Hollande trouvent les exploits de Marie à la fois absurdes et fascinants. Et bien qu'on la moque comme sotte, elle demeure une sotte puissante et captivante. Les Hollandais tolèrent leur Maison d'Orange à La Haye avec une résignation morne, mais les autres royautés – Stuart, Bourbon ou Habsbourg – conservent un prestige autrement éclatant. Rubens n'a-t-il pas déjà immortalisé Marie de Médicis au palais du Luxembourg, comme une figure de l'Histoire digne de Charlemagne ou de Jeanne d'Arc ? Pourtant la reine mère persiste à se tenir sur la scène du monde : criant, complotant, orchestrant ses divertissements, s'affairant à tout ce qui lui reste.

— Elle n'est pas différente de ton Schoonmaker, dit un jour Margarethe à Iris, qui ouvre de grands yeux devant ces récits d'intrigues. Elle peint avec des vies réelles au lieu de pinceaux et de couleurs. Nous n'en reverrons jamais de pareille.

— Parle-moi du prince, dit Iris. Celui qu'elle veut marier.

— C'est un lointain cousin, ou fils de cousin, dit Margarethe, évasive. Oui, un filleul. On ne sait pas grand-chose de lui, car il ne vit pas à la cour. Il s'appelle Philippe de Marsillac. Peut-être est-il l'un des derniers liens de la reine douairière avec son fils : on dit qu'il va et vient librement entre la cour de Louis XIII et celle de sa mère. Peut-être veut-elle marier ce filleul en dehors des grandes familles d'Europe pour empêcher qu'il soit utilisé contre elle. Qui peut savoir comment raisonnent les têtes couronnées ? Mais son intention est claire : elle se fait marieuse de ce garçon comme la première tante venue, ou comme une vieille entremetteuse près de l'âtre.

— Elle semble sans cœur, dit Iris. Sans cœur et monstrueuse.

— J'aime son ardeur, répond tranquillement Margarethe. Pourquoi n'arrangerait-elle pas le monde à sa convenance ? Ne le ferions-nous pas tous, si nous le pouvions ?

— Que ferais-tu, toi, pour te réconforter ? demande Iris.

— Pas grand-chose, rétorque sa mère, le menton haut.

C'est bien ce que je crains, songe Iris.

Ses craintes se confirment un après-midi où Margarethe se présente à l'atelier du Maître. Elle exige qu'Iris vienne avec elle – peut-être pour s'assurer qu'aucune rumeur malveillante ne circule. Elle veut emprunter de l'argent.

— Le tableau de la Jeune Fille aux tulipes a relancé sa fortune, explique-t-elle à Iris en pressant le pas. Cornelius et Henrika ont remis Schoonmaker en lumière. Il leur doit quelque chose. Il me doit.

— Je ne vous dois rien du tout, déclare le Maître. Et même si c'était le cas, cela ne changerait rien. Vous n'êtes pas les seuls à souffrir en ce moment.

— Vous aussi, vous avez spéculé sur les tulipes ? s'écrie-t-elle.

— Non. Quand aurais-je eu le temps de quitter mon atelier ? Mais d'autres peintres l'ont fait, et ils ont perdu gros. Caspar, mon informateur en toutes choses, dit que Frans Hals a perdu une fortune, et que le jeune Rembrandt, dont tout le monde parle, est aussi en mauvaise posture. (Il ricane.) J'aurais perdu, moi aussi, si j'avais su me concentrer là-dessus. En réalité, puisque mes clients sont criblés de dettes, j'aurai de la chance si je suis payé pour mes commandes actuelles – sans même parler d'en recevoir de nouvelles. D'où l'importance d'exposer pour la reine Marie.

— Mais je voulais vous emprunter de l'argent, répète Margarethe, n'en croyant pas ses oreilles.

— Le monde ne tourne pas autour de mon pouce. Vouloir ne suffit pas.

Il cherche une esquisse en parlant, déplaçant d'anciennes toiles. Dans l'atelier, des visages entassés, rangés sur les poutres de bois brut, semblent cligner des yeux en retrouvant la lumière. Figures réticentes, grimaçantes, pathétiques, monstrueuses.

— Pitié ! s'écrie Margarethe, la main sur le cœur.

Iris enroule les cordons de son tablier autour de ses doigts.

— Je les considère comme des amis, dit le Maître. Ne sommes-nous pas tous aussi marqués ?

Le nain qu'Iris avait croisé autrefois est là, saisi sur la toile. Le Maître l'a donc peint – ou inventé ?

— Dieu a créé ces monstres, dit le Maître, comme s'il lisait ses pensées. Je n'ai fait que prendre sa dictée.

Malgré la bravoure qu'il affichait, le nain paraît méfiant d'être ainsi représenté. Une main couvre son entrejambe tandis que de l'autre il soulève sa chemise, dévoilant une cicatrice rouge en forme d'ancre.

— Un dragon ! s'écrie Margarethe.

— Une brebis éventrée, corrige le Maître. Regardez mieux : elle était déjà morte quand je l'ai vue.

— Voyons, c'est un dragon !

— Si vous en êtes sûre, ricane-t-il.

Un enfant au visage d'oiseau. Un autre nain, puis un troisième – une véritable étude familiale. Puis vient la Fille-Garçon de Rotterdam, peinte nue, toutes ses monstruosités exposées. Un chien affublé d'un goitre gros comme un pain. Deux jumeaux si étroitement soudés qu'une seule peau suffit à les recouvrir – semblables aux jeux de la Fille-Cerf de la Prairie auxquels s'étaient un jour amusées Iris et Ruth.

Les jumeaux disent: «Pardon.» La Fille-Garçon dit: «Je ne sais pas pourquoi je suis ainsi, mais pardonne-moi.» L'enfant à tête d'oiseau pleurniche et quémande la pitié.

— La reine des Bohémiennes au menton poilu ! s'écrie Iris, la reconnaissant enfin.

— Dame Goos se désignait ainsi ? dit le Maître, amusé. Pour toi ? Elle dit parfois qu'elle est si vieille qu'elle est la mère de Charlemagne. Qu'elle est la reine de Saba. Elle prétend même, en blasphémant, être la grand-mère de Dieu.

La Bohémienne au menton poilu fixe Iris d'un regard insondable, ni remords ni colère. Plus laide qu'Iris ou Ruth n'auraient jamais pu l'imaginer: ratatinée, vérolée, mains calleuses, dents noires. Elle s'appuie sur ses cannes comme si elle parcourait la même route depuis mille ans. Elle dit à Iris: «Et que vas-tu faire de ta vie ?»

Mais avant qu'Iris n'ait le temps de répondre, sa mère interrompt ses pensées. Margarethe en a assez. Elle recule devant ces pieds palmés, ces monstres, ces damnés.

— Vous êtes un démon, Luykas, de vous amuser ainsi de ces créatures. Regardez vos œuvres ! D'un côté, une sainteté représentée avec tant de perfection qu'elle confine à l'idolâtrie ; de l'autre, le mal incarné qui rampe parmi nous. Vous peignez le beau et le laid... mais que faites-vous de tout l'entre-deux ?

Elle se cherche dans un tableau, comme nous le faisons tous, songe Iris. Margarethe tente de se situer dans le monde. Elle a eu grand-peur.

— La Jeune Fille aux tulipes est entre les deux, dit le Maître. Ici, maintenant. Clara, une vraie fille de Hollande, rendue avec précision.

— À quoi bon la beauté ? À quoi mène-t-elle ? demande Margarethe.

Iris songe : pour une fois, Maman a oublié son intention. Elle était venue jauger la valeur marchande de ces toiles, et la voilà piégée par les idées qu'elles véhiculent. Margarethe bout :

— La beauté des fleurs, la beauté des filles – même la beauté de la peinture, voilà vos sujets. Mais la beauté de la bonté ? Et la beauté de l'acte ? La question de Parsifal, le geste du Samaritain sur la route, la veuve donnant sa dernière pièce ?

Le Maître répond doucement, mais avec défi :

— Et qu'en connaissez-vous ?

Devant le tribunal des monstres, cette galerie des « erreurs de Dieu », Margarethe redresse les épaules et déclare :

— Lui seul, avec son pied infirme, connaît la beauté de la course. Lui seul, à l'oreille coupée, entend ce que peut être la plus exquise musique. Nos souffrances nous complètent. Que nous, dans nos âmes pécheresses, puissions même imaginer la charité... (Elle s'interrompt, reprend :) Peut-être ne sommes-nous pas toujours capables de la pratiquer, mais le simple fait de l'imaginer ! Cet acte d'audace-là demande plus de talent que le vôtre.

La tirade fervente de Margarethe réduit le Maître à l'humilité.

— Comme vous voudrez, dit-il. Ainsi soit-il. Nous faisons tous ce que nous pouvons. Mon travail consiste à voir et à témoigner.

La froideur humide de l'atelier s'infiltre. Iris a beau scruter de toutes ses forces, aucun farfadet ici.

— Qu'est-ce qui vous donne une telle obsession pour ces horreurs ? s'exclame Margarethe.

— Je regarde avec désolation, et non avec lubricité, réplique le Maître. Et je ne suis pas le premier.

(Il fouille dans une armoire penchée, sort un panneau d'une vingtaine de pouces.)

— Voici le point de départ. Il n'est pas de moi, je me hâte de le préciser. Une peinture étrange, pleine de mystères et de misères. D'un de ces Flamands. Je l'ai achetée dans l'atelier d'Arentsz, à Amsterdam, quand j'étais apprenti. C'est un Bosch, je crois.

Une étude, inachevée en haut à gauche. Portez-le à la lumière, si vous voulez l'examiner.

— Je ne pense pas en avoir envie, dit Margarethe. Comment le pourrait-on ?

— C'est prodigieux et troublant. Un portrait d'un monde magique. Je l'évite pendant des années, puis je le regarde à nouveau, comme si je le découvrais.

— Cela me fait mal aux yeux, dit Margarethe.

Mais elle et Iris le posent sur une table, exposé à la lumière printanière.

— Je ne suis pas sûre que tu doives voir cela, dit Margarethe d'une voix terne. Mais sa curiosité l'emporte, et elle oublie d'écarter Iris.

Si c'est un monde magique, quel monde ! Ou bien un rêve ? Ou Dieu sait quelle prophétie ? Le paysage est rose et bleu, hérissé d'étranges montagnes en forme de tours. Chaque recoin est saturé de créatures, d'oiseaux, de fleurs, d'humains – dans des rapports grotesques, choquants.

Une femme à tête d'oiseau enfermée dans une bulle de verre. Deux hommes nus soufflant dans des trompettes dont les pavillons disparaissent chacun dans l'arrière-train de l'autre. Une fillette prisonnière d'un gigantesque tournesol. Un homme déféquant des pièces d'or sur un morceau de pain qu'une femme tente de gober. Un bébé coiffé d'une mitre d'évêque poussant un homme à reculons dans un puits. Des démons s'accouplant indistinctement avec des hommes, des femmes, des oursons, des plantes. Une fillette à quatre pattes, une vigne poussant entre ses jambes, portant poire, pomme et violon.

— Voilà un tableau peint par le diable en personne, dit Margarethe.

— Regarde, Maman, dit Iris. En haut, dans l'angle.

Un mort flotte dans une étendue d'eau. Nu, gris comme la chair d'un poisson avarié. Au-dessus, un oiseau noir plane, ailes déployées. Dans son bec : les deux yeux picorés du cadavre, posés côte à côte, fixant quiconque les observe.

— Je ne peux plus supporter cette vision, dit Margarethe. Mes yeux grouillent de petits fantômes. Mais que faisons-nous ici ?

— Vous commencez à comprendre que je n'ai pas d'argent à prêter, dit le Maître. Et rien ici n'intéressera les bourgeois de Haarlem. (Il ne paraît ni soulagé ni navré.) Remettez cette toile où vous l'avez prise.

— Je ne toucherai pas cette abomination. Je suis une bonne chrétienne.

— Oh, je vois, dit le Maître. Eh bien, laissez-la. Caspar la remettra à sa place.

— Caspar ! grince Margarethe. Je suppose que vous lui avez donné tout l'argent que vous auriez pu me prêter.

— Il est mon apprenti, non mon banquier. Allez-vous me harceler jusqu'à ce que je cède ? Je n'ai rien à prêter. J'ai mes propres problèmes. Vous devriez partir. (Il les pousse presque vers la porte, regrettant d'avoir baissé sa garde.) J'espérais que vous apprendriez un peu de compassion. Mais toujours la même chose : les malheureux n'existent que pour flatter notre bonne conscience.

— Sentencieux imbécile. Laissons Dieu nous juger tous deux, et voyons ce qu'il adviendra ! Viens, Iris.

Sur le chemin du retour, Margarethe se frotte les yeux.

— Fichtre ! Ces yeux sont ensorcelés. Et Caspar, là-dedans, parmi ces tableaux ! On devrait brûler tout cela. Mener un jeune homme à sa perte. Même s'il le mérite. Oh, je vois comme Caspar te regardait. Ne t'y laisse pas prendre. Sa prévenance cache ses véritables penchants. Tu crois que je ne sais rien ?

Plus encore que la galerie des monstres dressée par le Maître, c'est ce vieux panneau éraflé, ce monde magique grouillant d'êtres impossibles, qui l'a bouleversée.

— Maman, dit Iris, tu traverses des moments difficiles. Ne parlons pas de Caspar. Préoccupons-nous du bal, si nous y allons vraiment. N'avons-nous pas assez de soucis sans aller encore morigéner les autres ?

— La beauté ne sert à rien, conclut Margarethe, absorbée par ses propres pensées. Elle est sans conséquence. Elle n'apporte rien au monde. Tu as bien de la chance d'en être dépourvue, ma pauvre fille.

CENDRILLON

Même à l'abri dans son recoin familier, Clara se replie davantage chaque jour. Elle détourne la tête de la salle du devant, baisse les yeux dès que Margarethe surgit à la porte – pour se plaindre, exiger, ou parfois marmonner un remerciement. Iris l'observe, d'abord avec l'œil d'une artiste, puis le cœur navré d'une sœur. Une beauté comme Clara pourrait-elle être, elle aussi, une erreur de Dieu ?

— Clara, dit-elle un jour, je te vois devenir nonne sous mes yeux.

Clara lève les yeux de la baratte. L'effort l'a rendue blême, figée, mais elle ne fait aucun geste pour laisser Iris l'aider.

— Tu peux m'appeler sœur Cendrillon, dit-elle. Je serais heureuse de prononcer mes vœux et de vivre dans le silence, si seulement la solitude m'était accordée.

— Nous n'en sommes pas à mourir de faim ! s'écrie Iris. Ce n'est pas nécessaire.

— Quels choix avons-nous ? Entre l'effondrement de papa et la folle qui règne sur cette maison...

— Ne dis pas ça ! rétorque Iris, contrainte malgré elle de clarifier : Je suis sûre que papa Cornelius va se rétablir.

— Tu ne discutes donc pas la folie de ta mère ?

La voix acide de Clara contredit ses épaules voûtées, son front penché au-dessus de la baratte.

— Ne m'impose pas de trahisons, je t'en prie !

— Elle est folle, répète Clara. Même les petits pas vers l'asile finissent par y conduire.

— Asile ou hospice des pauvres, lequel choisirais-tu ?

Mais Iris ne parvient pas à mettre son cœur dans cette querelle. Elle-même ne sait pas pourquoi elle défend sa mère.

Clara relève les yeux.

— Je ne dis pas que cette vie soit facile pour quiconque. Pourquoi nous quereller ? Toi et Ruth, vous êtes tout ce qu'il me reste de mon ancienne vie... cette vie qui semblait ne pouvoir être troublée que par un excès de bonheur.

— Ton père se rétablira, dit Iris, plus douce.

Elle cherche dans le garde-manger de quoi préparer le pain, mais il ne reste qu'un peu de poussière de farine au fond de la jarre. Elle allait demander à Clara où est passée la farine, ou si la pâte est déjà levée... mais elle oublie tout en voyant les épaules de sa sœur secouées de sanglots.

— Oh, ma sœur chérie, dit Iris en se précipitant. Ton père va guérir !

— Il me reconnaît à peine. Sa vie entière s'est effacée. Ses yeux, vidés de leurs souvenirs, regardent sans voir.

— Je sais ce que c'est... (Iris hésite douloureusement.) Le deuil et l'angoisse prennent bien des formes. C'est une maladie, mais pas comme la peste ou la variole. Ce n'est pas mortel. Il guérira, je t'assure ! Tu verras. Et tu dois tout faire pour l'aider.

Clara cille. Dans sa vie, on ne lui a pas souvent demandé d'aider. L'idée la frôle sans l'atteindre ; elle s'essuie seulement les yeux.

— Il est là, mais enfui. Son corps est tiède, son odeur demeure, mais pas plus qu'un tas de vêtements ne retient la chaleur d'un corps qu'on vient de quitter. Toi, il ne t'a guère accordé d'attention, alors tu ne peux pas savoir. Moi, je le sais : il n'est plus l'homme d'avant. Ce n'est même plus un homme – juste un ensemble d'habitudes corporelles : manger, respirer, se soulager, marmonner en dormant. Ne vois-tu pas comme il est réduit à rien ?

— Tu te complais dans cette pitié, réplique Iris avec froideur. Fais ce qu'il faut, et il te reviendra. C'est un homme bon, brisé par l'inquiétude, mais pas mort, Clara. Pas comme mon père est mort. (Elle s'interrompt, hantée par l'image de l'homme flottant, ses yeux dans le bec de l'oiseau...) Donne-lui du temps, et tout ira bien.

— Tu es plus âgée que moi, Iris, et tu as connu la tristesse. Mais tu ne connais pas tout du monde. Laisse-moi mon chagrin.

— Alors je trouverai la plus grosse clé possible et je t'enfermerai dans ton cloître ! dit Iris. Au moins, pendant que tu te morfonds, la « folle » travaille sans relâche pour résoudre nos problèmes. Si tu étais moins critique, tu pourrais aider davantage !

Clara finit par perdre patience :

— Ruth ! Es-tu là, Ruth ? Viens chanter comme tu sais si bien le faire. Ruth ! Il y a ici un moucheron bien irritant, qui dit des choses que je ne comprends pas. J'ai besoin de distraction.

Ruth apparaît, quittant une tâche modeste au jardin, adaptée à ses forces. Elle sourit à Iris et s'agenouille près de la baratte. Elle fredonne des syllabes sans suite, de longues mélopées océaniques qu'aucun claquement ni pétillement du monde réel n'interrompt. Bruit sans but, mais musical à sa manière. Clara reprend la baratte en rythme.

Iris essaie de dire :

— Et moi, et mon sacrifice, maintenant qu'il m'est ordonné de renoncer à l'atelier...

Mais le début de sa phrase se perd dans la chanson de Ruth. Et de toute façon, elle ne l'aurait pas finie : elle se lamentait sur elle-même autant que Clara, et elle en avait honte.

Van Stolk et van Antum

— Emportez-les ! Prenez tout ! Bon débarras !

Les créanciers viennent rafler tout l'approvisionnement de bulbes de tulipes : sacs et sacs bruissant comme des sachets individuels. Ils prennent aussi les fleurs déjà plantées, par douzaines, dans des caissettes.

Margarethe gémit de douleur aux yeux :

— Depuis que j'ai vu ce monde magique peint par ce démon, toutes ces bêtes et ces fleurs immorales !...

Elle se frotte les paupières comme pour en chasser une taie. Mais elle garde l'œil sur la scène, la bouche crispée, et ordonne à Iris de noter chaque échange. La transaction se déroule tantôt sur un ton brutal, tantôt en excuses, mais jamais Margarethe ne baisse ni la voix ni le menton.

Le pauvre Cornelius, figé dans sa stupeur, entend sans doute depuis sa chambre comment sa maison est ainsi dépecée. Mais comprend-il encore ? Il ne parle presque plus. Jusqu'au jour où il surgit, à demi vêtu, hirsute, attiré par la voix de Nicolaes van Stolk.

Cet homme, le même qui avait approché Clara à l'enterrement de sa mère, la brute qui était venue annoncer la mauvaise nouvelle lors de la tempête qui avait menacé leur cargaison de tulipes, entre avec quatre solides gaillards pour évaluer le mobilier. Van Stolk, jadis créancier remboursé, est devenu l'inverse : celui qui tient maintenant les Van den Meer endettés. Il compte proposer un marché à Margarethe pour récupérer ce qui lui est dû.

— Vous nous arracheriez jusqu'aux os, n'est-ce pas ? crache Margarethe.

— Ils ne me serviraient à rien : je ne pourrais pas les revendre, réplique jovialement van Stolk. Bonjour, van den Meer. Nous avons tous nos moments difficiles.

Il ne semble pas en avoir connu récemment.

— Ce n'est pas la peine de vous fatiguer avec ce visiteur, dit Margarethe à son mari – un ton qui se veut charitable, mais qui cherche surtout à l'écarter de la négociation qu'elle veut accélérer. Retournez vous reposer, Iris ou Ruth vous apportera une boisson chaude.

Les filles tentent d'entraîner leur père.

— Que faites-vous dans ma maison ? demande van den Meer.

— J'aime assez certains de vos tableaux. Tous ne sont pas de grande valeur, et la peinture est dépréciée en ce moment : le marché est saturé. Mais je vous offrirai un bon prix pour quelques spécimens, à déduire de ce que vous me devez.

— Les tableaux, intervient Margarethe en coupant court à l'objection de son mari, ça va et vient comme les modes – de vêtements ou de prédicateurs. Nous pourrons bien faire de la place pour de meilleures œuvres quand nous aurons les moyens. Autant nous débarrasser maintenant de ce qui est inférieur...

— Taisez-vous, harpie ! tonne son mari. Sortez de chez moi, van Stolk, avant que je ne vous jette dehors moi-même !

— Je vais voir la Jeune Fille aux tulipes, dit calmement van Stolk, sans même répondre. C'est, à mes yeux, la seule pièce de valeur ici.

— Vous n'allez pas l'emporter !

Van den Meer bondit, son pas s'accélérant. Margarethe recule elle-même devant la perspective du choc, mais déjà les quatre hommes retiennent Cornelius tandis que van Stolk traverse le vestibule et pousse la porte comme s'il était chez lui.

— Voici une œuvre majeure d'un artiste mineur, s'écrie-t-il. Splendide, comme dans mon souvenir. Est-ce la beauté de la jeune fille ou la maîtrise du peintre qui domine ? Peu importe : voilà ce que réussit l'art – troubler les sens pour ébranler le cœur. (Il examine le tableau avec avidité.) Ces bijoux qu'elle porte... ne seraient-ce pas ceux de Henrika ? Ils doivent valoir une jolie somme.

— Je crois qu'ils sont enterrés avec elle, dit Margarethe. N'allez pas croire que je n'ai pas fouillé armoires et tiroirs. Si vous voulez déterrer son corps, ils sont à vous, à condition que nos comptes soient diminués d'autant.

Van Stolk rit, presque admiratif :

— Vous êtes décidément démoniaque. Allons, jeunes gens, décrochez-moi ça.

— C'est la plus belle pièce de la maison, dit Margarethe aigrement – répétant pour la cinquantième fois la même phrase devant chaque visiteur venu piller.

— Comme la maison a déjà été vidée de presque tout, vous ne dites pas grand-chose en disant cela.

— Je ne tolérerai pas ça ! rugit Cornelius.

Clara accourt de la cuisine. Sa première réaction est la joie d'entendre son père parler à un visiteur. Mais lorsqu'elle voit de qui il s'agit, et dans quel état est son père, elle se précipite vers lui :

— Laisse, papa, murmure-t-elle. Laisse-le prendre ce tableau. Ce n'est qu'un fouilleur d'ordures. D'ailleurs je l'ai toujours détesté : il ne représente que de vaines espérances et il ne me rend pas justice.

— Tu n'es déjà plus la fillette du tableau ! s'écrie son père. Regarde-toi ! Une fille de cuisine ! Margarethe, que faites-vous à ma fille ?

Mais Margarethe, plongée dans sa discussion avec van Stolk sur le prix, ne l'écoute même pas.

— Viens, papa, insiste Clara. Tu es à peine vêtu.

— Ma Clara... dit-il, mais lorsqu'il tend les mains, ce n'est pas vers la pâle jeune fille présente, c'est vers la belle enfant du tableau. Clara le serre pourtant dans ses bras.

— Ne m'abandonne pas, toi aussi, comme Henrika !

Il éclate en sanglots.

— J'ai déjà un acheteur, dit van Stolk, tout en faisant manœuvrer la toile vers la lumière du printemps.

Mais Cornelius s'est ressaisi. Il s'avance, bloque le tableau et déclare :

— Je verrai à vous le vendre dans quelques semaines, s'il le faut. Vous me critiquez d'avoir spéculé, mais vous êtes le premier à profiter de l'effondrement. Ne me croyez pas assez sot pour ne pas le voir. Mais il n'est pas en votre droit d'emporter cette toile. Si vous sortez avec, la loi vous accusera de vol. Je vous le dis à haute voix, devant témoins.

— De quoi parlez-vous ?

— Luykas Schoonmaker, le peintre, est venu la semaine dernière me demander la permission d'emprunter ce tableau pour l'exposer lors de la visite de la Reine.

— Vous ne m'en aviez rien dit ! s'écrie Margarethe.

— Vous étiez sortie, à comploter. Clara l'a introduit dans ma chambre. C'est ma maison, ma fille, mon tableau. Et j'ai consenti aux termes de cet emprunt.

— Quels termes ? Qu'a-t-il payé ? Iris, note-le !

— Il n'a rien payé. Voilà les termes. La charité n'exige rien de moins. Renoncer à la charité, c'est renoncer à notre âme. Croyez-vous que je n'aie rien appris, en cette année terrible ? Voilà ce que j'avais à dire. Touchez à ce tableau, van Stolk, et vous serez voleur aux yeux de la loi. J'appellerai aussitôt le schout et ses adjoints.

Cornelius n'attend pas la réplique. Il tourne le dos, gravit l'escalier. Clara le suit, la main tendue.

Van Stolk grommelle à Margarethe :

— Je pourrais réclamer cette maison même, si je le voulais. Ne me provoquez pas, Dame van den Meer. Rien, dans vos manières, n'appelle la bienveillance – et certainement pas de moi.

Van Stolk n'est pas parti depuis une heure qu'on frappe déjà de nouveau à la porte.

C'est le tailleur, Gerard van Antum, venu avec quelques modèles de dentelle pour le premier essayage des chemises et jupons destinés à habiller la taille sèche de Margarethe. Iris le conduit dans la grande salle.

— Un peu de sherry ne serait pas de refus, soupire-t-il après s'être affairé autour de Margarethe avec ses épingles et ses regards scrutateurs, le souffle court.

Ses rondeurs ne facilitent guère son métier : il ressemble à une énorme pelote d'épingles ambulante.

— Je crois que nous n'avons plus de sherry, dit Margarethe.

Elle s'invente une toux pour masquer la vérité : l'armoire est vide. Et bientôt, au rythme où vont les choses, il n'y aura plus d'armoire non plus.

— Alors laissez-moi voir la jolie jeune fille, dit-il.

— Pas avant que j'aie un costume terminé.

— Vous oubliez, réplique le tailleur, que j'ai encore les épingles à la main.

— Et quand vous les aurez laissées tomber, vous serez désarmé, et ce sera mon tour, dit Margarethe en forçant un rire enjoué. À défaut de sherry, je vous offrirai du cacao, relevé d'un assaisonnement qui vous fera recracher votre rate.

Il laisse retomber ses mains ; les épingles glissent au sol.

— Profite de la leçon, Iris. Ne suis-je pas d'une conversation spirituelle ? Je m'exerce pour le jour où je rencontrerai la Reine douairière de France.

— L'étoffe que vous choisissez est très seyante, concède van Antum, vaincu.

— Ravie que mon goût vous agrée. (Margarethe jette un regard impitoyable par la fenêtre.) Vous entendez les rumeurs ? Pourquoi Marie de Médicis exhibe-t-elle son filleul ici, en vérité ?

— On dit qu'il a l'œil pour la peinture. Elle s'en remet à son goût pour choisir son portraitiste. Et il y a d'autres raisons.

— Soyez donc aimable de me les dire.

Mais van Antum lance un regard pincé en direction d'Iris. Margarethe soupire, change de tactique :

— Clara ?

Ruth apparaît lourdement dans l'encadrement de la cuisine.

— Je voulais Clara.

— Cendrelette, dit Ruth.

Margarethe sursaute, choquée d'entendre des syllabes si claires sortir de la bouche de Ruth.

— Cendrelette ? répète-t-elle, plus surprise par la parole que par le mot lui-même. Sa voix monte dans les aigus, presque furieuse. — Cendrelette ?

Clara surgit, escamotant Ruth derrière elle pour épargner à sa sœur l'ire de Margarethe.

— Qu'y a-t-il ? demande-t-elle, lasse.

— Depuis quand Ruth te nomme-t-elle Cendrelette ?

— Elle a appris à chanter quelques mots. Je ne sais pas comment.

— Tu ne sais pas comment, Cendrelette ? Cendreline ? Cendrelon ? Tu ne sais pas ?

— Nous passons beaucoup de temps dans la cuisine, à chanter et à raconter des histoires. Elle grandit, et elle écoute bien.

Le tailleur, lui, se moque des progrès de Ruth. Ses mains retombent sur l'ourlet de la jupe de Margarethe, auxquelles il s'agrippe comme pour ne pas fléchir. Il n'a vu Clara qu'une fois, muette et furtive.

— Présentez-moi, chuchote-t-il à Margarethe, lui tapotant discrètement la cheville pour attirer son attention. Présentez-moi, je vous en prie.

— Oh, très bien, dit Margarethe. Avons-nous réglé la taille de la fronce et la question des pendants de perles pour mes oreilles ? Je n'arrive plus à retrouver les diamants de Henrika. Je déterrerai son cercueil s'il le faut...

Van Antum, transfiguré, ne répond rien à cette provocation.

— Bonjour, murmure-t-il. Bonjour... bonjour.

— C'est donc convenu, reprend Margarethe. Je vous le dis : voici ma belle-fille, Clara van den Meer. Ne prenez pas garde à sa crasse : elle aime jouer à la servante. Nous l'appelons Cendrillon par jeu.

— Cendrillon ! reprend Margarethe, comme pour prouver ses dires. Cendrillon ne reste pas plantée là, l'air maussade. Dis bonjour à notre cher Gerard van Antum, puis va lui préparer une tasse de chocolat chaud. Iris, aide-la.

Et, se tournant de nouveau vers le tailleur :

— Et maintenant, cher homme, dites-m'en plus sur ce Philippe de Marsillac, et les raisons pour lesquelles il a besoin qu'on lui trouve une épouse.

La veille du bal

— Ce sera sans doute l'événement le plus extravagant de l'année dans toute la Hollande protestante ! Que de dépenses coupables, que d'excès !

Les bonnes gens de Haarlem ne manquent jamais l'occasion de réprouver, observe Iris. Mais parmi ceux qui reçoivent l'invitation tant convoitée, rares sont ceux qui la déclinent. Mieux vaut voir de ses propres yeux – et toute la famille voudra entendre le récit des excès. Et l'on commande des chaussures neuves aux bottiers, sur les modèles importés de Paris.

Pour beaucoup, le moment est idéal pour un bal. La plupart de ceux que l'effondrement du marché des tulipes a ruinés ont fui la ville, ou bien, comme Margarethe, s'efforcent vaillamment de continuer à faire croire que de grandes perspectives s'ouvrent encore. Et qui peut dire que ce n'est pas vrai ? Dans la famille des nations, la Hollande n'est encore qu'un oisillon... Partie de la jacasserie des pêcheurs et des fermiers, une poignée de provinces est devenue une république de marchands, de plus en plus persuadés de leur destinée. Les discours du marché ne font que renforcer cette foi.

— Celui qui tombe se relèvera.

— La Hollande ne reçoit-elle pas l'air le plus vif de l'océan chaque jour ? L'océan n'est-il pas notre grande route, où nous chevauchons sur nos coursiers de bois et de toile ?

Qui se soucie des vieilles commères et des prédicateurs qui marmonnent des jérémiades – trop d'optimisme nuirait à l'âme, et attirerait sur nous l'attention de Dieu ?

Mais voici que Marie de Médicis accourt comme un galion, escortant son filleul : Philippe de Marsillac, si remarquablement beau et déjà bien en vue. On dit qu'il a l'œil pour la peinture, et que sa marraine se fie à son jugement. Mais s'il est capable de juger un tableau, pourquoi ne pourrait-il choisir sa propre épouse ? À moins qu'il n'ait l'esprit un peu lent ? Toujours est-il qu'on les a vus, lui et elle ; Haarlem n'est pas assez vaste pour qu'on puisse aisément s'y cacher. Elle est lourde, fanée, et lui tout le contraire.

À mesure que le grand jour approche, Iris et Ruth se plient aux essayages répétés que van Antum juge « nécessaires ». Iris a vite compris que le tailleur est éperdument séduit par la beauté de Clara, et que Margarethe dose soigneusement sa présence, l'exhibant quelques instants à la fin de chaque séance. Malgré la fatigue et la douleur de ses yeux, Margarethe manœuvre la situation avec adresse.

— Cendrillon ! appelle-t-elle depuis le fond de la maison.

Et quand Clara s'approche :

— Ne bouge pas, j'ai laissé tomber une épingle et tu vas marcher dessus !

Alors, découpée dans la lumière éclaboussant le seuil de la cuisine et le carrelage lavé, Clara apparaît immobile, auréolée de ses cheveux blonds échappés du bonnet, le pied suspendu au-dessus du sol, comme une sainte catholique descendue du paradis.

Margarethe joue de Clara avec encore plus d'habileté lorsque paraît Nicolaes van Stolk. Son intérêt pour le tableau de la Jeune Fille aux tulipes cache à peine celui qu'il voue à son modèle. Margarethe commence par envoyer Ruth tenir compagnie à Cornelius, puis fait venir Iris pour sauver les convenances, et ferme la porte pour que son mari n'entende rien.

— Notre Cendrelette ? La pauvre enfant est alitée par un gros rhume, dit Margarethe à van Stolk. Ne l'entendez-vous pas éternuer près du feu ?

— Non.

— Étrange... Plus ma vue baisse, plus mon ouïe s'aiguise. Je l'entends même s'essuyer les yeux. Elle voudrait venir vous saluer, mais elle est bien trop tremblante et vulnérable.

Van Stolk toussote, s'agite.

— Je pourrais le supporter, balbutie-t-il.

— Ridicule. Je ne veux pas en entendre parler. Et si vous attrapiez son mal avant le bal ?

— Je n'ai nulle intention d'aller rendre hommage à la Reine douairière de France, dit van Stolk en se redressant.

— Bien sûr que non, répond Margarethe d'une voix douce. Vous n'avez pas de fille à exhiber devant ce prince éminemment désirable, ni d'épouse pour vous traîner par le bras. Vous devez être parfois bien seul.

Elle sourit – sans sa vieille coquetterie. Son charme n'est plus qu'un reflet : il réside désormais dans ses filles.

— Encore un peu de bière pour messire, dit-elle à Iris. (Iris remplit la chope.) J'aurais bien besoin de nouveaux souliers, reprend Margarethe. Ceux en agneau blanc que j'avais fait faire sont fichus : avec mon pas qui chancelle, je heurte meubles et pierres. Le bottier ne veut plus me faire crédit. Me prêteriez-vous quelques pièces ?

— J'en escompterais une compensation, dit van Stolk.

— Notre Cendrillon, dit Margarethe d'un ton égal, resserre son châle contre sa poitrine. Elle a froid, besoin d'être réchauffée... Même la cuisine et son feu ne suffisent pas. Si je pensais qu'elle y consentirait, je la mettrais au lit sur-le-champ.

Van Stolk, pris dans les filets, cède : il tend quelques pièces d'or. Le bottier est aussitôt convoqué. Margarethe commande une paire de souliers sombres, rehaussés de la plus large, la plus brillante boucle qu'un pied de femme puisse décemment porter. Ou peut-être en rose...

— Toi ou Ruth prendrez les blanches, dit-elle.

Mais les pieds lourds de Ruth sont trop grands, ceux d'Iris trop étroits. Ces souliers blancs, presque des chaussons de danse, trop échancrés, lui échappent du talon malgré le rembourrage.

— Quand ma vue guérira, dit Margarethe, je pourrai les remettre. Mets-les de côté, Iris, et voyons ta coiffure.

On examine ses cheveux, mous et ternes. Margarethe les lave aux œufs, les scrute à la lumière.

— Est-ce ma vue qui baisse, ou la couleur de tes cheveux qui s'éteint encore ?

— Je ne puis changer leur couleur à mon gré.

— À quoi bon être peintre si tu ne peux pas te peindre toi-même ?

Ruth est encore plus difficile à coiffer. Ses cheveux abondants débordent de vitalité et défient tout bonnet. On finit par les couper en espérant qu'elle parviendra à garder sa coiffe au bal. Mais si la mode française exige qu'on ôte son bonnet ? Cette idée obsède Margarethe, exaspère Iris, et affole Ruth, qui s'enfuit vers la cuisine dès qu'elle peut. Iris comprend que le bal la terrorise. Clara sera-t-elle là pour l'apaiser ? Rien n'est moins sûr.

La maison, désormais, est à moitié vide. Les objets précieux de Henrika ont disparu, mais il reste des tables, des chaises, des armoires. Iris, malgré elle, contemple la lumière printanière filtrée par les jeunes feuilles de tilleul sur ces pièces nues. Elle ne s'était jamais attendue à vivre dans une maison si belle ; quitter cet espace lui paraît presque un retour à la rudesse normale de la vie. Mais pour Clara, ce sera un drame : elle évite déjà les fenêtres, par peur d'y croiser van Stolk.

Dans la cuisine, Iris aide Clara à préparer un repas de fortune quand Margarethe revient fouiller les armoires, dans l'espoir d'y dénicher encore une cuillère d'argent ou un bijou oublié à mettre au clou. Tâche vaine, mais Margarethe est obsédée par l'idée que la fortune de Henrika cachait encore des trésors.

— Il ne reste presque rien à manger, dit Clara. Nous vivons de restes. Bientôt, il faudra frapper aux portes de l'orphelinat du Saint-Esprit.

— On dit qu'ils ne prennent pas les enfants de plus de sept ans, répond Margarethe. Mais ne t'inquiète pas.

— Van Stolk viendra saisir la maison le lendemain du bal ! s'exclame Clara. Qu'allons-nous devenir ? Voulez-vous dire que papa est ruiné au point de finir à l'hospice des pauvres, assis au soleil avec les indigents édentés ?

— Tu t'inquiètes pour rien. J'ai vu l'hospice. Tout le monde y est propre et tranquille.

— Et nous, alors ? demande Clara, amère. Nous serons des vieilles filles reléguées dans un béguinage ?

— Dommage que tu n'aies pas appris la couture, dit Margarethe. Mais il n'est pas trop tard.

— Et vous, vous envolerez-vous sur votre balai à la faveur de la nuit, pour aller détruire le bonheur d'une autre famille ?

Clara a parlé avec fougue et dédain, mais Iris sursaute et laisse tomber une bouilloire sur le carrelage. Margarethe les dévisage à tour de rôle du mieux qu'elle peut.

— Alors Iris colporte des histoires, n'est-ce pas ?

— Moi, jamais ! s'écrie Iris.

— Non, je suis sûre que tu n'as jamais rien fait de tel. C'est Clara la souterraine, Clara l'ennemie du soleil qui nous concocte de pareilles histoires toute seule. Très bien, Iris. Merci. Et maintenant, allons-nous réfléchir aux tâches principales d'aujourd'hui et nous détourner de ces racontars ? Il nous faut manger. Nous avons déjà eu faim, Cendrillon, même si la faim est une nouveauté pour toi.

— La faim nous amaigrit, mais la peste peut nous faire enfler et bouffir, une heure avant de mourir... dit Iris.

— Ne raille pas ta vieille mère aveugle, dit Margarethe en brandissant une canne. Vous aurez à manger d'ici trois jours à peine, croyez-moi. Vous me prenez pour une sotte comme mon mari divaguant, mais il faut encore compter avec moi. Philippe de Marsillac te prendra pour épouse, Iris. Attends, et tu verras.

— Tu es folle, dit Iris. Ta cécité t'envahit le cerveau. Tu oublies à quoi ta fille ressemble, et à quoi ressemblent les autres à côté de nous. Nous ne méritons même pas d'être derrière un parterre de fleurs. On ne nous laisserait même pas mener les canards à la mare. Qu'ai-je donc à offrir à un prince que n'a pas aussi n'importe quelle autre fille de Haarlem ?

— Tu as de l'endurance, rétorque durement sa mère. Tu tiens cela de moi.

— Toute la Hollande a de l'endurance, c'est la qualité essentielle de la Hollande ! Tu te mens à toi-même, parce que tu ne vois aucune autre issue !

— Je vois d'autres issues et je vois beaucoup plus que tu ne le crois. Peut-être le nuage qui m'obscurcit les yeux a-t-il effacé pour moi les aspérités du monde, mais je vois d'autres choses que je ne voyais pas avant. Je vois comme les gens s'inquiètent et comme leurs vies sont enchaînées, prisonnières le long de ce fil. (Elle tend la main vers un couteau ; peut-être va-t-elle tenter de moissonner l'incroyable chevelure de Ruth à moitié aveugle comme elle est maintenant.) Ne le sais-je point, à force de me bien connaître moi-même, avec la terreur de la misère et de la faim qui me ronge nuit et jour ? Mais je suis plus prudente que la lune, mes filles, car je suis désormais aveugle aux apparences. Ce jeune homme à marier a le goût de la peinture ; c'est pourquoi il est ici. Tu es l'une des seules filles de Hollande à t'y essayer la main...

— J'ai dessiné une ou deux fois ! Tu es toi-même ensorcelée par tes soucis, et tu enfles mes capacités comme une bulle de savon. Mais les bulles éclatent.

— Nous avons toujours Cendrillon à donner au plus offrant, rappelle Margarethe.

C'est le droit et le devoir d'une mère d'élargir les destinées familiales. Mais Margarethe ne l'avait jamais dit aussi brutalement, et le temps s'arrête.

— Je n'irai pas à ce bal, dit Clara calmement.

— Je l'espère bien ! Pour une fois nous sommes d'accord. Mais je vais te dire pourquoi. Quelque agréable que tu sois à voir, tu n'as pas l'intelligence d'Iris. Et tu n'as rien sur ton visage ni dans tes façons qui évoque la bonté humaine. Mais si tu assistais au bal, tu aurais de fortes chances d'attirer l'attention de ce Marsillac. Tu reléguerais mes filles dans l'ombre. S'il te trouvait digne de ses assiduités, tu te laisserais faire, et tu te détournerais de nous. Tu disparaîtrais dans une autre vie, et nous nous retrouverions comme avant – moins bien, même, car j'ai désormais ton père à nourrir, en attendant qu'il reprenne ses sens.

— Je n'abandonnerais pas mon père !

— Non, peut-être pas, admet Margarethe avec circonspection. Mais tu n'as pas offert de soutenir ta belle-mère ou tes demi-sœurs avec la même ferveur. Si ton père meurt, comme cela pourrait lui arriver, d'avoir perdu la tête ou sa fortune, tes liens avec ta belle-famille s'en trouveront également rompus. Tu n'éprouves aucun sentiment d'obligation envers nous, et d'ailleurs pourquoi en éprouverais-tu ?

— Vous me marieriez au tailleur ou à van Stolk ?

— Ce sont des hommes d'ici, et pour la bonne marche de ses affaires un homme doit montrer de la bonté envers la famille de sa femme, dit Margarethe. Si tu épouses van Stolk, sans doute pourrons-nous tous rester dans cette maison.

— Plutôt mourir, dit Clara. C'est un rapace, un corbeau.

— Mais quel autre choix as-tu ? Tu ne veux même pas quitter la maison, alors si Nicolaes van Stolk prend possession de la maison et s'y établit, il devra bien te posséder aussi...

— Je m'enfuirai dans la forêt. Je suivrai le chemin muletier, jusqu'à Amsterdam ou Leyden. Je retrouverai mon moulin pour m'ensevelir dans ma cachette de changeling. J'irai me noyer dans le Haarlemsmeer.

— Parle toujours. Toi qui t'effraies au premier seuil.

Margarethe s'en va, et le couteau qu'elle emporte semble faire des commentaires à sa façon de tailler l'air.

— Ne veux-tu point aller au bal ? dit Iris doucement.

— Cette maison est sur le point de s'écrouler avec toutes ses manigances. D'ici une semaine nous serons ruinés. Elle vit dans son esprit dément. Mais je n'épouserai pas van Stolk, après avoir vu comment il traitait mon père. Je préférerais encore me tuer et tuer mon père avec moi.

— Tu devrais venir, insiste Iris. Viens au bal !

— Voilà qui suffit. Je vais porter à Papa ce bol d'eau chaude et de miel. Cela l'apaise de me voir lorsque le soir tombe ; sinon il est agité. Le jour viendra vite où je ne pourrai plus le faire.

Iris suit Clara dans l'escalier de service et dans le couloir qui mène à la chambre du devant. Van den Meer est descendu de son lit mais il est en proie à un grand désordre vestimentaire, et, de son fauteuil, regarde autour de lui d'un œil vitreux.

— Papa, rajuste-toi, voici des visiteuses, annonce sa fille sur le seuil, et papa Cornelius referme sa robe de chambre.

— C'est juste un jeu de chaises musicales, n'est-ce pas, marmonne-t-il. Le jeu des renversements. Tout peut arriver.

Clara lui tend la potion, qu'il boit à petites gorgées, sans plaisir apparent.

— Tout change, papa. Tu le sais bien.

— Et toi aussi, mon changeling.

— Changer comment ? demande Iris. (Elle n'a pas pu se retenir. Clara paraît plus âgée, depuis tous ces drames ; elle devrait pouvoir répondre, à présent.) Qui étais-tu avant de devenir un changeling ?

Clara s'assoit lourdement sur un tabouret, et parcourt de ses deux mains les carreaux peints du mur, comme si les motifs bleus montraient des images de son Passé au lieu d'Abel et Caïn, de Noé et le déluge, de Moïse avec ses tables de pierre.

— J'étais une enfant sotte et laide, dit Clara. Une vilaine enfant qui n'écoutait pas sa mère. J'ai lâché l'ourlet de son tablier. Ils m'ont trouvée et ont fait de moi une enfant sage. Ils m'ont rendue gentille et obéissante et m'ont donné la beauté, ainsi que des dons pour la musique et les langues.

— Ils ont fait cela dans le moulin ? demande Iris. Ils t'ont mise dans un trou dans le sol du moulin et t'ont enseigné la musique ?

Clara hausse les épaules et acquiesce. Une ombre de cette ancienne expression, plus fine, transparente, flotte sur ses traits.

— Qui t'a fait cela ? insiste Iris. (Elle ne peut pas s'en empêcher. Elle se tourne vers papa Cornélius.) Était-ce vous ?

— Non. (L'accusation ne l'offense pas.) Nous n'avons jamais pu savoir qui c'était.

— C'étaient les esprits-oiseaux qui grouillent sur les rives de la Haarlemsmeer, dit Clara.

Van den Meer hoche aimablement le menton et dit :

— Sans doute étaient-ce des pendards venus d'Anvers. Ou peut-être, qui sait, les Bohémiennes au menton poilu.

— Papa ! proteste vivement Clara.

— Racontez, dit Iris, insinuant son épaule entre les visages de Clara et de son père.

Dix ans de réticence quittent van den Meer aussi aisément que son enthousiasme pour les affaires. Il raconte à Iris, tandis que Clara respire à tous petits coups, un deux trois, un deux trois.

— Henrika était allée au marché pour acheter des homards et des citrons. Clara avait trois ou quatre ans. C'était une enfant ardente, ambitieuse, pleine d'énergie dans les jambes et d'air dans les poumons. Elle était difficile à tenir, et Henrika l'a perdue de vue dans la foule. Je crois que c'était la veille d'une fête. Clara était bien connue dans les rues alentour, gracieuse et insouciante, et nous n'avions pas peur. Nous espérions qu'une bonne âme la retrouverait et nous la ramènerait vite.

— Ce sont les esprits qui m'ont trouvée, chuchote Clara. L'oiseau...

— Mais le soir tomba, et toujours pas de nouvelles, poursuit van den Meer. Henrika fit alerter la garde civile, et le schout avec ses hommes battirent la campagne. Haarlem chérit ses enfants, comme elle chérissait Clara van den Meer, fille de Cornelius van den Meer et de sa riche épouse, Henrika Vinckboons. Citoyens et milice se joignirent aux recherches. Mais plus nous élargissions le cercle, plus la peur grandissait de ne pas la retrouver. Nous redoutions qu'elle ne soit tombée dans un canal, noyée... ou pire encore.

— Rien de tout cela, dit Clara. Rien. J'ai traversé jusqu'à l'autre monde, où je devais être changée. Ma petite maison sous le plancher... Il y faisait chaud. Il y avait une couverture. Des sucreries, des fruits. Et l'esprit à la voix de scie chantait pour moi quand je pleurais.

Clara se balance, comme si elle berçait un enfant invisible.

— Un mot a été glissé dans nos volets, dit Cornelius. Clara nous serait rendue si Henrika déposait une cassette remplie de florins. C'était la moitié de la fortune des Vinckboons. Nous avons dû vendre en urgence les fermes hors des murs qui rapportaient des loyers. Il ne restait presque rien, en dehors de cette maison et de son contenu. Mais Henrika, en mère dévouée, n'avait qu'un désir: payer et récupérer notre Clara.

— Ils n'avaient pas besoin de florins, dit Clara. Ils voulaient seulement me transformer en enfant sage. Ils me consolaient. Ils me tenaient au chaud.

— Pendant trois jours, dit van den Meer, j'ai harcelé le schout et ses hommes pour qu'ils cherchent partout, offrant des récompenses presque aussi élevées que la rançon. Certains parlaient d'un complot espagnol, destiné à infiltrer Haarlem et à démoraliser la ville avant une attaque. D'autres disaient que c'étaient des sorcières, prêtes à voler le sang d'un enfant pour leur sabbat.

— Ils étaient gentils, dit Clara. Les esprits de l'eau.

— Henrika, elle, était folle de peur. Nous avons payé. Déposé la somme en pleine nuit dans la forêt, comme demandé. Nous sommes restés cachés des heures, mais un nouveau message ordonna que nous levions le guet. Sinon, Clara ne serait pas rendue. À bout de forces, nous sommes rentrés. Puis, un mot m'attendait au cabaret où je déjeunais d'ordinaire : Clara était dans un moulin, au sud de la ville.

— Quand j'ai été changée, ils m'ont laissée, dit Clara. Ils m'ont offert un petit moulin en souvenir. Celui que Ruth a pris... et qu'elle a brisé à force de le mâchonner.

— Clara était-elle blessée ? demande Iris, tombant à genoux derrière elle, ses bras entourant ses épaules. Lui ont-ils fait du mal ?

— Pas de la manière que tu crains, dit Cornelius. Nous nous en sommes assurés aussitôt. Ils voulaient de l'argent, pas commettre d'horreurs.

— Je suis un changeling, dit Clara.

— C'est ce que Henrika a fini par lui laisser croire. Depuis, nous avons gardé Clara enfermée dans la maison – jusqu'à ce qu'elle-même choisisse d'y rester. L'histoire vaut ce qu'elle vaut. Peut-être est-elle vraie. Mais ces « esprits » avaient surtout un grand appétit d'espèces sonnantes et trébuchantes.

Clara se tourne sur son tabouret. Son visage s'affaisse, mais reste ouvert. Ses yeux ont perdu leur éclat perçant. Ses mains se serrent l'une dans l'autre, puis retombent, épuisées.

— Ainsi, jusqu'à la mort de ta mère, tu n'as plus quitté la maison ? demande Iris.

— Ma mère avait peur pour moi, et j'ai appris la peur d'elle. Pourtant, quand j'entendais parler d'autres changelings, je voulais les rencontrer. Mais je n'en ai jamais trouvé. Les gens en parlent, mais ils sont insaisissables. Quand j'ai vu Ruth la première fois, j'ai cru que c'en était une...

Un grand coup retentit contre la porte. Ruth, qui écoutait, vient de perdre l'équilibre.

Le changeling

Toute la maison dort, à l'exception de Clara et d'Iris. Assises dans la lueur tremblante des braises, elles se tiennent la main.

— Ne comprends-tu pas ? dit Iris. C'est une façon d'éviter d'épouser van Stolk. Une façon aussi de sauver ton père. Peut-être ne pourras-tu pas garder cette maison – mais tu n'en as pas besoin. Tu es à nouveau changée : tu redeviens la petite fille de trois ans, forte, aux muscles solides, au souffle puissant. Et tu as bon cœur, Clara. Un vrai bon cœur. Tu peux accomplir un acte de charité.

— Je ne comprends rien à ce que tu dis.

Clara parle doucement, mais sans faiblesse.

— Regarde l'image que je trace pour toi. Ferme les yeux et vois-la. Je la peins pour toi. Il y a la petite Clara dans le noir. Elle n'a ni peur ni douleur. Ce n'est qu'une aventure. Les esprits-oiseaux sont gentils avec elle. Puis le plafond s'ouvre. La lumière descend. Elle tend les bras, et on la soulève. C'est sa mère, Henrika, qui dit : « Viens maintenant, Clara, viens. Il est temps de grandir. » Alors tu montes. Tu n'es pas un changeling. Tu es toi-même. Le trou est devenu trop étroit pour toi. Tu peux quitter la boîte noire. Tu peux en sortir, entièrement.

— Mais je suis un changeling, dit Clara.

— Alors regarde en quoi tu peux te changer.

Iris ne sait pas si elle reprend simplement le jeu de sa mère – marier l'une d'elles au prince pour sauver la famille – ou si elle cherche seulement à ramener Clara à la vie, à l'ancrer dans un monde moins triste. Elle devine qu'elle ne saura peut-être jamais pourquoi elle agit comme elle agit. Mais cela lui paraît être la seule chose possible. Elle insiste :

— Clara, personne ne conteste que tu sois la plus belle fille de la ville. Belle, et courageuse. Tu peux sortir. Personne ne t'enlèvera, personne ne t'enfermera. Viens au bal. Viens à la fête. Viens au moins voir.

— Je ne suis pas prête à me montrer.

— Non. Mais tu es prête à regarder. Regarde-toi.

Clara ferme un instant les yeux et incline la tête. Au clair de lune, ses cheveux ont la pâleur de l'albâtre. Quand elle relève les yeux vers Iris, sa voix est posée, sereine :

— La vérité que j'ai comprise aujourd'hui ne concerne pas les changelings. C'est que les soucis financiers de ma famille sont en partie ma faute. Peut-être même entièrement. Si je n'avais pas échappé à ma mère, ces malfrats ne m'auraient pas enlevée. Ma famille a perdu la moitié de ses biens pour me sauver, et a dû se défaire précipitamment de ses ressources.

— Ce n'est pas toi qui les as rendus riches ni avides.

— Non. Mais je les ai rendus pauvres. Sans intention, sans malice – mais je l'ai fait. Peut-être est-il temps que je fasse ma part. Je n'épouserai pas van Stolk, pas même pour tous les coffres de perles de l'océan Indien. Mais si je puis me déguiser, en nonne ou en vieille femme, je me permettrai d'aller voir ce prince. Une étape à la fois. Je sortirai du trou noir et j'irai, au moins pour l'observer, comme tu dis. Et ensuite... nous verrons.

Iris serre encore ses mains, puis part chercher une plume, de l'encre, du papier, et sa pèlerine.

PETIT TOUR DE MAGIE

Le lendemain, alors que tant reste à faire, les yeux de Margarethe sont bordés de rouge. Elle connaît des remèdes – le garde-manger regorge de fioles, d'herbes et de poudres, souvenirs de son arrivée dans cette maison austère – mais aucun ne calme sa douleur. Elle décide donc d'aller trouver une guérisseuse pour se procurer un onguent. N'osant sortir seule, elle emmène Ruth, s'accrochant à son bras solide. À peine est-elle partie, après avoir aboyé des instructions pour le déjeuner de Cornelius, qu'Iris et Clara filent à la cuisine. Là, sous une soucoupe renversée, elles découvrent un petit tas de poivre rouge moulu.

— Ce matin, Ruth a porté sa tasse de thé à Margarethe, dit Clara. Et chaque matin, elle réclame qu'on lui lave les yeux avec une étoffe propre, car la croûte de la nuit aggrave tout... Tu ne crois pas...

— Ruth est simple, proteste Iris. Tu ne penses pas sérieusement qu'elle aurait brûlé les yeux de ma mère avec du poivre rouge ? Pourquoi ferait-elle cela ?

— Je suis certaine que les larmes de Margarethe finiront par avoir des vertus curatives... enfin, si elle est capable de pleurer pour autre chose qu'elle-même. Mais c'est étrange. Est-ce que toi et Ruth manigancez quelque chose ?

— Maman seule connaît les plantes. Nous avons sans doute appris quelques bribes au fil des années, mais je ne peux pas m'en inquiéter. Il y a trop à faire, ma chère petite.

Elle sourit à Clara, puis elles préparent un plateau : un morceau de pain dur attendri à la vapeur, une tasse de thé. Clara le porte à son père, tandis qu'Iris fouille les armoires pour trouver une étoffe convenable à transformer en robe.

Une voix surgit de la cuisine.

— J'arrive ! crie-t-elle.

C'est Caspar, vautré sur un banc, les jambes tendues vers le feu.

— Tu as trouvé ma lettre coincée dans la porte, dit-elle.

— Tu as dû te lever tôt pour la déposer avant votre réveil.

— Et toi, tu réponds à mon appel au secours. Te voilà installé bien à ton aise.

— Pourquoi pas ? Je sens que la sorcière est sortie.

— Ne sois pas cruel. C'est ma mère, après tout.

— Ne m'en veux pas. Dois-je comprendre que vous êtes désormais sans ressources ?

— Plus une miette, dit Iris.

En le regardant, elle sent monter un rire irrépressible – un rire qui lui prend la bouche, les yeux, le cœur, tout son corps.

— Ta mère aurait mieux fait d'épouser le Maître quand il le lui proposait, dit Caspar. Lui, il n'a rien perdu dans la grande faillite des tulipes.

— C'est ce qu'il dit. Mais il avoue aussi que ses clients ont perdu, et donc qu'ils sont bien moins nombreux à commander des portraits.

— C'est vrai, concède Caspar. Cela rend d'autant plus précieuse la commande de la Reine douairière. Mais il a encore du travail, et si la nourriture est simple, elle est abondante.

— Peu importe. Maman s'est peut-être trompée d'homme, mais on ne peut plus rien changer. Elle fera ce qu'il faudra.

— J'espère seulement que toi, tu ne te tromperas pas d'homme à ton tour, dit-il.

— Quelle idée drôle, que je puisse me marier un jour !

Ils rient. Puis Caspar ajoute, plus sérieux :

— Si tu le fais, j'espère que ce sera pour d'autres raisons que celles de ta mère.

— Elle s'est mariée pour nourrir ses filles, dit Iris. Pourquoi ne l'aurait-elle pas fait ? N'était-ce pas son rôle de mère ?

— Je ne veux pas me quereller. (Il rit et lève les mains.) J'ai été heureux de ton mot ! Je devais sortir de l'atelier : il m'étouffe. Le Maître est en proie à une frénésie à propos du bal. « Taille-moi la barbe ! Brosse mon justaucorps ! Astique mes boucles ! Nettoie ma ceinture ! » Tu n'as jamais vu de telles simagrées. Moi, je suis heureux d'être un humble vermisseau à l'écart.

— Tu aimerais pourtant aller au bal, toi aussi, remarque Iris.

— Tout sauf ça ! s'écrie-t-il. J'écraserais la traîne de la Reine douairière, la faisant choir ; Louis s'allierait à l'Espagne pour punir les Pays-Bas. Je dirais tout ce qu'il ne faut pas, aux mauvaises personnes. Je serais jeté dehors à coups de pied, et finirais dans une mare de boue. Non, merci.

— Tant mieux, dit Iris en riant, car un miracle par jour suffit, et j'ai le mien à accomplir. Tu veux m'aider ?

Il hausse un sourcil. Elle s'assoit près de lui, parle bas – pour le plaisir de se rapprocher et sentir son odeur végétale, humide, résineuse. Elle lui expose son plan.

[...]

Caspar observe Clara avec sérieux, les yeux mesurant sa silhouette. Pas d'indécence, pas d'intrusion. Lorsqu'il a fini, il déclare :

— Je vous trouverai une robe dorée d'ici ce soir. Comptez sur moi. Vous, occupez-vous du reste.

Et il bondit vers la porte, lançant en riant :

— J'espère que tu n'iras pas épouser le premier venu !

Cette fois, il est difficile de dire à qui il s'adresse.

Tulipe et navets

Margarethe est de retour avant que le soleil n'atteigne son zénith. Ses yeux, baignés par la guérisseuse, sont gonflés, et son humeur, exécrable. Elle claque la porte derrière elle. Ruth s'enfuit se cacher sous l'escalier, dans un recoin qu'elle a tapissé de chiffons et de couvertures, avec quelques poupées de fortune.

— Ce que je dois supporter ! se lamente Margarethe. Ce qu'on exige de moi ! Mais qu'ai-je fait pour mériter tant d'indignités ?

Iris et Clara échangent un regard. Clara baisse la tête sur la marmite, où ne surnagent que de l'eau, une noix de beurre, une dernière carotte, une poignée d'herbes sèches et la fin du poivre rouge.

Iris inspire profondément, resserre les cordons de son tablier, et s'élance dans le vestibule.

Margarethe arpente les carreaux noirs et blancs, les mains tendues devant elle pour ne pas heurter les murs.

— Ici au moins, je peux allonger le pas sans craindre les ricanements de mes voisins ! clame-t-elle, avant de se cogner à une commode et de la frapper du plat de la main. Et qu'on ne vienne pas dire que la peste n'attaque que les petites gens, indignes de vivre et prospérer ! Dans ce cas, qu'on me laisse l'implorer, moi, le privilège des bubons et des plaies !

— De quoi parles-tu ? demande Iris.

— Ah, c'est toi, ma cadette ! (Margarethe lève la main comme pour la frapper.) Celle qui complote dans mon dos !

— Je ne complote pas ! Que fais-tu, à battre des ailes comme un corbeau ?

— Comme un corbeau aveugle, mais pas sourd ! J'entends ce que j'entends, même si je dois être menée dans les rues de Haarlem comme un cochon à l'abattoir.

— Et qu'as-tu entendu ?

— Que c'est toi qui as suggéré à Luykas Schoonmaker d'envoyer La Jeune Fille aux tulipes à la galerie des Pruyn.

— Est-ce là tout ? Mais bien sûr que c'est moi ! Et pourquoi pas ? C'est sa plus belle toile, tellement plus belle que toutes ces madones compassées et ces angelots dégoulinants...

— Tu es décidée à saper toutes mes stratégies, gronde sa mère. Approche, que je puisse te battre à mon aise !

— Tu ne me battras pas. Tu n'as pas le droit de façonner le monde à ton seul gré !

— Ah non ? Vraiment ? (Margarethe tourne en rond dans sa rage, comme si elle ne savait plus d'où venait la voix d'Iris.) Tout m'est refusé ! On m'accuse de tout ! Qui donc m'a traitée de femme de pêcheur rêvant d'être bourgeoise, duchesse, reine, impératrice, que sais-je encore ? Une femme souhaite seulement ce qu'il y a de plus simple : un homme pour élever ses filles, de quoi nourrir des bouches, un peu de sécurité, un châle, un morceau de pain... Et chaque geste devient scandale, preuve d'avarice, emblème de cupidité. Le monde entier conspire pour me dénoncer, me rabaisser, me lacérer de ses jugements jusqu'à me reprocher l'air que je respire !

— Tu veux une tasse de thé ?

— Je veux bien autre chose qu'une tasse de thé ! (Margarethe avance sur sa fille, les yeux cerclés de rouge.) Je ferai comme je l'entends, même si ma propre chair trouve normal de conspirer contre moi comme un petit démon venu d'un village de l'enfer ! Des farfadets me harcèlent, de minuscules diables qui gambadent sur mon chemin ! Tu devrais brûler de honte, renégate ! Sais-tu le poids d'une fille ingrate ?

Iris recule dans l'encadrement de la porte, écartelée entre colère et remords.

— Je n'avais aucune mauvaise intention. Qu'est-ce que ça peut bien faire, l'opinion d'un homme comme Schoonmaker ? Je n'espérais qu'une chose : qu'il me trouve assez bonne pour m'épouser un jour...

— Sotte ! Tu es la plus grande sotte du pays ! Et plus encore de croire qu'un portrait d'une beauté rivale exposé sous le même toit que toi ne t'éclipsera pas. Tu n'as aucun bon sens !

— Tu es folle, répond Iris. Je suis jeune et ignorante – grâce à toi, qui m'as à peine appris mes lettres – et je vais au bal pour me tenir bouche bée devant la haute société, rien de plus.

— Aucune mère, quels que soient ses efforts, ne parvient à convaincre ses enfants de leur valeur. Ils se transforment en lutins malveillants autour de ses jupes ! Mais je ne céderai pas. J'irai tôt chez les Pruyn, et j'exigerai que ce tableau soit décroché. Clara est la plus grande beauté de la ville. Le premier imbécile doté d'un peu de jugeote se lancera à sa recherche, et verra bien à quel point ce vieux Schoonmaker l'a trahie. Quiconque voit Clara sait qu'elle est plus saisissante encore que sur la toile ! Tu peux me contrarier, mais rappelle-toi, petite : dans la guerre entre mère et fille, les mères gardent toujours un avantage – elles savent comment et pourquoi elles agissent, et comment et pourquoi leurs filles agissent aussi. Car les mères ont été filles autrefois, mais les filles ont encore à apprendre ce que c'est d'être mère.

D'un revers de main, elle balaie le buffet et brise une coupe. Un gémissement résonne sous l'escalier : Ruth, qui a peur.

— Pardonnez-nous nos offenses, soupire Margarethe. Et écartez-vous de mon chemin.

Elle s'en va, jurant et clignant des yeux, seule, vers le carrosse de location.

— Pour ce que j'ai à faire, marmonne-t-elle, j'y vois bien assez.

Le relent d'approbation qu'elle laisse derrière elle tarde à se dissiper.

— C'est une sorcière, dit Iris. Pas qu'elle y croie vraiment – c'est juste un mot lancé pour voir l'effet qu'il produit. « Sorcière », « mère » : cela revient presque au même, songe-t-elle.

L'après-midi touche à sa fin lorsque Caspar revient. Sur son bras pend une étoffe sombre, qu'il déploie à la lumière oblique de la salle à manger. À l'intérieur se cache une robe si somptueuse qu'Iris, Ruth et Clara en restent muettes.

— Ce n'est pas une robe de bal, dit Iris. C'est une cascade d'or !

— Quelle folie ! s'écrie Clara. Comment cacher mon visage dans une pareille robe ? Je voulais une mante d'invisibilité, et tu m'apportes une fontaine de lumière !

— Hmmm, murmure Ruth en caressant le tissu comme un gros chat endormi.

Caspar rayonne.

— Vous n'allez pas me faire faux bond ! J'ai passé la journée à courir, négocier, payer... tout ça pour cette robe ! Elle vous ira comme un gant. Essayez-la ! Voyez cette collerette : elle mettra en valeur votre menton et vos joues, comme un cadre doré rehausse un chef-d'œuvre.

Iris voit son ravissement, voit son regard glisser sur Clara. Elle se sent soudain devenir une ombre oubliée, comme la pèlerine marron tombée au sol.

— Essaie-la, murmure-t-elle. (Elle doit répéter, plus fort :) Allons, Clara, donne-nous au moins cette nouveauté à voir.

Caspar, ravi, bat presque des mains.

— Je sors, je vous laisse aux ajustements. Pour la première fois, je regrette de n'avoir pas harcelé le Maître pour qu'il m'obtienne une invitation ! Peut-être irai-je moi aussi me chercher une tenue pour m'introduire au bal.

— Vas-y, Clara, dit Iris. Tu lui dois bien ça.

Caspar sort en gambadant. Clara lève les yeux au ciel.

— C'est une erreur. Je ne veux pas attirer l'attention. Même Caspar, que je croyais comprendre, veut faire de moi un jouet pour les yeux.

— C'est un artiste. Que voulais-tu d'autre ? réplique Iris, amère. Va te laver les mains pour ne pas salir la robe.

— Tu es peinée, dit Clara.

— Je suis effarée par ce que nous faisons.

— Non. Tu es peinée. Tu n'aimes pas la façon dont Caspar me regarde.

Iris se tait, caresse le menton de Ruth, et se souvient du temps où elle n'avait qu'une seule sœur, laide et muette. Un instant, elle regrette que ce temps-là ne revienne pas.

Mais déjà Ruth sourit d'un sourire de sœur, émerveillée. Car Clara se métamorphose : de Cendrillon en grande dame. Ses joues, lavées, rosissent ; ses membres paraissent sveltes, nobles. Ses yeux tristes s'éclairent d'un éclat vif. Iris accourt, le cœur coupable, pour l'aider à enfiler la robe.

— Pas de collerette, dit Clara. Je porterai une mantille à l'espagnole. Tant pis si l'on me prend pour une espionne. Je ne veux pas exhiber ma tête comme un gibier sur un plat. Je me cacherai dans la dentelle.

Clara tourne sur elle-même dans la lumière. La taille est serrée, la jupe ample tombe en cascade de rayures d'or, de bronze et de noir, soulignées de cuivre.

— Aucun dessinateur en Hollande ne pourrait te saisir, murmure Iris.

— Personne ne me saisira, réplique Clara avec défi.

— Moi, je t'ai saisie, dit Iris en tapotant sa poitrine. Ici. Même si tes larmes brouillent ma mémoire, je t'ai saisie, pour l'instant.

— N'aie pas honte, dit Clara. Et n'aie pas peur. Je ne te prendrai pas Caspar.

— Caspar ne m'appartient pas, répond Iris bravement. Il appartient au Maître.

Clara hausse un sourcil, mais Ruth, soudain, sort des souliers blancs de Margarethe. Clara les enfile : ils lui vont à merveille. Elle se drape la mantille noire, tire les plis sur son visage. Dans la lumière du soir, ses pieds brillent comme s'ils étaient chaussés de verre.

Souliers blancs, robe d'or, mantille noire : et Clara, plus saisissante encore voilée que dévoilée.

— Tu parais sereine, mystérieuse, dit Iris. À côté de toi, nous sommes deux navets. Tu es une tulipe.

— On ne me reconnaîtra pas comme Clara van den Meer ?

— On te connaît comme Cendrillon. Mais tu n'es ni Cendrillon, ni Clara. Tu es Clarisse de Beaumont.

— Pas assez espagnol ! Je suis Clarissa Santiago. Clarissa Santiago d'Aragon.

D'un geste, elle se dresse et tourne sur elle-même. C'est la première fois qu'Iris voit sa sœur belle sans souffrir de l'être.

Caspar appelle du vestibule :

— Puis-je voir ? Êtes-vous visibles ?

Elles ne répondent pas. Tout frissonne, tout vacille. Dans l'air suspendu, une demi-sœur tourne sur elle-même en robe dorée, et les deux autres la contemplent avec une admiration bouleversée. La lumière du soir se répand, embrasant les ors. Clara est irréelle, comme une figure de légende. Car parfois, l'extrême beauté est un malheur.

V

Le bal

LE BAL DE MÉDICIS

Le grand soir arrive enfin. Les filles se tiennent sur le seuil de la maison, surprises par un tourbillon de vent qui fait bruisser soie et étoffes. Ruth halète d'angoisse avant même d'être assise dans la voiture, et ne cesse de cacher son visage dans ses mains en reniflant.

— Courage, et à défaut de courage, montre au moins un peu de tenue, Ruth ! dit Iris sèchement.

Mais elle-même ne connaît rien aux manières requises pour voyager en voiture, encore moins aux usages d'un bal. Elle est soulagée que le cocher ait déjà fait plusieurs trajets jusqu'à l'opulente demeure des Pruyn, où la fête s'apprête à commencer.

Le vent balaie les dernières feuilles d'automne dans les caniveaux et les haies, mais l'air n'est pas froid. Les étoiles scintillent dans leur écrin, et la lune répand une lueur rosée et poignante sur le monde. Les maisons semblent se resserrer sur leur passage, comme pour se réfugier derrière leurs persiennes closes. Les rues de Haarlem sont étrangement vides : les uns sont invités au bal et s'y rendent, les autres se sont enfermés chez eux, sous l'effet de la déception – voire de la honte.

Iris, derrière le rideau, observe en silence. Comment Margarethe compte-t-elle payer ce carrosse, ces atours ? Elle hypothèque leur avenir, avec la même audace que lorsqu'elle avait poussé Cornelius van den Meer à parier, simplement sur un enjeu différent. Iris s'affaisse contre le dossier. Folie que d'imaginer qu'elle-même pourrait attirer l'attention d'un prince français en visite ! Est-ce là l'acte désespéré d'une femme au bord du gouffre, ou une manœuvre plus subtile ? Quoi qu'il en soit, un bal est pour Iris une occasion d'observer, lucidement, sans la crainte d'être remarquée ni l'espoir d'y briller.

Elle prend conscience que ses yeux se fixent davantage sur l'extérieur – les toits, les branches agitées par le vent – que sur l'intérieur de la voiture, où elle se trouve pourtant avec sa sœur en cette soirée étrange entre toutes. Elle se force à regarder vraiment. Comment vois-tu Ruth ? Comment vois-tu Iris ? Comme si tu devais les dessiner. Non pas ce que tu crois savoir d'elles, mais ce qu'elles donnent à voir. Caspar lui a appris la leçon du Maître : n'approche pas ton sujet comme si tu le connaissais déjà. Aborde-le comme une apparition, prends-le par surprise, rends-le vivant.

Elle jette un coup d'œil à Ruth, détourne aussitôt les yeux. Qu'a-t-elle vu ? Un visage plein, fermé. Non, pas de la stupidité : plutôt une concentration ardente. Le front plissé. Si le nez manque un peu de caractère, le menton, lui, est affirmé. Et dans ses yeux encore mouillés d'une larme, il y a de la passion. La passion, en Hollande, on la dit souvent fille de la bière. Mais n'est-elle pas, au contraire, l'essence du caractère ?

Ruth a la peau lisse, presque tendue au maximum sur ses os solides. Ses vêtements, une ample jupe froncée bleue assortie d'une blouse et d'un corselet, dissimulent la torsion légère de ses jambes. Ses mains s'agrippent l'une à l'autre, sans y trouver de réconfort. Ses cheveux, eux, sont franchement indisciplinés.

Et Iris ? Elle ose à peine se regarder en face. Le prix à payer pour se voir telle qu'elle est lui semble trop grand. Un instant, les yeux fermés, elle se décrit comme une silhouette déjà figée dans le souvenir.

La jeune fille est assise dans un angle de la voiture. Elle porte un bonnet de toile amidonnée, fraîchement repassé, d'un blanc tirant sur le bleu. Quelques mèches brun souris rebiquent sous l'étoffe, plaquées contre sa joue comme les écailles sèches d'un poisson. Son nez est long, obstiné, sa bouche mince esquisse une moue sévère. Mais sa carnation est fraîche, ses joues roses : après tout, n'est-elle pas en route vers son premier bal ? Ses yeux, baissés ou peut-être clos, sont bordés de cils trop fins pour qu'on les remarque, et surmontés de sourcils rapprochés, signe de concentration. Peut-être, malgré son peu d'instruction, est-elle une chose rare : une personne intelligente.

Elle est mince, anguleuse, plus proche de la silhouette d'un garçon que de l'image d'une jeune fille accomplie. Sa robe lavande, éclatante, rehaussée de dentelle couleur d'œuf battu, ne l'avantage guère. Ses mains restent immobiles sur ses genoux, mais son attitude trahit un intérêt vif : la curiosité de découvrir qui elle est, qui elle pourrait devenir.

N'est-ce pas cela, songe Iris, qui passionne les portraitistes ? Peindre une personne au seuil de sa métamorphose ? Changer n'est pas réservé à la jeunesse : n'a-t-elle pas vu sa mère, avec son regard halluciné, son père, perdu dans sa torpeur, ou même Caspar, rayonnant d'une ferveur qui le rendait plus beau que Ruth ou elle-même ? Et Clara, surtout – Clara devenue Cendrillon, devenue Clarissa Santiago d'Aragon, toujours en fuite d'elle-même vers un autre visage.

Avant de détourner les yeux, Iris songe : Si je devais me peindre, je chercherais à saisir cela : une personne qui regarde de toutes ses forces, même si ce qu'elle voit est encore inachevé.

Le carrosse franchit les portes de la ville et s'élance dans la campagne. On dit que la demeure des Pruyn rivalise avec les bâtiments publics de Haarlem. En empruntant l'avenue bordée d'ormes, Iris a le souffle coupé. Rien à voir avec les maisons qu'elle connaît : ni les fermes anglaises aux toits de chaume épais, ni les façades de brique rigide des rues de Haarlem, ni même la maison austère des van den Meer. L'honneur d'accueillir la Reine douairière et son filleul a été disputé entre les familles Pruyn, Coeyman et Beverwijck, mais il est revenu aux Pruyn, dont le domaine est le plus vaste, le plus bucolique.

Le carrosse s'engage dans l'allée bordée de hêtres cuivrés, longe des murs couverts de vigne vierge et franchit un portail orné d'urnes de pierre.

— Vénitien, en belle pierre, murmure Iris à Ruth, répétant mot pour mot ce qu'elle a entendu.

Elles descendent aussi gracieusement que possible.

— Vous connaissez vos instructions, dit fermement Iris au cocher.

L'homme lève les yeux au ciel mais acquiesce. Pour la troisième fois, il reprend la route vers la maison des van den Meer : il doit aller chercher Clarissa d'Aragon. Dans d'autres circonstances, il aurait été peu fiable, songe Iris ; Margarethe a dû trouver une récompense suffisante pour qu'il accepte cette tâche supplémentaire. Il fait claquer ses rênes et repart en hâte – la file des carrosses derrière lui s'impatiente.

Iris et Ruth se retournent pour contempler la demeure des Pruyn. La pierre, d'un rose doré, brille sous les torches qui dispensent une lumière régulière et chaleureuse. Des domestiques en livrée française se tiennent sur deux rangs, de part et d'autre de la porte. Ruth trébuche sur les marches et lâche un juron étouffé, mais un serviteur l'attrape par le bras. Quand elle relève la tête pour sourire, ses larmes de honte sont déjà refoulées.

Comme l'air est doux et la foule déjà nombreuse, les doubles portes de la maison sont ouvertes en grand. La musique de l'orchestre, pourtant, peine à enchanter l'atmosphère : les conversations pressées et nerveuses couvrent presque toute la mélodie.

Iris et Ruth pénètrent dans le hall et voient que les femmes confient leurs manteaux à un vestiaire donnant sur l'entrée. Venues sans châle ni pèlerine, elles se rangent de côté, attendant que les convives plus assurés s'avancent vers la salle de bal. Iris, trop timide pour annoncer leurs noms, donne un léger coup de coude à Ruth, et toutes deux emboîtent le pas à un propriétaire terrien et sa famille.

— Heer Ochtervelt et sa famille ! annonce le domestique.

Ainsi, Iris et Ruth se glissent dans le cortège, jouant les cousines de province oubliées des Ochtervelt, descendant les trois marches de la salle derrière eux. Les Ochtervelt, aussi tendus que Ruth, ne remarquent pas qu'ils se sont enrichis de deux silhouettes supplémentaires.

Iris cherche sa mère des yeux, mais elle n'apparaît pas. À la place, un jardin diabolique de fleurs : des femmes éclatantes, joues peintes et robes étincelantes, juxtaposées comme le plus improbable mélange de semis d'été. Autour d'elles, les édiles et notables de Haarlem : hommes corpulents vêtus de noir, ceintures de couleur et épées d'apparat, la poitrine alourdie de rubans, médailles et dentelles. Leurs fraises si hautes et raides donnent l'impression que les barbiches attendent la moisson.

C'est la salle la plus vaste qu'Iris ait jamais vue, hormis la cathédrale Saint-Bavo. À mi-hauteur, un balcon en fait le tour complet, soutenu par des piliers de marbre. Nombreux sont ceux qui s'y réfugient, tassés sous le balcon comme des poissons en caisse.

De part et d'autre, des salons regorgent de mets étalés sur de longues tables : paons en croûte, crabes aux pinces croisées, langoustines, dindes, huîtres et châtaignes, haricots et citrons dorés, jambons piqués de clous de girofle, gâteaux, cidre et bière. Une table entière croule sous les fromages – bruns, blancs, jaunes. Poissons, gibiers, pains levés ou plats, pots de beurre complètent l'abondance. Aucun invité n'ose encore s'y risquer ; seuls des enfants de paysans, ébahis, agitent les bras pour chasser les mouches.

Iris prend Ruth par la main et l'entraîne dans la foule, observant les convives, aussi colorés que les plats et presque aussi appétissants.

— Maître Schoonmaker ! s'écrie-t-elle, et le peintre se retourne, visage soudain illuminé.

— Quelle surprise : de vraies personnes ici ! dit-il. Tu ne devinerais jamais combien m'ont demandé mes prix pour un portrait... avant de filer chez mes concurrents !

— Toujours au travail, réplique Iris. Comment va se passer cette soirée, selon vous ?

— Jamais vu pareille splendeur, et j'espère ne jamais la revoir. Nous allons patienter une heure, le temps que l'éléphante royale se décide. Pour l'instant, Sa Majesté s'ennuie dans un salon avec les Pruyn et son filleul. On nous lâchera bientôt sur la nourriture et le vin jusqu'à l'hébétude, puis la musique nous fera tourner en bourrique jusqu'à ce qu'elle daigne paraître. À minuit, elle et son protégé seront escortés dans la galerie où dix-huit tableaux sont exposés. Nous suivrons en silence, elle bâillera, disparaîtra par une petite porte et ce sera notre signal pour délacer nos corsets et respirer enfin.

— Dix-huit seulement ? Je croyais qu'il devait y en avoir quarante !

— Elle a exigé que l'on réduise. Vieille lune, elle aime les tableaux sous lumière tamisée. Elle prétend que son portrait ne brille que dans la pénombre, car elle dort mal la nuit. Mais c'est aussi une acariâtre : trop de toiles, elle se lasse. Alors, cet après-midi, sept peintres éliminés, et un seul tableau retenu par artiste.

Iris se dit qu'il est trop entier, trop colérique pour avoir été écarté, mais n'ose le dire.

— La Jeune Fille aux tulipes en fait partie, n'est-ce pas ?

— Oui, grâce à ton conseil.

Il paraît à la fois soulagé, honteux et boudeur.

— C'est la plus belle toile de l'année, dit Iris.

— Hah ! Que connais-tu à la peinture ?

— Assez.

— Pas assez. Tu ne connais que les miennes. Et peut-être que celle-ci est ma plus parfaite – mais ça ne fait pas d'elle la meilleure de l'année.

— J'ai confiance, insiste Iris.

Il se colore légèrement, et elle comprend soudain qu'elle touche à l'âge adulte : il a besoin de son approbation autant qu'elle de la sienne.

— Mon ami, dit-elle en lui prenant la main. C'est un grand soir pour vous.

— Une affaire mondaine, rien de plus, et je hais la mondanité.

— Vous vous cachez derrière cela. Mais votre Jeune Fille aux tulipes sera vue de tous ce soir. Même si vous voulez plus qu'un succès local, à la fin de cette soirée vous serez reconnu comme un maître.

— Justement. Tout le monde la verra, murmure-t-il, ironique et sincère. Et si je n'obtiens pas la commande, mon échec sera public. Si je l'obtiens, je ne surpasserai peut-être jamais cette toile. Peut-être ai-je déjà donné le meilleur de moi-même. J'aurais presque préféré la détruire.

— C'est absurde.

Ruth, timidement, pose une main sur son épaule. Geste rare chez elle, qui ne s'attache qu'aux bêtes.

— Regarde, dit Iris. Même Ruth sait que tu fais le sot.

— C'est une folie, va avec le métier, soupire-t-il. Je regrette que Caspar ne soit pas là.

Iris s'abstient de mentionner Caspar. Elle demande simplement :

— Avez-vous vu ma mère ?

— Non. Pas avec vous ? (Il hésite, puis lâche :) Peut-être dehors, à se soulager. Ce n'est plus vraiment la personne avec qui passer une agréable soirée.

— Elle est ma mère, répond Iris avec dignité.

— Eh oui, qu'elle en soit remerciée.

— Vous lui en voulez parce qu'elle n'a pas voulu vous épouser.

— Soulagé, plutôt. Je lui en veux d'avoir mené son mari à la ruine.

— Elle n'est pas responsable de la chute du cours des tulipes.

— Pourquoi la défendre ? Parce qu'elle est ta mère ?

Il la dévisage, puis se radoucit.

— Oh, bon... tu es encore jeune. Parlons d'autre chose. Quelle beauté séduira Philippe de Marsillac ce soir ?

— La plus riche, quelle qu'elle soit.

Il éclate de rire.

— Pas si jeune, finalement. Alors, si tu étais un garçon, laquelle choisirais-tu ?

— Comment comparer une beauté à une autre ? rétorque Iris.

Il sourit.

— Bonne question. La beauté doit-elle être fugitive pour émouvoir ? Une étoile filante éblouit plus que le soleil. Un enfant fascine comme un elfe avant de grandir en ogre. Une fleur des champs est plus précieuse que mille peintures. Mais seule la peinture demeure.

— Les paroles demeurent aussi, objecte Iris. Les lis dont parlait le Christ sont morts depuis des siècles, mais ses mots vivent. Et les gestes de bonté ? Ma mère disait qu'ils étaient la vraie perle, le vrai miracle.

— Et tout aussi éphémères. Mais peut-être sont-ils la forme de beauté que nous comprenons le mieux, parce qu'elle nous manque le plus.

Ils contemplent la foule bruissante, soieries et joyaux, parfum d'élégance. La charité, elle, est introuvable.

Les trompettes éclatent, couvrant l'orchestre. Le brouhaha tombe en un murmure. Les portes du fond s'ouvrent grand.

La Reine douairière de France fait son entrée, au bras de Heer Pruyn. Elle s'installe sur un siège large, soupire de soulagement quand on glisse des coussins sous elle, et ne sourit vraiment qu'une fois un éventail et un verre de porto posés devant elle. Elle appelle alors :

— Philippe !

Son filleul s'avance, yeux gris illuminés de l'intérieur. Marie de Médicis lève son verre :

— Au Prince de Marsillac !

Le peuple de Haarlem hésite, puis répète :

— Au Prince !

Toutes les têtes se tournent vers lui. Sa silhouette est solide, ses culottes françaises d'un vert étrange, ses yeux remarquables. Autour de lui, les Pruyn organisent un défilé de jeunes filles comme au marché. Le Prince les salue poliment, distrait. La Reine douairière, elle, baille et picore des noix.

Iris prend Ruth par le bras.

— Allons chercher notre mère.

Mais dame Pruyn les intercepte.

— Vous deux, venez. Vous serez parfaites.

Iris proteste, mais l'hôtesse insiste :

— C'est le prix d'admission. Allons.

Et les voilà poussées devant Philippe de Marsillac.

— Les sœurs van den Meer, annonce Heer Pruyn. Revenues d'Angleterre.

— Sœurs ? répète le Prince, comme si l'idée l'étonnait.

Iris se présente en anglais. Le Prince rit franchement, soulagé d'entendre sa langue. Entre eux s'engage une joute vive – lui charmeur et mélancolique, elle ironique et lucide. Ruth reste muette, ce qui amuse le Prince :

— Maligne, celle-là. Une femme qui ne parle pas ne risque pas d'être confondue avec une harpie ou une commère.

— Dans ce cas, je devrais me taire moi aussi, réplique Iris.

Leurs échanges glissent de la peinture aux collines d'Angleterre, et quand Heer Pruyn présente sa propre fille, soigneusement attifée, Iris comprend la cruauté du contraste : elle et Ruth en repoussoir, pour mieux faire briller Gabriela Pruyn.

Mais déjà la foule s'exclame et tourne la tête. Iris, serrant la main de Ruth, murmure :

— La voilà.

Clarissa d'Aragon

Le silence se brise en remous de chuchotements excités lorsque Clarissa Santiago d'Aragon – Clara van den Meer, leur propre Cendrillon – avance de deux pas dans la salle.

Elle avait confié à Iris qu'elle espérait arriver sans attirer l'attention. Mais rien, absolument rien, ne pouvait faire que Clara passe inaperçue, même dissimulée sous un voile. La lumière des candélabres dorait l'air autour d'elle. Elle tente d'abord de se glisser derrière les bourgeois de Haarlem, mais tous s'écartent, comme si leur devoir était de révéler cette inconnue aux invités d'honneur.

Finalement, ses pas se font hésitants. Et bien qu'elle garde la tête baissée, aussi modeste que possible, elle resplendit.

Avant même qu'Iris ait pu souffler à Ruth : « Souviens-toi, nous ne lui parlons pas ! », les murmures courent : Clara est, sans conteste, la plus belle femme de la salle.

Heer Pruyn se redresse, l'épouse au bras, et traverse la pièce. Ses mots de présentation se perdent dans le brouhaha, mais il joue son rôle d'homme du monde. Sans laisser paraître qu'il ignore qui est cette apparition, il prend la main blanche de Clara et la conduit devant la Reine douairière et le Prince de Marsillac.

— Clarissa d'Aragon, annonce-t-il.

— Je ne connais pas de Clarissa d'Aragon ! réplique la vieille reine, le visage soudain aiguisé par une suspicion délicieusement rapace.

Iris regarde Clara lutter pour maîtriser sa voix. Elle finit par dire :

— Mais je vous connais, Majesté. (Elle s'incline lentement.) Ma famille décimée menace de s'éteindre, et j'ai été élevée dans les Pays-Bas après les troubles.

— Vous paraissez blonde comme une Viking sous ce voile... ou bien ai-je abusé du porto ?

— Ma mère était du Nord. Je suis plus à l'aise ici, en Hollande, où je parle sa langue.

Iris manœuvre pour voir Philippe de Marsillac : il semble foudroyé. Toute l'aisance qu'il avait encore en parlant à Iris s'est envolée. Son visage ne pâlit pas, il se dore, comme s'il reflétait la robe étincelante de Clara.

— Vous avez ensorcelé mon neveu, dit la douairière. Relevez votre voile, gente demoiselle, et faisons la présentation comme il se doit.

— Je ne le puis.

— Expliquez-vous.

La vieille reine penche son menton ; son dos fragile l'empêche de se courber davantage, et des valets s'empressent de la soutenir aux coudes. Elle insiste :

— Vous piquez ma curiosité.

Iris n'entend pas la réponse, mais imagine la justification : « Je fais pénitence », ou quelque chose d'approchant – une excuse crédible au port du voile, et qui laisse entendre que Clarissa est catholique. Clara van den Meer, elle, est calviniste de naissance ; assez pour brouiller les pistes si quelqu'un venait à la reconnaître.

— Un visage si jeune et charmant ne peut être celui de l'iniquité, reprend la reine. Il faut être vieille et racornie comme un gigot bouilli pour mériter pareille pénitence. Je vois vos cheveux blonds sous la dentelle : vous êtes une Diane. Je vous en prie, ôtez ce voile !

— Je n'en discuterai pas davantage, dit Clara fermement.

— Alors dansons ! Voyons si mon garçon retrouve sa langue en dansant !

La Reine lève la main, l'orchestre attaque aussitôt une gigue.

— Je vous prie, dit le Prince, de m'accorder l'honneur.

— Rien ne saurait me plaire davantage... mais je ne le puis.

— Encore une pénitence ? glisse la Reine. Comme c'est divertissant. Moi, je pèche assez pour occuper mon confesseur une vie entière.

— Une... cheville tordue, improvise Clara. Tombée du carrosse. C'est encore douloureux. Je vais me retirer.

Sa voix se précipite, son courage faiblit.

Iris sent une main sur son épaule. Caspar est là, vêtu simplement, presque comme un domestique.

— Comment es-tu entré ? s'exclame-t-elle, alarmée mais ravie.

— Je me suis fait passer pour le valet de la Princesa. Attends d'entendre ça !

Il raconte à toute vitesse : Nicholaes van Stolk a aperçu Clara monter en carrosse et l'a appelée familièrement, presque comme un mari jaloux. Caspar a sauté à l'arrière, tandis que Clara, à l'intérieur, répétait sans cesse : « C'est le corbeau ! »

Iris ne comprend qu'en voyant van Stolk franchir la porte, intrus audacieux : Clara le prend pour l'esprit-oiseau de son enfance, celui qui l'a « changée ». Peut-être se trompe-t-elle. Mais sa peur est réelle.

Clara tente de prendre congé du Prince, multiplie les révérences, resserre son voile. Le Prince croit à un jeu et la taquine. Iris se glisse près d'elle et murmure :

— Courage... van Stolk est là, mais n'aie pas peur.

Clara, alors, commet l'impensable : elle saisit la main du Prince et lui murmure quelques mots. Sans hésiter, il l'entraîne hors de la salle par une porte latérale.

Van Stolk, lui, a déjà repéré Caspar. Iris l'intercepte :
— Il va te harceler, il ne faut pas qu'il sache. Pars !
— Impossible. Mais danse avec moi, cela brouillera les pistes.
Et il l'entraîne au centre. Iris proteste :
— Je ne sais pas danser !
— C'est simple. Suis-moi.
La danse commence. Iris suit, maladroite mais attentive. Elle aperçoit Ruth, emportée maladroitement par le Maître, le visage pourtant rayonnant. Elle voit aussi les invités de Haarlem rester en retrait, dignes et méfiants, tandis que les étrangers mènent la danse.
Elle échange des sourires avec Caspar, complices dans ce chaos. Mais au fond, une morsure la traverse : Clara, ailleurs, seule avec le Prince. L'amertume la gagne. Clara, si timide, s'adresse avec aisance à la Reine, disparaît derrière de belles portes... Tandis qu'Iris, dupée, se débat avec sa jalousie.

La musique s'achève. Elle lâche la main de Caspar et se perd dans la foule, brûlée de honte et d'envie.
Plus loin, elle retrouve sa mère. Margarethe, bougie à la main, fixe la Jeune Fille aux tulipes.
— Tu veux y mettre le feu ? demande Iris.
— Oh, c'est la Reine de France, raille Margarethe, piquée.
— Maman, que fais-tu ?
— Je cherche la vérité de cette peinture. Mes yeux sont-ils si encrassés par la laideur que je ne puisse voir la beauté que tous louent ?
— Parles-tu sincèrement ?
— Je ne sais pas ce qu'on trouve de beau à ce tableau, persiste Margarethe.
— Tu t'es fermée à Clara, voilà pourquoi tu ne peux aimer son portrait.
— Tu ne comprends pas ce que je veux dire. J'essaie de t'expliquer. Ce qui me trouble, dans les rares moments de répit où je n'ai

pas à me soucier de nourrir mes pauvres filles et moi-même, c'est que la vie m'a volé la capacité de réagir à la beauté du monde. Je ne suis même pas certaine de l'avoir jamais eue, pas même enfant. Qu'il s'agisse de la Jeune Fille aux tulipes (elle lève le bras vers le tableau), ou d'un portrait de bourgeois, ou d'une servante endormie, ou même de la lune qui verse sa clarté froide sur le sol... rien de tout cela ne m'émeut. Je les regarde avec indifférence. Est-ce mes yeux qui sont meurtris, ou bien mon âme ?

— Maman...

— N'as-tu jamais songé à en finir ? dit Margarethe. Quand on a perdu la faculté de réagir à ce qui rend les autres heureux, se sent-on plus fort ou plus faible ? Pendant des années, j'ai résisté, j'ai tenu tête parce que la vie était contre moi et que je refusais de plier. Mais à quoi bon, si les enfants mêmes qu'on protège se retournent contre vous, et si le mari qu'on a tant voulu finit idiot et brisé ? Le monde vacille autour de moi, et le vacarme augmente à mesure que ma vue se brouille. Je vois des démons dans les coins de la pièce.

— Maman, dit Iris. Nous ne sommes pas en guerre contre toi...

— Et voilà, reprend Margarethe en détournant le regard du tableau, la sotte Clara. Qu'importe quelle Reine douairière la regarde, chacune verra dans ce paquet de chair et de splendeur une future maîtresse de prince. D'ici trois jours, nous aurons à notre porte les émissaires du pauvre Philippe, pour inviter Clara à sa couche avant qu'il ne s'éteigne de consomption ou de je ne sais quelle langueur...

— Quelles absurdités ! s'exclame Iris.

— Crois-tu qu'un homme de ce rang ait besoin d'épouser une fille de marchand hollandais ? Es-tu donc si naïve ? Aucune femme de sa condition n'en voudrait, si séduisant ou habile qu'il soit. La Reine douairière s'amuse à faire miroiter richesses et privilèges à des familles désespérées, sachant qu'elle trouvera bien une épouse prête à enfanter avant que le prince ne tombe sur ses jambes pourries et n'expire. Avoir un mari qui meurt vite, ce n'est pas si mal, Iris, du moment que sa position assure ton avenir...

Elle marque une pause, puis ajoute, amère :

— ... Jack Fisher n'était pas misérable, nous avions une chaumière. Mais il a quand même fallu fuir.

— Tu es cruelle, dit Iris. Tu mens. Personne ne peut être aussi dure.

— Regarde-moi bien, dit Margarethe en levant la bougie devant son visage. Peins ce que tu vois. Telle mère, tel monde.

— Tu es venue ici pour brûler le tableau, accuse Iris. Tu cherches ton courage pour le faire. Donne-moi cette bougie. J'ai fait ce que tu voulais : j'ai parlé au Prince. Il n'est pas fou. Nous avons parlé de l'Angleterre. Il m'a plu, un peu. C'est toi qui inventes des histoires sordides. Écarte-toi du tableau. Donne-moi la chandelle !

— Il est assez charmant, je te l'accorde, dit Margarethe. (Avec un soupir, elle tend la bougie.) Il serait difficile de trouver mieux. Tu pourrais porter son enfant et prendre sur toi tout le reste : ta sœur meurtrie, ta mère épuisée, ton beau-père sénile et même ta belle-sœur recluse. Tu pourrais tout assumer. Voilà la lumière. Serre-la bien : sers-t'en pour voir, si tu le peux.

Elle s'éloigne du tableau et poursuit :

— Je suis restée à le regarder aussi longtemps que je l'ai supporté. Je n'y comprends rien. Est-ce mes yeux, ou mon âme, qui sont morts ? Je tuerais la fille si cela pouvait nous sauver. Je me tuerais moi-même pour les mêmes raisons. Je suis trop lasse de cette vie dure. Et ces maudits farfadets, toujours sous mes pieds à chaque pas...

Minuit

L'horloge approche de l'heure où la Reine douairière de France examinera les œuvres des meilleurs peintres de Haarlem, pour choisir peut-être celui qui fixera son image sur son lit de mort.

Iris a soufflé la chandelle et l'a posée sur une console, près des portes du salon. Puis elle a suivi sa mère dans la salle de bal.

Dans une pièce attenante, portes entrouvertes, la Reine douairière s'est enfermée avec les Pruyn. Elle parle d'une voix décousue tout en croquant des noix. Nicolaes van Stolk est parti, et Caspar a lui aussi disparu. Les portes de la pièce où le Prince s'est retiré avec Clara restent closes, sauf un instant, quand un valet y dépose un plateau garni de deux verres de cristal et d'une carafe au liquide doré. Iris ne voit rien derrière la foule qui se presse, mais quelques minutes plus tard, la rumeur enfle : le Prince aurait ôté l'une des pantoufles blanches de la jeune fille, s'agenouillant pour caresser sa cheville blessée. Haarlem tout entier s'en régale – puisque la coupable n'est pas l'une des leurs, leur fameuse moralité reste sauve.

Iris part à la recherche du Maître et de Ruth. Elle les trouve dehors, assis dans la douceur de la nuit, contemplant les étoiles.

— J'ai retrouvé maman, dit-elle. Elle fixait la Jeune Fille aux tulipes à la lueur d'une chandelle.

— J'espère qu'elle y a mis le feu, dit le Maître. Mais avec les nids de cigognes qui protègent le toit des éclairs et des incendies, le feu n'aurait même pas pris.

La bouche de Ruth s'ouvre d'effroi, un filet de salive glissant de sa lèvre.

— Cessez, s'indigne Iris. Vous ne voulez pas vraiment que le tableau disparaisse !

— Peut-être que si. Qui sait ce que nous voulons, au fond ? Nous sommes tous des énigmes, même pour nous-mêmes. Tu l'apprendras avec l'âge.

Iris le sait déjà : le mystère est en elle. C'est elle qui a convaincu Clara de quitter sa tour et de venir séduire le Prince, pour sauver la famille. Elle s'est faite messagère de l'espoir... et c'est elle qui est punie, autant par la perte du Prince que par la découverte de ses propres désirs.

— Que veux-tu vraiment, enfant ? demande le Maître. Je t'ai vue avec l'invité d'honneur. Tu étais prête à devenir la jeune fille la plus remarquée de Haarlem, jusqu'à l'entrée de cette Clarissa d'Aragon. C'est elle qui a remporté le prix. J'espère que tu n'es pas trop déçue ?

— Déçue ? répète Iris.

Elle espérait que cela ne se voyait pas.

— Es-tu déçue, oui ou non ?

— Il était assez... amusant, dit-elle en haussant les épaules.

— Amusant ? Et tu crois que personne ne l'a remarqué ? Tout le monde t'observe encore.

— Certainement pas ! proteste-t-elle, horrifiée.

— Pourquoi pas ? Regarde : toi, la moins attendue, à moitié étrangère dans cette petite ville fermée, tu portes haut la tête et tu lui réponds dans une langue que peu comprennent. Tu es mystérieuse, et attirante. En plus, tu es l'apprentie du peintre qui pourrait devenir le dernier portraitiste de Marie de Médicis. Tu as déjà une place singulière.

— Moi ? Avec mon nez en carotte, mes bras comme des clous et ma poitrine insignifiante ?

— Toi. Tu n'es pas seulement ce que tu décris. Si tu étais vraiment peintre, tu le verrais. Même Caspar n'y est pas insensible.

— Caspar ? dit-elle, faussement détachée. Qui peut savoir ce qu'il est vraiment ?

— Que veux-tu dire ? demande sèchement le Maître.

La colère monte en elle – la vraie fille de Margarethe.

— On dit qu'il ne s'intéresse pas aux filles, lâche-t-elle précipitamment.

— Qui répand ces sottises ? Cela ferait de moi un maître plus aveugle encore que je ne le suis.

— Peu importe qui le dit. C'est de notoriété publique.

— Pas pour moi. Et le garçon vit sous mon toit depuis des années. Avec son tempérament, je l'aurais su. Réponds-moi : qui te raconte ça ?

— Ma mère, murmure Iris.

— Ta mère, évidemment, tranche le Maître.

— Alors tu aimes Caspar ? poursuit-il. J'aurais dû le deviner. Margarethe ne l'aurait jamais toléré : Caspar est pauvre, apprenti, sans avenir assuré. Crois-tu qu'elle veuille te voir liée à lui ? Voilà pourquoi elle sème des rumeurs, pour détourner tes pas.

— Vous êtes peintre, éclate Iris. Vous ne voyez jamais les choses pour ce qu'elles sont, seulement pour ce qu'elles paraissent.

— Et toi, dit-il calmement, es-tu furieuse parce qu'il a admiré la beauté de la blonde Clarissa ? Si tu crois qu'il n'aime pas les filles, pourquoi cela te trouble-t-il qu'il la regarde, comme tout le monde ? Est-ce pour ça que tu as fui la danse ? Il t'a cherchée, il est parti désespéré, persuadé de t'avoir perdue au profit du Prince.

— Il ne m'a pas perdue, puisqu'il ne m'a jamais eue, réplique-t-elle. Et le Prince, de toute façon, est fasciné par Clarissa.

— Clarissa ? répète le Maître en la fixant. Clarissa... la demi-sœur d'Iris van den Meer ?

Ruth, assise tout près, se couvre la bouche de ses deux mains. Le secret éclate dans ce geste.

— Que tu es sotte, Ruth ! gronde Iris. Et vous, Maître, silence, ou je vous le ferai regretter !

Ruth s'éloigne, confuse. Iris ne la suit pas. Qu'elle se débrouille.

— À qui le dirais-je, et dans quel but ? finit par dire le Maître. Mais tôt ou tard, tout se saura. Et chacun dira qu'Iris van den Meer a perdu le Prince au profit de sa propre demi-sœur.

— Savez-vous combien je vous déteste ? réplique-t-elle. Derrière vos toiles splendides, vous êtes sec. Vous ne cherchez qu'à voir, jamais à faire du bien. Ma mère a raison : vous poursuivez une beauté cruelle. Moi, j'avais une chance d'intéresser le Prince, et vous me raillez.

— Tu as une chance d'intéresser Caspar, et tu l'ignores, dit-il. Ne m'accuse pas, Iris. Tu es trop jeune encore pour que tes reproches me blessent. Que l'histoire suive son cours.

— Justement, les histoires sont trompeuses, répond Iris. Les tableaux restent figés ; les histoires, elles, se contorsionnent et changent jusqu'à révéler autre chose.

— On ne sait jamais ce qui va advenir. Peut-être que le Prince tombera réellement amoureux de Clara, ta Cendrillon ! Et peut-être que la Reine douairière verra ce soir le portrait de la Jeune Fille aux tulipes et me choisira pour accomplir l'œuvre la plus importante de ma carrière. Si je parviens à peindre mieux que ce tableau, j'aurai enfin créé une œuvre digne des temps à venir. Fixe, immuable, parfaite. Alors je pourrai mourir en paix.

— Le portrait de Clara vous encombre, dit Iris. Vous ne pourrez jamais peindre mieux que cela.

— Voilà que tu deviens plus cruelle que d'habitude, répond le Maître avec une satisfaction étrange.

— Que d'habitude ?

— Tu es bien la fille de ta mère, te dis-je. Même si tu luttes pour lui échapper – et tu le fais avec courage.

— Il est impossible d'y échapper, dit Iris.

— Comme il m'est impossible d'échapper au tourment d'avoir peint la Jeune Fille aux tulipes. Cela me poursuivra toute ma vie. Mais il faut malgré tout essayer.

Iris se lève pour s'en aller.

— Je ne suis pas cruelle, dit-elle.

— Et moi, je ne suis pas aveugle.

Les horloges sonnent le troisième quart de la onzième heure. Les buffets ont été pris d'assaut, un pillage digne d'un sac antique. Marie de Médicis semble assoupie. Les convives hésitent : faut-il s'éclipser discrètement ou attendre qu'elle se réveille pour leur dire adieu ? Les marchands, peu accoutumés à veiller si tard, se laissent tirer par leurs épouses aux paupières lourdes. Mais personne ne veut partir avant la fin du spectacle. La plupart ont amené filles ou nièces à marier : une telle occasion ne se représentera pas.

Le Prince et la mystérieuse Clarissa d'Aragon ne sont pas reparus du petit salon. On chuchote qu'un escalier dérobé mène à une chambre à l'étage. Le scandale est plus savoureux encore que les victuailles.

Un soulagement parcourt la salle lorsque la Reine douairière s'éveille enfin et demande à être levée. L'orchestre entame une sarabande, mais elle fronce le sourcil et le premier violon interrompt net. Marie de Médicis se redresse en s'appuyant au dossier d'un siège et, dans un hollandais teinté d'un fort accent français, elle déclare :

— Mon filleul et moi vous remercions. L'hospitalité de Haarlem, incarnée ce soir par la famille Pruyn, mérite d'être louée. Les affaires d'État, de religion et de cœur sont inséparables, me semble-t-il. Vous m'avez donné matière à rêver pour mes vieux jours. Mais je suis une vieille femme : je dois me retirer, prier, dormir, et d'abord voir les tableaux rassemblés dans la galerie voisine. Épargnez-moi vos adieux. Recevez les miens, et ma gratitude.

Les invités inclinent la tête, certaines jeunes femmes font la révérence. Sans y prêter attention, la Reine traverse lourdement la salle au bras des Pruyn. Tous comprennent l'implication : et le Prince ? Ne devrait-il pas escorter sa marraine ? Toute cette soirée aurait-elle été vaine, pour qu'une inconnue voilée leur subtilise le seul parti convoité ?

Mais avant que l'indignation n'éclate, les portes de la galerie s'ouvrent en grand. La Reine douairière s'immobilise. Une odeur âcre saisit l'air.

— Fumée, dit-elle.

La salle plonge aussitôt dans le chaos. Les hommes se pressent vers la galerie, les femmes reculent ou s'élancent dehors, oubliant châles et mantes. Iris cherche Ruth : elle la trouve affalée contre un pilier, rongeant ses ongles.

— Viens, Ruth, il faut sortir. Vite !

Ruth gémit un son devenu familier ces derniers mois : « Maman ». Elle insiste : « Maman ! »

— Elle est déjà dehors, improvise Iris. Ne t'inquiète pas. Si le feu prend au plafond ou au plancher, ce sera l'enfer en un instant. Même les huiles des tableaux flamberont...

— Maman, dit Ruth. Puis, d'une voix paniquée : « Clara ! »

Iris lui serre la main :

— Tais-toi !

Mais Ruth fonce. Elle traverse la salle de bal jusqu'aux portes closes du petit salon. Le domestique qui les gardait a rejoint la chaîne des seaux d'eau. Ruth enfonce son épaule contre le bois et force la serrure. Iris arrive trop tard.

— Non ! crie-t-elle.

Le Prince est là, un peu ébouriffé mais lucide. Il comprend d'un coup. Derrière Iris et Ruth, les convives s'agitent, crient, réclament capes et chevaux. Sans un mot, il s'élance vers sa tante. La Reine douairière s'est affaissée dans un fauteuil, dame Pruyn l'évente, paniquée :

— Madame ! Madame Marie !

— Voilà bien ma chance, dit le Maître, surgissant aux côtés d'Iris. La Reine douairière va mourir ce soir avant que j'aie pu la peindre. Allons, mes filles, sortez vite tant qu'il est temps.

Clara apparaît alors, son voile soigneusement rabattu.

— Dehors, vite, dit le Maître. Comment sauver les tableaux s'il faut d'abord vous tirer d'affaire ?

Il les pousse vers la sortie, mais Clara se fige. Elle fait volte-face, s'élance dans le petit salon. Ruth gémit et la suit. Iris, jurant, court derrière elles. Elles arrivent juste à temps pour voir disparaître l'ourlet doré de la robe de Clara par la fenêtre.

— Elle est partie par le jardin ! dit Iris. La suivons-nous ?

Il n'y a guère d'autre choix. Le Maître est resté avec les hommes dans la cohue du couloir. L'odeur du feu se fait plus forte, le grondement couvre presque la musique.

Au bout du jardin, une grille ouvre sur la cour des voitures. Iris et Ruth y rejoignent la foule. Les lévriers bondissent, les chevaux piaffent, qu'on détache en hâte. Margarethe apparaît, trébuchante, appelant Iris et Ruth. L'éclat des flammes gagne le toit de l'aile et illumine les silhouettes des hommes qui jettent les tableaux par les fenêtres.

Caspar surgit à leurs côtés.

— Le tableau du Maître ? La Jeune Fille aux tulipes ?

— Où étais-tu ? s'exclame Iris en se cramponnant à sa manche.

— Je crois qu'il a disparu, murmure Margarethe.

Ruth éclate en sanglots, comme si Clara elle-même venait d'être perdue.

— Quelle nuit maudite, dit Caspar.

Son visage est fermé, ses yeux indéchiffrables. Déjà il court aider. Margarethe, ses filles de chaque côté pour la soutenir, prend la route du retour vers Haarlem. Pour la première fois depuis longtemps, Iris sent à nouveau le farfadet. Pas dans les haies ni les ombres, mais tapi dans un recoin de son cœur. Et c'est un lieu bien froid, le monde, surtout quand il ne s'éclaire que des flammes d'un incendie criminel.

Iris ne peut s'empêcher d'imaginer le bruit du feu tandis qu'elle essaie de s'endormir. Le domaine des Pruyn est à plusieurs lieues de Haarlem, mais elle reste éveillée, obsédée par le sifflement et le craquement des braises dans l'âtre de la cuisine. Dans son esprit, ce bruit se transforme en maisons et tableaux réduits en cendres. À côté d'elle, Ruth gémit, secouée par des cauchemars – ou simplement par les excès d'un festin trop riche.

Et Clara n'est toujours pas rentrée, bien que Margarethe, Dieu merci, ne songe pas à vérifier son absence, convaincue qu'elle dort, roulée dans ses couvertures près du feu. Où a-t-elle pu aller, cette jeune fille effrayée, vêtue comme pour une cour royale ? Jusqu'où, seule, elle qui connaît à peine sa propre rue ?

À plusieurs reprises, Iris se redresse en sursaut, persuadée d'avoir entendu un loquet ou une latte gémir. Mais chaque fois, ce n'est rien, et elle retombe dans une moiteur d'angoisse. Finalement, elle sombre dans une sorte de rêve éveillé, un cauchemar translucide où elle perçoit à la fois la cuisine glacée et des visions : l'eau plate sous la lune, Ruth convulsant, Iris manœuvrant la perche de la barque, Margarethe enveloppée d'un châle sombre... et les coups frappés à la porte, les cris du village :

— Sorcière ! Sorcière !

Iris sursaute encore. Cette fois, c'est bien un bruit réel : des pas, un froissement d'étoffe.

— Clara ! souffle-t-elle, en plongeant un pique-feu dans l'âtre pour ranimer la flamme.

La lueur révèle Clara, la robe gâtée, détrempée, et Margarethe, surgissant du couloir en chemise de nuit et châle, frottant ses yeux fatigués comme une somnambule.

Un instant, Iris croit prolonger son rêve. Elle craint qu'un mot trop brusque n'aggrave l'hallucination.

— Viens te coucher, ma sœur, murmure-t-elle à Clara, dont le visage porte les traces brûlantes des larmes.

— Je suis un fantôme dans ma propre maison, grommelle Margarethe. Qui rôde ici ? Est-ce un acheteur qui visite les lieux déjà vendus, pendant que nous, ruinées, finissons nos jours à l'asile ? Sommes-nous des années plus tard ? Qui êtes-vous, en habit d'or, dégoulinant sur mon sol ?

— Maman, dit Iris vivement. C'est un rêve. Tu rêves. Retourne dormir.

— Serait-ce Clara ? demande Margarethe, sa voix s'éteignant. Ou bien Henrika ? Venue me persécuter pour mes péchés ?

— Henrika, alors, souffle Iris, comme pour calmer une bête prise au piège.

— Henrika revenue de la tombe pour me rappeler mes fautes ? poursuit Margarethe. Ou bien sa fille, décidée à détruire nos vies ?

— Laissez-moi en paix, dit Clara. Ôtez-moi ces vêtements. Rendez-moi à mes cendres, elles seules me sauveront.

— Mais on dirait une robe d'ange, murmure Margarethe. (Et Iris comprend qu'elle n'a pas vu l'apparition de Clarissa d'Aragon au bal.)

— Ainsi Henrika revient sur la scène de son meurtre, marmonne-t-elle. Mais pourquoi se plaindrait-elle ? Elle est délivrée. Ses chaînes brisées, sa dette payée. Si elle veut m'accuser, qu'elle prenne ma place ! Qu'elle me laisse aux cendres de Lucifer, ses sbires suffisent déjà à me harceler.

— Maman, tu divagues, proteste Iris.

— Est-ce le jour où pleuvent le feu et la pierre ? crie Margarethe, terrifiée. J'ai vu le visage de la Jeune Fille aux tulipes couronné de flammes ! Henrika, je t'ai accompagnée à ta tombe, mais je n'ai pas jeté ta fille au bûcher. Une autre main a brûlé cette beauté.

— Je ne suis pas Henrika, dit Clara en arrachant sa mantille trempée. (Elle lutte avec les boutons, irritée :) Vas-tu m'aider, ou faut-il que je dorme debout ?

— Ce ne peut pas être Clara. Elle a disparu dans les flammes, dit Margarethe.

— Elle s'est échappée une fois. Mais voyez ce que cela m'a valu ! reprend Clara d'une voix glacée. Mes parents ont eu raison de me cloîtrer. C'est tout ce qui me convient.

Iris défait les boutons, embrasse le cou mouillé de sa sœur, la console avant qu'un mot irréparable ne soit lâché.

— Clara n'a pas désobéi et couru au bal ? dit Margarethe, incrédule.

— Clara est sortie dans le monde une fois de plus, et une fois de plus elle l'a payé, dit Clara.

— On dirait bien la fille elle-même, chante Margarethe, comme dans un rêve opiacé. Où as-tu trouvé pareille robe ?

— J'ai prié l'esprit de ma mère, dit Clara. Elle est apparue sous forme d'un pinson vert et m'a lancé ce paquet.

— Pour se venger de moi, murmure Margarethe. Un pinson au visage de femme... J'aurais dû être plus généreuse avec les chats.

Clara arrache sa robe trempée, la roule et la jette dans l'âtre. Elle étouffe le feu. L'obscurité tombe.

— Et comment une Cendrelette a-t-elle pu se rendre à ce bal ? demande Margarethe calmement.

— Ma mère défunte a changé une citrouille en carrosse, dit Clara.

— Et des rats en laquais, je suppose, dit Margarethe.

Clara ne répond pas. En sous-vêtements froissés, debout sur une seule pantoufle, elle tremble.

— Tu as perdu un soulier, note Margarethe. Et il y a du rouge sur tes jupons. Ce n'est pas de la peinture.

Clara se débarrasse du second soulier.

— Certains murs, une fois détruits, ne se relèvent jamais, dit Margarethe. Une pantoufle de verre brisée, une mère empoisonnée, une innocence perdue – rien ne se restaure. Mettre en cage un pinson et lui arracher les ailes...

Iris serre les poings jusqu'au sang. Elle ne veut pas entendre, mais ces mots hurlés contre sa mère ressemblent trop à la vérité. Elle appuie une main tremblante contre le mur.

— Je ne suis rien, dit Clara, comme pour elle-même. Laissez-moi en paix. (Elle se dénude entièrement, tremblante, fragile comme une enfant – mais elle n'est plus une enfant.) Je ne veux plus qu'on me touche, ni qu'on me gronde, ni qu'on se souvienne de moi. Je veux seulement disparaître sous les cendres. Je ne veux ni prince ni foyer. Laissez-moi en paix. Laissez-moi mourir dans la dignité.

— Elle a déjà péri, dit Margarethe en quittant la pièce. Je l'ai moi-même portée à sa tombe. Pourquoi les morts ne savent-ils pas se taire ?

LA SECONDE PANTOUFLE

Les deux sœurs dorment ensemble, lorsqu'elles dorment enfin, et les rêves qui avaient tourmenté Iris s'évanouissent. Tous ses cauchemars sont devenus réels. Pas un mot n'est dit du Prince, ni des fragiles vapeurs d'alcool qu'Iris a senties dans l'haleine de Clara. Pas un mot de ce qui s'est passé dans le petit salon, ni des heures écoulées depuis que Clara s'est enfuie de chez les Pruyn par une fenêtre. La seule chose que dit Clara, c'est que la vieille femme aux cannes l'a raccompagnée jusqu'à la maison.

Lorsque la lueur de l'aube vient enfin traverser les lattes des volets et tracer de fines rayures sur le sol, Iris, se tournant et se retournant, décide que pour toute âme humaine doit exister la possibilité d'une enfance qui vaille la peine d'être vécue – mais qu'une fois passée, elle ne peut plus être récupérée ni revisitée. Même par l'acte de peindre, songe-t-elle. Même en la métamorphosant en conte de fées pour duper une vieille mère engourdie par le sommeil, on ne peut changer la plus triste des vérités qui nous attend chaque matin.

Ainsi donc la voilà, et le poids de la journée qui l'accable encore. Ruth remue et gémit, avide de contact animal avec une peau tiède – besoin dont Iris s'est libérée depuis longtemps. Là-haut, Cornelius van den Meer appelle pour qu'on vide son pot de chambre. Clara, déjà levée, s'affaire devant l'âtre. Elle a récupéré la robe et l'a suspendue à un crochet, mais la jupe porte une demi-douzaine de taches roussies, sans parler de la suie et de la boue.

— Nous arrivons aux dernières pommes de terre tendres, dit Clara d'une voix dénuée d'émotion. Mais le dernier tas de farine pour le pain de ce matin n'a pas été touché par les souris : elles ont déjà quitté la maison, en quête de meilleures espérances.

— C'est une belle matinée, dit Iris. Reconnais-le.

— Oh, nul n'ôtera sa beauté au matin. La beauté du jour est la seule chose qui ne pâlisse pas avec le temps. Jour après jour, cette beauté-là renaît.

Avant que Margarethe ne descende, pour commencer Dieu sait quelle nouvelle campagne de son invention pour leur survie, Clara dissimule la robe dorée dans un placard et pousse du pied la pantoufle blanche sous un coffre. Les perles et pendentifs que Caspar avait dû engager pour obtenir une pareille robe sont désormais irrécupérables. Sans échanger un mot, Clara et Iris se comportent comme si la soirée n'avait pas eu lieu – ni l'effarante visite de Clara au bal, ni l'entretien de Margarethe, engourdie de sommeil, avec elles deux.

Elles prennent donc toutes leur petit-déjeuner ensemble. Margarethe semble s'être ressaisie, bien qu'elle soit avare de paroles, pour une fois. Les quatre femmes boivent de l'eau chaude agrémentée d'une humble cuillerée de miel, et Margarethe dit enfin :

— Nous n'avons guère de temps avant que les créanciers ne nous tombent dessus. Si tu dois accepter van Stolk en mariage, Clara, prépare-toi. Ou si nous devons aller à l'asile, allons-y la tête haute, comme des personnes convenables. Clara, je veux que tu te laves et que tu t'habilles correctement. Non, ne discute pas. Le moment est venu de payer ce que nous devons. Iris, assure-toi que Ruth est bien propre et que ses affaires personnelles sont soigneusement roulées dans un châle. Quant à moi, je vais m'asseoir sur le banc devant la maison, car il ne sera pas dit que j'affronte l'adversité avec moins de courage que le succès.

Iris ne peut pas regarder Clara. Il y a Gerard van Antum, le tailleur, à payer et, bien pire, le terrible Nicolaes van Stolk à qui abandonner la maison. Margarethe a laissé entendre que chacun était envisagé comme candidat possible à la main de Clara. Va-t-elle offrir à Iris celui qui sera le perdant? Sans parler de la disposition de Clara – est-elle encore épousable ? Si elle n'est plus vierge, cela fera-t-il une différence ? Margarethe a-t-elle l'intention de la tourmenter de questions sur la nuit passée ?

Elles ont à peine acquiescé tristement qu'on frappe à la porte. Margarethe redresse le dos et ajuste son bonnet.

— Iris, la porte, je te prie. Je n'ai pas eu le temps de m'habiller convenablement pour le matin... Prends un châle, et vite, fais entrer le visiteur.

Iris obtempère et prend un air indifférent pour affronter l'arrivée triomphante de van Stolk. Lorsqu'elle ôte la barre de la porte pour ouvrir, l'éclat du soleil lui fait cligner les yeux. Ce n'est qu'au bout d'un moment qu'elle distingue Caspar, debout là. Elle a d'abord du mal à le reconnaître, pas seulement à cause de la lumière, mais parce qu'il ne lui sourit pas. Il a le visage empreint d'une sombre gravité. Iris sent un frisson lui parcourir les épaules et lui serrer la nuque comme une main spectrale.

— Bonjour, dit Caspar, et il s'efface.

Derrière lui se tient Philippe de Marsillac, en cape rouge, le visage coloré par une marche rapide.

— Laisse-nous entrer, dit Caspar, presque brutalement, en forçant le passage.

Iris est réduite à tenir la porte et, pressée contre le mur, elle ne parvient qu'à ébaucher une petite révérence ratée.

— Nous n'attendions pas de visites ce matin, dit-elle, envahie de pensées contradictoires à la vue de Caspar et du Prince ensemble.

— Ravi d'être ici, dit le Prince. Ravi d'accepter votre hospitalité.

En fait d'hospitalité, il n'y a rien à offrir – rien du tout : la dernière pomme de terre a déjà été mangée.

— Je vais appeler ma mère, dit Iris. Si vous voulez bien attendre au salon...

Sur ces mots, elle s'enfuit à la cuisine. La veille au soir, sa mère n'a pas même vu le soupirant potentiel. Iris parvient à éprouver un petit plaisir en lui disant :

— C'est juste le Prince.

Margarethe est aussitôt sur pied, dans un état d'extrême agitation.

— Clara ! Cours chez la voisine et supplie qu'elle te donne une corbeille de pain et du fromage ! Rapporte une chope de bière et tout ce qu'ils pourront te donner d'autre ! Vite !

Pour une fois, Clara ne tient pas tête à sa belle-mère. Elle s'élance, trébuche sur les dalles de la cuisine et se précipite dehors sans un regard en arrière.

— Mes filles, dit Margarethe. Venez, maintenant, venez vite avec moi dans la salle.

— Nous ne sommes guère vêtues pour recevoir des hôtes royaux, marmonne Iris.

— Chaque seconde compte. Fais ce que je te dis.

Margarethe est comme un navire dont les voiles viennent de reprendre le vent après un mois d'inertie. Elle se précipite vers le devant de la maison, les épaules en arrière et le menton levé. Ruth noue ses mains dans son dos et pleurniche vaguement. Iris ne peut pas s'arrêter pour être gentille. Elle se contente d'empoigner Ruth par le coude et de l'entraîner.

— Il n'est de telle surprise qu'une surprise totale, dit Margarethe, un peu à tort et à travers. Nous sommes honorées au-delà de toute expression. À quel sujet venez-vous ainsi d'aussi bonne heure en cette matinée de printemps ?

Elle offre au Prince un siège, mais il le refuse, et traverse au contraire la salle dans un état d'agitation visible, cependant que Margarethe s'adosse à un buffet et pose ses mains derrière elle pour les empêcher de trembler.

Iris regarde les deux hommes de sa vie : le prince qui a daigné converser avec elle comme une vraie personne, et l'apprenti peintre qui a dansé avec elle en dépit des regards réprobateurs des gens. Elle se sent perdue entre des désirs contradictoires, mais la présence de chaque homme tend à jouer contre l'autre. Finalement il semble simplement fatigant qu'ils soient là tous les deux, sans rien d'excitant. C'est que Caspar a le visage si dur aujourd'hui, l'air si brutal et si méfiant.

— Il y a des secrets dans cette maison, dit le Prince. Ces murs abritent les réponses cachées à bien des questions. Cela, mon jeune ami ici présent me l'a promis. Mais comme je n'ai aucun talent d'investigation, je dois poser la question carrément : connaissez-vous la propriétaire de ce soulier ?

Il fait un signe à Caspar, qui sort d'une sacoche en cuir le soulier que Clara avait perdu dans sa fuite.

— Mes yeux ne sont plus ce qu'ils étaient, dit Margarethe. Donnez-le-moi, que je puisse comprendre. (Elle prend le soulier et l'examine de près, avant de dire :) Mais bien sûr, c'est le mien. Comment l'avez-vous donc trouvé ?

Le Prince ne répond pas.

— Arrive-t-il que quelqu'un d'autre chez vous choisisse parfois de le porter ?

— Cela se pourrait, si cela devait obliger un prince. Voulez-vous que mon Iris l'essaie pour vous ? Iris, mets ton pied dans ce soulier et montre au Prince comme tu as la cheville fine.

— Point n'est besoin, réplique Iris.

— Fais ce que je te dis.

Iris prend la pantoufle d'un geste trop abrupt et y glisse le pied, mais même s'il y entre il est trop serré, trop à l'étroit.

— Tu vois bien que cela ne va pas, maman, dit Iris. Quel exercice ! Je ne suis pas faite pour des pantoufles aussi délicates.

— Alors que Ruth essaye, si c'est une porteuse de pantoufles que vous cherchez, dit Margarethe.

Ruth est réticente à obéir, mais elle finit par s'asseoir par terre et accepter la pantoufle. Le Prince observe d'un œil vigilant, le visage impénétrable. Ruth a des pieds énormes, et la tentative semble une insultante dérision. Mais Ruth s'efforce d'ajuster son pied dans la pantoufle, en grimaçant d'effort – non parce que la pantoufle ne va pas, mais parce qu'elle a les doigts endoloris.

— Ah, dit le Prince. Voyez un peu les mains de la demoiselle.

Ruth met ses mains dans son dos, et la pantoufle mal ajustée retombe.

— Faites-moi voir, dit le Prince. Laissez-moi voir ce que je suis venu voir.

Ruth refuse d'obéir.

— Quelle mauvaise attitude est-ce là ? s'écrie Margarethe. Ruth, montre au monsieur tes jolis doigts, ou je vais te fouetter de belle façon !

Sanglotant soudain, Ruth lance ses mains en avant. Deux doigts de sa main droite ont des cloques blanches.

— Comment vous êtes-vous ainsi brûlée ? demande le Prince.

— Elle ne peut pas vous répondre, dit Margarethe. Elle est timide.

— Elle est surtout muette, intervient Iris. Sa langue est tordue au fond, là où elle rejoint son esprit.

— Un accident de cuisine ? s'enquiert le Prince.

— Cela même, dit la mère. Les plaies cicatriseront sans mal.

— Ne serait-ce pas plutôt la cire brûlante d'une chandelle à la mèche mal coupée, lorsque tu as entrepris de brûler le tableau du maître Schoonmaker ? demande Caspar.

Margarethe a le souffle coupé et Iris sent son cœur basculer dans un abîme. À présent tout est perdu, plus encore, semble-t-il, que la nuit passée. Toute créature ayant du sang dans les veines est un traître, une erreur de Dieu. Margarethe a-t-elle empoisonné sa maîtresse ?... et Ruth, Ruth, incendié le chef-d'œuvre de Schoonmaker ?... Caspar a-t-il jeté le soupçon et les foudres de la loi sur ses amies terrifiées ? Quant à Iris, elle-même a collaboré en encourageant Clara à aller au bal sans permission.

Il ne reste personne pour se dresser et agir contre trahison, pour prodiguer l'aide qui fait si cruellement défaut. Personne.

Ruth plonge son visage dans ses mains en pleurant à gros sanglots et en reniflant comme une bête.

— Je vous disais bien que leur iniquité est profonde, dit Caspar. Elles sont enivrées de vieilles histoires de malveillance, toutes tant qu'elles sont. Par jalousie elles ont détruit la plus belle œuvre de mon Maître, et vraisemblablement sa carrière aussi. Sans parler de son cœur brisé.

— Vous en serez tenues responsables et vous devrez payer, dit le Prince. Et vous souffrirez. J'ai averti le Schout de Haarlem de la suspicion qui pèse sur cette maison, et je témoignerai devant les gouverneurs de la prison des aveux sanglotés par cette fille. Quels ravages accomplis ! Non seulement sur votre maisonnée, sur l'honneur des Pruyn, sur les nerfs de la Reine douairière de France, mais aussi sur le tableau lui-même, qui d'après tous les témoignages était un chef-d'œuvre. Je me demande seulement, poursuit-il, comment on peut jalouser un tableau ? Qui a pu introduire une telle rage en vous ?

Personne ne répond.

Derrière eux, on entend des pas sur le dallage de la cuisine, puis Clara s'avance dans le salon, avec une corbeille de pain.

— Voici ce que vous avez demandé, annonce Clara en posant la corbeille sur la table. Du pain, un petit pot de beurre, des confitures et du fromage.

— Encore une jeune fille dans la maison, dit le Prince puis, regardant Iris, il se souvient : votre demi-sœur, celle qui entretient l'âtre.

Iris acquiesce.

— Qu'elle essaye la pantoufle, s'écrie Margarethe avec fougue, peut-être pour détourner l'attention du Prince des reniflements de Ruth.

— C'est inutile ; la pantoufle n'était qu'une ruse pour vous faire ouvrir la porte, dit le Prince. Une ruse, je le vois, que je n'ai même pas eu besoin de mettre en œuvre.

Mais Clara s'est avancée, et a ramassé la pantoufle tombée. Elle l'enfile et se redresse, le menton levé. Iris devine que, dans sa colère de voir détruite l'œuvre du Maître – et peut-être aussi sa carrière –, Caspar n'a pas pris la peine de dire au Prince que Clarissa d'Aragon était en vérité Clara van den Meer. Iris regarde le Prince lever des yeux surpris sur Clara. Plus d'une histoire se trouve ainsi dévoilée.

Dehors, un troupeau de nuages galope à l'oblique, et la lumière printanière envahit la pièce. Elle tombe sur Clara, comme toujours, comme si elle avait parcouru des milliers de lieues depuis le soleil dans le seul but d'illuminer sa beauté. Clara est négligée, l'œil rougi, presque souillon dans son tablier – et plus splendide à voir qu'aucun tableau.

Le Prince s'écrie, incrédule :

— Clarissa !

Et il avance d'un pas.

Clara recule d'un pas – mais seulement un demi-pas. Sa main se lève pour apaiser le doigt accusateur du Prince, braqué sur la silhouette effondrée de Ruth. C'est un geste de charité que celui de Clara, la seule beauté qui ait de l'importance. C'est l'oignon-cœur de tulipe qui produit enfin sa fleur en calice.

— Protégez ma famille du mal, dit-elle. Et que tout le reste suive comme il pourra.

ÉPILOGUE
HISTOIRES PEINTES À L'HUILE

Ainsi donc, les enfants rejouent maintenant dans la rue la honte de notre famille, comme un conte. Et Clara, notre Cendrillon, notre Cendrelette, est morte. Toutes ces anciennes angoisses resurgissent en moi comme si elles dataient d'hier. Ce que personne ne dit jamais aux jeunes, c'est qu'il faut prendre soin de son enfance. Les souvenirs de ce temps sont les tableaux les plus vifs dans l'esprit – et auxquels on doit, avec effroi ou nostalgie, retourner à jamais.

Caspar a entendu l'histoire et me l'a répétée, et telle qu'il la raconte je ne suis qu'un personnage secondaire, presque ridicule, et c'est sans doute ce qu'il faut. Mais je n'étais pas aussi inconsciente qu'il me dépeint. J'étais muette, mais pas niaise. J'étais lente, mais pas lourde. Je ne ronflais pas au coin de l'âtre : je pleurais en silence sur la douleur de mes mains brûlées. C'est ainsi que j'ai entendu la conversation entre ma mère, Clara et Iris, où ma mère s'est trahie.

Clara s'est avancée pour me sauver, au moment où ma perfidie allait sûrement détruire notre famille. Je n'avais pas vu qu'elle allait le faire. Je ne crois pas que j'aurais mis le feu à son portrait si j'avais su le tour que prendraient les événements. Cendrillon – la fille des Cendres ! Je n'ai pas vu la toile saccagée après y avoir porté la flamme ; j'ai fait volte-face et je me suis enfuie. Je n'ai pas vu la plus ravissante fille du monde se calciner, puis se muer en cendres. Une vraie Cendrelette.

Peut-être que par la destruction de cette image d'elle si parfaite, Clara a été libérée d'un des nombreux ensorcellements qui l'emprisonnaient. Et la voilà, pour autant que nous le sachions, grosse du Prince – éprise ou non de lui, qui aurait pu dire ce que cela signifiait, quand nous étions si jeunes et si sottes ? – et elle avait certainement hâte de fuir la maisonnée où, cette nuit-là, elle avait appris que la mort de sa mère était un assassinat. La compréhension que Clara avait du monde, jamais facile à établir, s'obscurcit encore à partir de ce jour. Mais avant la fin de la journée, elle avait été confiée à la protection des Pruyn, promettant, avec des larmes froides, de nous protéger de loin, Iris et moi. Notre choix de veiller sur notre mère, la pauvre et cruelle Margarethe, ne concernait que nous. Jamais Clara ne s'est plus enquise d'elle, ni par lettre ni en personne.

Si l'on me demande pourquoi j'ai mis le feu au tableau, je ne suis pas certaine de pouvoir répondre honnêtement. Sans doute savais-je que le Maître était terrifié par son chef-d'œuvre. Et j'avais aussi ma part de fierté et de jalousie. Mes oreilles fonctionnaient ! Je pouvais entendre Margarethe me traiter de bœuf ! Et il y avait Clara, préservée pour l'éternité sous les traits d'un ange. Finalement, je méprisais sûrement le célèbre tableau, mais, qu'on me rende justice, je pouvais bien voir que Clara le détestait aussi. Elle le détestait, et redoutait surtout qu'il ne devienne un emblème par lequel l'abominable van Stolk risquait de la posséder. Ce qui est curieux, c'est que nous nous rappelons ce que nous avons fait, mais pas toujours pourquoi.

Caspar avait toujours été épris d'Iris, depuis le premier jour où nous l'avions connu. Il ne s'est vengé de notre famille qu'en apprenant, de la bouche du Maître, ce que Margarethe avait dit de lui. Mais le pardon de Clara à mon endroit a beaucoup fait pour apaiser sa fureur. Et il a eu raison de s'exhorter à la patience.

Plus tard, il fut un très bon mari pour Iris : elle peignait à son côté, et parfois sous son nom.

Désormais, Caspar veille avec dévouement sur sa vilaine belle-sœur. Il continue à me mener à la chapelle quand je le lui demande, au pré quand j'en ai besoin, à l'atelier quand il souhaite ma compagnie pour éviter de sombrer dans la mélancolie de l'absence d'Iris.

Elle est gravée dans mon esprit, de l'aube grise au crépuscule brisé : aussi souvent Iris l'enfant fantasque qu'Iris la fille de sa mère – bagarreuse, arrogante, furieuse parfois dans sa vie adulte. Et d'autant plus forte, ajouterai-je, vivant une vie plus riche.

Iris pliait sous le poids de son imagination. Pendant des années elle affirma avoir gardé le souvenir de la nuit où nous avions quitté l'Angleterre. Les villageois étaient venus marauder autour de notre maison, à l'extrémité du bourg, où nous vivions à peine mieux que des vaches laitières. Ils avaient cogné à notre porte et accusé Margarethe de sorcellerie forcenée. Ils disaient qu'elle avait provoqué la pleine lune, les grandes marées, rompu les digues par pure malveillance. Elle était une sorcière, et n'était-ce pas évident ? – regardez l'affreuse fille qu'elle avait eue : lourde comme une dalle de granit, et muette. Iris a mis longtemps à comprendre que, lorsque Margarethe parlait du farfadet qui hantait notre famille, elle parlait de moi : son fléau, son fardeau. Iris était trop généreuse pour le percevoir. Elle inventa un farfadet extérieur, un lointain cousin, alors qu'elle avait déjà une sœur.

Elle aimait observer, mais pas le côté dur des choses. Elle évoquait rarement mon rôle dans l'histoire de notre famille. J'avais ravagé les yeux de Margarethe avec du poivre rouge, j'avais brûlé le tableau, j'avais boudé et m'étais enfermée, feignant d'être aussi niaise que la bête à laquelle on me comparait. Non, je n'étais pas mauvaise, mais j'étais jalouse de tout : de l'incroyable élégance de Clara, du talent d'Iris, des attentions de Caspar à leur égard. Iris n'a jamais vu que, sous certains aspects, j'appartenais à la galerie des erreurs de Dieu.

Iris affirmait se rappeler notre fuite de ces champs inondés de notre enfance, notre retour en Hollande, où la famille de Margarethe devait sans doute nous accueillir. Mais comment aurait-elle pu s'en souvenir ? C'était la nuit et nous dormions, et les rêves tourmentent les enfants.

— Tu veux le savoir pour de bon ? m'a dit Iris un jour. Approche notre vieille mère avant qu'elle ne meure. Pose-lui une question. Demande-lui comment elle a su que Jack Fisher était mort. Elle a seulement entendu les villageois le dire. Elle n'a jamais attendu pour chercher son corps. Elle n'a pas pris la peine de l'enterrer s'il en avait besoin, ni de le soigner si elle l'avait pu. Elle a fui l'Angleterre sans hésiter. Pour autant que nous sachions, il ne flottait pas là, gonflé, dans les marais inondés. Pour autant que nous sachions, il est encore vivant, et elle s'est déclarée veuve par peur et par désespoir. Ne lui demande pas si elle était sorcière, ou si elle l'est encore, ou si elle se souvient d'avoir empoisonné Henrika pour pouvoir épouser van den Meer. Demande-lui seulement si elle sait avec certitude que Jack Fisher était mort la nuit où nous nous sommes enfuies.

Je n'ai jamais posé la question à Margarethe et ne la poserai jamais. Cette vieille nécromancienne refuse de mourir, bien que ses farfadets personnels persistent à se tordre à ses pieds et à lui mordiller les cors. Je sais qu'elle a confessé avoir assassiné Henrika, mais en cette fameuse nuit elle était à moitié endormie, dans un état d'agitation somnambule. Était-elle vraiment capable d'un tel crime ? Je n'en doute pas. L'a-t-elle réellement commis ? Je ne le sais pas et ne souhaite pas le savoir. Sans doute que oui, mais à quoi nous servirait-il d'en être sûrs ? Iris et moi n'avons jamais reparlé de cette confession de minuit. Papa Cornelius, et le mariage d'intérêt entre lui et Margarethe, n'a plus connu dès lors que des jours paisibles.

Je ne questionnerai pas Margarethe sur ces temps anciens. Et Iris non plus. Iris est morte depuis longtemps. Morte assez jeune, mais non sans avertissements. Avec l'argent qu'envoyait Clara, Iris avait payé son apprentissage à l'atelier de Pieter van Laer. Elle aurait préféré Judith Leyster, la courageuse femme peintre de Haarlem, mais Judith venait d'épouser Molenaer et ils étaient partis s'installer à Amsterdam. Le talent d'Iris n'était peut-être pas dans la peinture, comme elle l'avait toujours cru. Mais elle aimait regarder – cela n'a jamais varié – et elle parlait beaucoup, racontait des histoires. Je ne puis trouver aucun tableau d'elle que j'admire. J'admire seulement qu'elle les ait faits.

Margarethe n'a jamais ni admiré ni dénigré l'œuvre d'Iris, étant aveugle. Le Maître ne s'est jamais remis du choc. Avec la perte de sa Jeune Fille aux tulipes, sa réputation déclina. On le connut davantage comme Maître du Retable de Dordrecht que comme Schoonmaker, peintre de genre. Après sa mort, Caspar reprit sa maison et son atelier. Je crois que les toiles de la galerie des erreurs de Dieu ont toutes été jetées au feu. Face retournée, pour que nul ne voie ces misérables créatures torturées par les flammes, aussi sûrement que leur vie avait dû parfois le sembler. Qu'ils trouvent le repos dans un coin anonyme du jardin du Paradis !

La Reine douairière de France, au grand soulagement de dame Pruyn, se remit de son évanouissement et vécut encore plusieurs années.

À notre surprise, la santé de papa Cornelius se rétablit, en proportion directe du rétablissement de ses revenus. D'une part, Clara tint parole et trouva des moyens de faire sortir de l'argent de France pour rembourser au moins une partie des dettes de son père. Et les prudents Hollandais apprirent à réglementer l'industrie de la tulipe et à protéger ce qui restait aux familles menacées. Peu à peu, le marché se redressa, et papa Cornelius prospéra à nouveau – mais plus sagement, encadré par les règles imposées au commerce de la tulipe.

Le prince de Marsillac succomba bien à la petite vérole ou à la consomption, comme Margarethe l'avait prédit – unique exemple d'un de ses ragots qui se révéla exact au lieu d'être forgé à ses fins. Il laissa Clara avec deux enfants et les solides revenus de plusieurs domaines en France. Clara survécut à sa beauté éclatante, comme il se doit, et lors d'une autre crise d'angoisse, elle partit pour la Nouvelle-Amsterdam, de l'autre côté du gris Atlantique. Qui sait quels tourments l'y attendaient ! C'est de là qu'est venue une lettre, écrite par un prédicateur de la colonie, pour annoncer sa mort et son enterrement dans un cimetière donnant sur le grand port où accostaient les navires venus des Pays-Bas et de toute l'Europe. Elle est morte d'une faiblesse du cœur.

Et van Stolk... Là le souvenir s'efface. Il n'a jamais pu s'emparer de la maison des van den Meer. Je suppose qu'il a vieilli et qu'il est allé vivre chez des parents. Je n'ai jamais bien compris s'il avait réellement enlevé la petite Clara, ou si elle l'avait simplement imaginé, cristallisant sur lui sa terreur du monde. Et quelle qu'ait été l'issue, s'agissait-il d'un enlèvement prémédité, motivé par la richesse de la famille ? Ou bien d'un élan soudain, parce que l'enfant était connue, aimée, et qu'elle s'était éloignée ? Riche ou non, elle devait être merveilleuse à voir : à trois ou quatre ans, un trésor de sourires, une couronne de lumière. Toute cette vivacité attentive au monde ! Les enfants, comme les artistes, aiment à regarder.

Des corbeaux et des pillards à l'apogée de l'histoire, des pinsons au sommet du tilleul. Dieu et Satan se montrant les dents comme des chiens. Des farfadets et des marraines-fées s'efforçant chacun de défaire l'œuvre de l'autre. On pouvait naître sous les traits d'une dame Handelaers à la mâchoire d'âne, ou d'une éblouissante Clara van den Meer, Jeune Fille aux tulipes. Comme nous essayons de fixer le monde entre ces extrêmes ! Et dans un tel monde, comme le disait Margarethe, à quoi sert la beauté ?

J'ai vécu ma vie entourée de peintres, et je ne connais toujours pas la réponse. Mais je soupçonne, certains jours, que la beauté aide à protéger l'esprit humain, à l'envelopper et le consoler, pour que nous puissions survivre. La beauté n'est pas une fin en soi, mais si elle rend nos vies moins misérables et nous permet d'être meilleurs – eh bien, alors, ayons de la beauté : peinte sur nos porcelaines, accrochée à nos murs, résonnant dans nos histoires. Nous sommes une navrante tribu de bêtes, et nous avons besoin de toute l'aide possible.

Avant de s'embarquer pour le Nouveau Monde – un autre nouveau monde – Clara revint à Haarlem pour voir son père une dernière fois. Margarethe ne voulut pas descendre de sa chambre, prétextant que la présence de Clara risquait de lui rendre la vue, et qu'à son âge elle préférait sa cécité. Papa Cornelius, en revanche, était très fier de la position élevée de Clara. Ses petits-enfants l'enchantaient et il les couvrait de baisers. Les enfants adoraient courir dans les bâtiments où étaient cultivées les nouvelles tulipes. Je me souviens de les avoir vus un matin. Ils jouaient à cache-cache, insouciants des farfadets tapis dans l'ombre ou des araignées au menton poilu blotties dans les chevrons.

Les enfants caracolaient dans les longs corridors formés par les rangées de tréteaux couverts de fleurs. Les nouveaux plants étaient abondants, innombrables rangées de pointes perçant la terre. On avait à peine le temps d'apercevoir leurs têtes blondes tandis qu'ils couraient.

Cela aurait fait un joli tableau, si quelqu'un avait choisi un sujet aussi ordinaire. Une autre histoire, une histoire peinte à l'huile plutôt que sur la porcelaine. Mais pour que ce soit vrai, il faudrait représenter les visages des enfants flous, comme le sont toujours les visages d'enfants. Car ils sont flous lorsqu'ils courent, flous lorsqu'ils grandissent trop vite ; et ils sont flous pour nous empêcher de les aimer trop profondément – pour leur protection comme pour la nôtre.

Mis en pages par Au fil de la page à Saintes,
cet ouvrage a été achevé d'imprimer
par Normandie Roto Impression s.a.s., à Lonrai
pour le compte des éditions Jeanne & Juliette
57, rue Gaston-Tessier – 75019 Paris
en octobre 2025

Imprimé en France
Dépôt légal : novembre 2025
N° d'impression : 2504647